紙縒のコンタツ

加納秀志

紙縫のコンタツ

目次

目次

編集進行・柴田　望
装丁デザイン・山本志保
（写真　松尾順造）

紙縒《こより》のコンタツ

元治元年（1864）春、岡山藩——。

雄町《おまち》の用水番、内藤市之進は今日も旭川の土手に寝転び、戦《そよ》ぐ葦の葉や長閑《のどか》に空を舞う鳶《とび》を肴に酒を舐めていた。

この町に生まれ育って、旭川の風の臭いは嫌いではなかった。酔いが回るとうたた寝をし、終日《ひねもす》過ごすのが日課であった。

16歳の時からこの職を父親から譲り受け、かれこれ6年になるだろうか。彼は下級武士でありながら剣の使い手であったが、かと謂って出世に役立つ訳でなく、親からは無用の長物と揶揄《やゆ》された。

出世の望みがない用水番に嫌気がさしているのは事実だが、それより昨年に起きた天誅組の変に加われず、徒《いたずら》に生を晒《さら》している己に憾《うら》みが重くのしかかっていた。それが昼間から酒の原因だった。

当時、不平不満を抱え込み、閉塞感から抜け出せぬ若い下級武士たちは、国中に吹き荒れる尊王攘夷の過激な嵐の中にいた。

市之進とて同じだった。幼馴染で互いに切磋琢磨してきた友人田中兵馬は、「武力によって天下を動顛《どうてん》せしめる以外に、国論を統一する手立てはない」と、市之進を煽《あお》り立てた。2人共、岡山藩を脱藩し天誅組を結成した藤本鉄石《てっせき》に心酔していた。

藤本鉄石は脱藩後、諸国を歴遊し書画や軍学を学び、京都で絵師として名を成していた。鉄石は市之進の父の前任者で、同じ用水番であったこともあり、市之進はその名をよく知っていた。憧れの先輩だった。

前年の文久3年（1863）の或る日、市之進は兵馬と共に京都の伏見に鉄石を訪ねた。鉄石は、学問と武芸を教授する私塾を開いていた。岡山の雄町から来たことを告げると、鉄石自ら迎えてくれた。

意外にも柔和で穏やかな人物だった。

「皇室を敬い、心を清め、行いを正して世を神代の昔に帰すことを一義とすればよい」

鉄石は2人の心情を忖度《そんたく》するよう穏やかな口調で語った。兵馬が膝を乗り出した。

「皇室尊崇は当然至極のこととして、倒幕こそ世の流れかと……」

鉄石は目を閉じたまま、静かに呟《つぶや》いた。

「機は未だ熟していない」

市之進も膝を乗り出し、逸《はや》る心を抑えるよう謂った。

「そのときゃあ、ぜひとも末席に。身命を擲《なげう》ってお供しまらあ」

「うむ、時機が到来したら共に戦おうぞ」

市之進と兵馬は欣喜雀躍《きんきじゃくやく》、鉄石と固い握手と抱擁で京都を後にした。青春客気《せいしゅんきゃっき》、2人共功名心と出世欲に満ち、王政復古に挺身し天下を成さんという大望を抱いていた。

鉄石から決起を促す書状が届いたのは、その年の8月、暑い日だった。2人は翌日早朝、脱藩し上京する約束をした。

ところが、市之進の両親が気配を察し、必死に引き止めた。老いた両親の涙に躊躇《ためらい》が生じ、縋《すが》る母親を突き放して飛び出そうとした刹那《せつな》、背後に母親の只ならぬ悲鳴を聞いた。

母親が顔面から鮮血を流していた。

刻限に現れない市之進の心変わりを知った兵馬は、呪いの言葉を吐きながら独り寂しく上京した。市之進は土壇場の日和見と、友を裏切った慚愧《ざんき》の念で泣いた。

8月17日に天誅組は決起したものの、幕府軍の討伐を受けて壊滅し、鉄石も兵馬も討ち死にした。

その報《しら》せを、市之進は父親から聞かされた。

「それ、謂わんこっちゃなか。失敗《しっぺえ》するんは眼に見えとったけえ、儂《わし》の謂うこと聞いとってよかったじゃろが」

市之進は父親を嫌悪した。それより、己自身にその何倍も嫌悪して号泣した。

――爾来《じらい》、市之進は己の中に籠った。友を裏切った罪悪感と、死に損なった自暴自棄の念で生きる道を見失い、惨めな孤独感と絶望感が巣くっていた。

今日も夕暮れの旭川の川べりを、酔った足で帰路に就いていた。

用水番として虚しい日々を送るうちにも、世の中は着々と動いていた。天誅組の挙兵は灰燼《かいじん》に帰したが、この事件が明治維新の導火線になったのは間違いなかった。

明治元年（1868）、時代が変わっても、市之進は相変わらず下級役人のままだった。今日《こんにち》、官吏や政府の要職に就いているのは、維新の風に乗じた者たちだ。大義を抱いて、志を偏《ひとえ》に決行した者たちこそ、真の武士《もののふ》ではないだろうか。

市之進は己の境遇と友の兵馬のことを思い、天と世を厭った。

――翌年（明治2年）、市之進に配置換えの通達があった。長崎の浦上で大量の潜伏キリシタンが捕縛された「浦上四番崩れ」の騒動で、3000名以上のキリシタンが全国に配流されることになり、岡山藩にも117名の配流が決まった。牢屋番が不足し、急遽《きゅうきょ》市之進がその役に回されることになったのだ。

（ようやく退屈な職から解放されると思うたのに、よりによって牢屋番とは……）

己の不遇を嘆いた。鬱積したものが爆発しそうだったが、職を辞す気概もなかった。

117名のうち成人男性20名が他藩に配流になる者たちと一緒に、先に蒸気船で広島の鞆《とも》に送られて来た。市之進が迎えに出向くことになった。

彼らは長旅で疲れ果て、無表情でやつれた目をしていた。

（この者たちが禁制を犯したキリシタンなのか。ここらの村民とひとつも変わりゃせん）

市之進はキリシタンの存在を知りこそすれ、接するのは初めてだった。どう扱っていいものか迷っていると、背後から鋭い刺すような視線を感じた。

振り返ったが、それらしき主は窺《うかが》えない。まるで牛か山羊のように従順で温和《おとな》しそうな者たちばかりだ。

――その時、キリシタンたちは自分らの中に丑松が混じっているのに気付いた。何時《いつ》紛れ込んだのだろう。この船には岡山、姫路、福山、広島に配流される者たちと一緒だった。何処ぞに紛れていたに違いない。

丑松はかつて酷い拷問を受け、転んで村に居られなくなり、長いこと山中に隠棲していた。彼は「浦上四番崩れ」で仲間が全国各地に〝旅〟に出される話を聞きつけ、自分だけ居残るのは心が痛んだ。転んでも心は未だキリシタンだった。

せめてもの罪滅ぼしに自分も〝旅〟に出る決意をしたのだ。かつて恋仲だったサキとその後疎遠になったが、彼女も当然〝旅〟に出るに違いない。彼女に未練もあった。

――乗り合わせて来た長崎の役人から、市之進は名簿を渡された。

「とりあえず、成人の男だけ20匹預けますけん。宜敷くお願い申します」

長崎の役人が確認のため数え始めた。

「1匹、2匹、3匹…19匹、20匹、21匹……。あれ？　1匹多かばい」

彼らを犬や猫扱いにした。再び数え直しても21人だ。1人多い。

「おかしかなあ……。まあ、よか。1匹ぐらい構わんたい」

年配の役人はおおらかだった。岡山へ向かうに先立ち、キリシタンの指導者的立場の市蔵が市之進の前に進み出て、「お世話んなります」と頭を下げた。

岡山城下の弓之町の牢に彼らは収容され、1日遅れで着いた婦女子は浜野の松寿寺に預けられた。


市之進が嫁取りをしたのは丁度その頃、26歳だった。嫁の名はふい、24歳。出戻りだった。仲立ちの上司は強引で、打算的な両親の勧めもあって彼はなんとはなしに承諾した。承諾するにあたり、彼女に問うた。

「貧乏役人でええんか？」

「はい」

爽やかな笑顔が返ってきた。美人で気立てのいい女だった。分不相応な女だと思ったが、出戻りの理由を敢えて訊ねなかった。しかし、拘《こだわ》った。拘るぐらいなら断ればいいものを、それが彼の脆弱《ぜいじゃく》さであり、土壇場で天誅組に加われなかった決断力の無さだった。

払い下げを貰わされたという僻目《ひがめ》がさらに膨らんだのは、初めての夜を迎えた時だった。彼女がふと漏らした妖艶な喘《あえ》ぎ声に、先の夫の染《し》みついた匂いを感じ取ったからだ。

それから彼は妻を抱こうとしなかった。彼女はそんな彼の心を忖度《そんたく》出来なかったが、健気に彼の両親にも仕え、心穏やかに彼のお情けを待っていた。

市之進の役目は、キリシタンを改心させる説諭係であった。「改心させるのが肝要で、厳しく接し甘やかすことのなきよう。かと謂って、無闇に殺傷はならぬ」というお達しであった。

名簿で確認すると、丑松という男が記載されていない。彼を問い詰めると、

「さあて、役人さんのやることは分からんばい。1匹、2匹て数えとったけん、どっかの犬が紛れたとやろ」

(まあ、ええ。長崎に照会すりゃあ、いずれ分かることじゃ)

市之進は苦笑いを返すしかなかった。彼らを迎えに鞆《とも》に出向いた折、背中に感じた刺すような視線の主は、彼ではないかと思った。敵愾心《てきがいしん》が横溢《おういつ》し、他の男たちにはない異質な臭いを感じ取ったからだ。

丑松は自分と同じくらいの年齢だろう。小柄ながら鋭い目付きをしている。意志は強そうだが、目の奥に自分と同質の脅えた微《かす》かな光が宿っているのを感じ取った。彼もきっと己に絶望し、自分と闘っているのかも知れぬ。

——彼に関する回答が、長崎から届いたのは1週間後だった。

〈丑松なる男、名簿に記載なし。しかし、彼は転びバテレンにてその後行方知れず。船中に紛れ込んだものと思われる……〉

(転びバテレンか……成程)

市之進は頷きながら顎の不精髭をつまんだ。キリシタンに対する知識は余り持ち合わせてなかったが、岡山でも潜伏キリシタンの噂は聞かぬでもない。転びバテレンという丑松の境遇に、俄然興味が湧いてくるのを憶えた。

弓之町の男子牢には、婦女子と共に送られてきた15歳以上の男9名が新たに加わり、計30名になった。彼らには1日麦6合、雑費料として150文ずつ与えられることになっていたが、名目だけで役人が上前を撥《は》ねた。改心させるには、飢餓こそ手っ取り早い方法だった。

目が虚ろで、宙をさ迷っている若者から御用に呼び出だし、

「早《はよ》う改心せえ。改心すりゃ腹一杯《いっぺえ》の食事を与えるし、浦上に帰《けえ》してやるぞ」

という誘いに食べ盛りの若者が堪《こら》えきれず、次々に改心を申し出た。老人たちはそれを憂い、

自分らの食事を与えて足止めしようと謀ったが、所詮焼け石に水。却《かえ》って老人たちの中から犠牲者が出た。

（人間、神だ愛だと謂うたところで、飢えには叶わん。命の尊厳など糞くらえだ。烏合の衆のキリシタンなど、全員改心させるのも時間の問題）

市之進はニンマリとほくそ笑んだ。

——と、その時、牢内から侮蔑の眼差しが注がれているのを感じ取った。丑松だった。さっき、ほくそ笑んだ時の心情を悟られてしまったかも知れぬ。上目遣いで瞬《まばた》きもしないで見つめている。市之進は激昂した。

「丑松、御用だ。番所に来《け》え」

そうは謂ったが、丑松は転びバテレンだ。転んだ者を今さらどうしたらいいものか思案した。

「その方、転びらしいが、なぜ紛れ込んだ？」

「確かに転んだばってん、市蔵さんに改心戻しばして貰うた。今はれっきとしたキリシタンばい」

市蔵はサキの父親であり、キリシタン組織の惣頭《そうがしら》だった。牢の中で丑松は市蔵に改心戻しを申し出た。改心戻しとは、再びキリシタンに戻るための儀式だ。

コンチリサン（完全なる痛悔）のオラショ（祈り）を唱え、再び犯さないことを誓った。儀式は本来神父の勤めだが、迫害下では惣頭らが代役をするしかなかった。

「ならば容赦はせん。浦上に帰《けえ》りてえと思わんか？」

「帰るぐらいなら、わざわざ岡山まで来とらん」

「腹が減っておるじゃろう。改心すると一言でええ。腹一杯食べてえと思わんか？」

「思わんばい」

「ならば、食べんでも平気じゃろう」

丑松は食事を与えられず、日中捨て置かれた。強がりを謂ってはみたものの、さすがに応えた。牢の中の仲間たちの励ましの声が、ひっきりなしに聞こえてきた。

翌朝、市之進が白い息を吐きながら顔を出した。早春といえ、寒い朝だった。丑松は寒さと空腹のあまり、茫《ぼう》として夢と現《うつつ》の中を彷徨《さまよ》っていた。

「改心する気になったか？」

「なりません」

丑松はか細い声で答えた。

「強情な奴め。今回はこれで勘弁してやる。次は覚悟しとけえ」

丑松は牢に戻され、食事を与えられた。指導者的立場の市蔵は、飢えのため改心者が続出していただけに、彼の忍耐を讃えた。皆からも労《いたわ》りの言葉を掛けられ、これでようやくキリシタンに戻れたのかも知れぬと、安堵の深呼吸をした。

岡山藩は一応の成果に気を良くし、さらなる結果を求めた。締め付けをより厳しくした。食事は1日麦2合に減らし、拷問は厳しさを増した。

言葉の責め付けは元より、吊るして青竹で叩き、寒風の下、水を掛けて改心を迫った。拷問に耐え切れなくなり、改心者がさらに増えた。

市之進はまるで抵抗もせず、従順なキリシタンたちが不思議でならなかった。虐げられても反抗するでもなく、ただじっと耐えている。ことに丑松は、表面上従順を装っているが内面は如何だろう。腸《はらわた》が煮えくり返る思いをしているに違いない。

時折、市之進は丑松の一挙手一投足を追って、背後から鋭い視線を送ってみた。しかし、丑松は特別な行動をするでもなく、市之進の期待を裏切るばかりであった。

牢の中には改心者と不改心者が同居して、不都合が生じるようになった。昨日までの味方が敵になり、些細なことで諍《いさか》いが生じたからだ。

丑松は1度転んだ経験から、彼らの孤独と虚しさを知っていた。

「苦しさや悲しみは我々と同じですけん。改心しても同じですけん。争いだけはやめまっしょ。キリスト様が悲しむだけですけん」

拷問で改心してしまった50歳になる孫右衛門が、号泣しながら絶叫した。

「申し訳なか。模範ば示さんばいけん立場とに、堪忍が足らんやった。女房と子供の顔が浮かんでしもうた」

改心した他の仲間も俯《うつむ》いたまま、小さく頷《うなず》いていた。

改心者は松寿寺の婦女子も含め、40人にもなっていた。彼らを塩見町の本行寺に移すことになった。改心すれば浦上に帰してやるという口約束を反故《ほご》にされ、何度も要求したが無視された。


——明治2年（1869）末に岡山に流され、早や3か月余りが経とうとしていた。弓之町の牢にもそよ吹く風や日溜りに、春の到来を感じるようになり、獄舎の裏の土手の桜の蕾がやっと膨らみ始めた頃だった。

誰からとなく、浦上の里の梅林のことを語り始めた。今頃はふくよかな風に乗って、里の家々を梅の甘い香りが漂い渡っていることだろう。望郷の念にかられ、皆涙した。

丁度その頃、松寿寺に収容されている婦女子が、弓之町の男子牢に引き出されて御用を受けに来るという噂が立った。懐かしい妻子が来るというので、男たちは色めき立った。丑松もサキが来るかも知れないと思うと、心が騒いだ。

彼女たちは、彼らが飢渇に苦しんでいると聞き知り、自分らの貧しい食糧を供出して僅かな手土産を持参した。

彼女たちが弓之町の牢で最初に見たものは、彼らが庭で雑草を摘んでいる姿だった。痩せて貧相な形《なり》をしていたが、眼だけは光を失ってなかった。

喚声をあげて久方振りの再会を喜び合った。あちこちに長崎弁が矢鱈《やたら》と飛び交っていた。

「草ば摘んで、どげんすっとね？」

「食糧の足しにすっとたい」

彼らの手にはヨモギ、ハコベ、ノビルなどがあった。噂は本当だった。彼女らは声にならぬ声で咽《むせ》び、袖を濡らした。

市之進は彼らの睦みあう姿を眺めるうち、ふいを思った。あれから何度か休暇で家に帰り同衾《どうきん》したが、彼女に触れることはなかった。微かな嗚咽《おえつ》が漏れるのを、黙然と背中で聞いていた。なんとちっぽけな男の矜持《きょうじ》だろう。自分でも情けなかった。

丑松は彼女らが入ってきた時、瞬時にサキの姿を探し当てた。久方振りだった。身なりは薄汚れていても、利発そうな竜胆《りんどう》のような横顔はひときわ輝いていた。

彼女はまだ気付いていない。胸が締めつけられるようで苦しかった。彼女は母親と3つ違いの妹の3人で、父親の市蔵に手土産を渡し、再会の喜びに浸っていた。その時、自分に向けられている熱い視線に気付いた。

――丑松だった。転んで自分の前から姿を消し、長いこと行方知れずになっていた。それなのに、何故こんな所に……？

彼は精一杯の愛想笑いを向けた。頬は痩《こ》け、眼だけは異様に光っていた。サキは思わず涙を零《こぼ》しそうになった。もう既に愛想尽かしをし、忘却の彼方に追いやった男だった。しかし、胸の動悸が未練を物語っていた。

「なしてここにおっとね？」

「転んだとば後悔して、船に紛れ込んだと」

ホントはお前に会いたいからだと謂いたかったが、在り来たりの言葉が出た。素っ気ない会話だったが、2人には十分だった。

番所の横から彼らを具《つぶさ》に観察していた市之進は、丑松とサキの只ならぬ関係に興味を示した。「女どもの説諭が生温い」という理由で、弓之町の牢まで御用でわざわざ引き出したから、いい機会だ。

市蔵を改心させるのが主目的だが、彼の一家4人の一網打尽を目論んだ。市蔵は浦上キリシタンの惣頭で性根《しょうね》が据わっているが、粗末な食事で弱り果てている。拷問を加え、市蔵さえ改心させれば、あとの3人は簡単だろう。

市之進は妙案を思いついた。サキだけは拷問を加えず、家族3人が苦しむ様を横で見物させることにした。サキは心根が優しそうな女だ。拷問を加えるよりそのほうが苦しい筈だ。堪《たま》らず家族の解放を求めて、改心の申し出をするに違いない。

サキが改心すれば、丑松はどんな顔をするだろう。楽しみだ。彼を落とす手だても見えてくる。

市蔵は御用に出る時、既に覚悟を決めていたのか、手の平に収まるほどの青銅製の小箱をサキに託した。

「我が家に代々伝わる大切なもんたい。お前が持っとけ」

「持っとけって、これはなんね?」

「聖骨箱たい。名前の通り、本来は聖なる人の骨ば入れるとたい。バスチャン様の予言書も入っとる」

「バスチャン様の予言なら知っとる」

「その予言とは別のもんたい。バスチャン様は我が家のご先祖ばい」

初めて聞くことだった。

バスチャンは17世紀、浦上や外海《そとめ》地区で、日繰暦や予言などを伝承していた日本人伝道士だ。洗礼名セバスチャンが訛《なま》ってバスチャンと呼ばれるようになった。弾圧の中で密告により捕えられ、78回の拷問を受けて長崎で処刑された。

市之進は自らの手で3人を青竹叩き、水責め、梅の木吊るしと、続けざまに拷問にかけた。彼らは互いに励まし合い、オラショを唱えて決して屈しなかった。市蔵の気丈さは筋金入りだ。母タケと次女セツは元来体が弱く殊勝にも耐えていたが、棍棒《こんぼう》の一撃で気絶した。

サキは拷問の場に座らされ、一部始終を具《つぶさ》に見物させられた。打擲《ちょうちゃく》音や、苦痛に歪む呻《うめ》き声が心に突き刺さり、自分が拷問を受けるより辛かった。

市之進は、彼らが身命を賭してまで守ろうとする信仰とやらが理解出来なかった。

「一時凌ぎでええ。一言改心すると謂やあ、全て丸く収まる」

何度も市蔵に説いたが、応じることはなかった。サキには懇願する口調になった。

「肉親への情があるんなら、勘弁を願うだけでええ。このままじゃあ3人とも死んじまうぞ。キリスト教とやらは、それほど薄情なもんなのか」

サキの心は振《ぶ》れることはなかった。両親と妹セツの心を十分に忖度《そんたく》しながら、首を横に振った。家族への情なら決して他人に引けは取らない。マリア様を思い描くことで、邪念を彼方へ追いやった。

市之進の彼らに対する憎しみが増幅した。サキにさらに迫った。

「お前が助命を乞えば放免してやる。さもなくば悲劇を招くことになるが、ええんだな？」

サキはそれでも首を縦に振らなかった。市之進は激情に走り、理性を失くした。棍棒で市蔵を殴りまくり、道を修めた筈の剣術も単に欲求不満の吐け口と化した。目尻は吊り上がり、白眼を剥《む》いた。明らかに、彼の中には別物が棲みついていた。


――その時だった。血刀を持ち、全身に返り血を浴びた2人の敗残兵らしき男が飛び込んで来た。若い男が必死の形相で叫んだ。

「内藤、内藤市之進はどこだ？」

自分の名を呼ばれ、ギョッとして凝視すると、2人は天誅組の変で死んだ筈の、田中兵馬と藤本鉄石ではないか。

「兵馬と鉄石先生？　どうしてここに？」

兵馬は上目遣いで侮蔑の念を込め、唾を飛ばしながら絶叫した。

「どうもこうもありゃせん。お前の臆病風のせいで負け戦だ。あの時、何故に日和《ひよ》った？」

「悪かった。両親に必死に止められ、仕方なかったんだ」

「友を裏切り、侠気《おとこぎ》の欠如に吐き気がする。断じて許せん」

さらに鉄石が市之進を睨《ね》めつけ、啖呵《たんか》を切った。

「固い約束を反故《ほご》にして、意志薄弱は男の名折れ。冥土への道連れにしてやる。覚悟せい」

2人は刀を振りかざし、市之進に迫った。振り下ろす刀の下をかいくぐり、番所の中へ逃げ込むと、罵声が背中を追い立てる。間一髪、戸に閂《かんぬき》を掛けた。激しく戸を叩き、蹴破ろうとする。

罵詈雑言《ばりぞうごん》を浴びせて2人は姿を消し、市之進は戦《おのの》きながら酒を呷《あお》った。両眼は虚ろで宙を舞い、眼は不気味に充血していた。


——翌朝、捨て置かれた3人は動かなくなっていた。

春とはいえ夜は冷え込み、サキの懸命な介抱と牢の仲間の励ましにも拘わらず、弱り果てた体は持ち堪《こた》えられなかった。

キリシタンたちは3人の見事な殉教を讃え、涙した。サキは3人の家族を一度に天に召され、悲しまぬ筈はない。天涯孤独の身になり果てた。遺骸を前に、呆として涙は出なかった。

丑松はサキに声を掛けるのを憚《はばか》った。悲しみとも、怒りともつかぬ不思議な感情が湧き上がった。サキは3人の遺髪を切り、聖骨箱に収めるべく初めて蓋を開けた。中には古びた紙が入っていた。

〈オラショを大声で唱えられる時が到来したら、十字架を浦上の里が見渡せる場所に立てよ。奇跡が起きる〉と記されてあった。

その時、父親市蔵とは昵懇《じっこん》の触頭《ふれがしら》の清兵衛が進み出た。

「そん話は市蔵さんから何度か聞いたことがある。バスチャン様が長崎の外海《そとめ》で捕まって、長崎で処刑される前に娘婿に託したとが十字架とその奇跡の予言たい。かの有名な、『バスチャンの予言』とは別のもんたい。浦上キリシタンの心の拠所ばい」

世に知られる有名な「バスチャンの予言」とは、要約すると、〈迫害で神父が殺されてしもうても、いつかは必ず神父がやって来る。そして、やがては迫害も終わる〉というものだ。

サキは清兵衛の話で思い出したのか、「そう謂えば、十字架は何回か見たことあるばってん、何処にあるとやろか。奇跡の話も、小さか時に父に聞かされたことのある」と、遠くを見遣りながら呟《つぶや》いた。

清兵衛はサキの話に頷きながら、

「市蔵さんのことやけん、十字架は浦上の何処かに大事に隠しとるに違いなか」

そう謂って、遠く浦上のことに思いを馳せた。

清兵衛はこれまで市蔵から数多く薫陶を受けてきた。彼亡き後、自分が仲間の規範となならなければならない。それが彼の意思に違いないと思った。

そして幼少時——、清兵衛は3歳年長の市蔵から浦上川で魚釣りや泳ぎの手解《てほどき》を受けたことを思い出し、彼を偲んだ。

丑松はバスチャンの奇跡を初めて耳にし、しかもバスチャンがサキの先祖だと知って、俄然神の恩寵を感じて胸が震えた。

一方の市之進は、昨夜の出来事に色を失っていた。目は虚ろで兵馬と鉄石の罵声が未だに耳に残っていた。少しの物音にも脅える様は、まるで野ネズミだった。しかも、今朝がた息を引き取った3人の死をも恐れぬ殉教がさらに拍車をかけ、魂は殺伐たる荒野を彷徨《さまよ》っていた。


明治3年（1870）8月——。

酷暑の中でのキリシタンたちの生活は、悲惨を極めた。貧しい食事と非人間的な扱いに、いっそう喘《あえ》いで痩《こ》けた。

市之進はこの夏で改心者が続出すると踏んでいたが、サキの両親と妹の殉教で結束がより固くなったのか、思惑は外れた。彼の面相はより険しくなり、眼窩《がんか》には隈が目立ち、月代《さかやき》の青筋が顳《こめかみ》まで浮き出ていた。

涼しい秋風が牢舎を吹き抜け、夜には虫の合奏が聴こえるようになり、皆の心を和ませるようになった頃だった――。

弓之町の牢の男性、松寿寺の婦女子、本行寺の改心者全員が、瀬戸内海の鶴島への移住が決定した。鶴島は周囲3キロの無人島で、開墾と脱走防止の一石二鳥の思惑からであった。

市之進も当然のことながら、鶴島への同道を謂い渡された。もはや彼らと関わりたくなかったが、不満を謂える立場になかった。

彼は鶴島に赴任する前、遣り切れなさと虚ろな心情を引きずって自宅に帰った。庭先で洗濯物を干していた妻のふいは、彼に気付いて芙蓉《ふよう》のようなふくよかな笑顔で駈け寄って来た。

「お帰りなさいませ」

初めての夜以来彼女に触れることはなかったが、彼の胸に無邪気に寄り添ってきた。

「ちょっと、お痩せになりました？」

彼はこれまでの拘《こだわ》りを捨て、ふいに縋《すが》って甘えてみたい衝動にかられた。彼女の両肩を強く握りしめ、無器用に抱き寄せると椿油の香りが欲情をくすぐった。堪え切れず、彼女の手を取り両親への挨拶もそこそこに自室に走った。

ふいの柔らかな口を存分に吸い、豊かな乳房を愛おしそうに赤子のようにむしゃぶりついた。彼女は彼の唯ならぬ気配に仕事上の苦悩を慮《おもんばか》り、自らの人生の負い目もあって、健気に彼の激しい欲情に応えるのだった。

――汗で顳《こめかみ》に付いた彼女の髪を直してやりながら、市之進は呟いた。

「鶴島に行かんといけんごとなった。キリシタンを移住させるんじゃ。厄介じゃが、お役目じゃけん」

余韻に浸り、微睡《まどろ》んでいたふいがふと顔を上げた。

「鶴島じゃて、えれえ辺鄙《へんぴ》なとこへ……。キリシタンをどうするつもりです？」

長崎の浦上から配流になったキリシタンのことを、彼女に語って聞かせたことがあった。

「改心させるためじゃ」

市之進は語気を強めた。その時、丑松とサキの顔が浮かんだ。

（あの2人を、なんとかせにゃあ）

「弓之町の牢ではいけんのですか？」

「強情な輩《やから》じゃけん、もちょっと過酷な労働と拷問を加えにゃ」

「まあ、怖かこと」

ふいは市之進にしがみついた。これまでの彼女に対する蟠《わだかま》りが氷解し、愛おしさを感じていた。彼は抱き締めてやりながら彼女の口を吸うと、再び欲情に火が点いた。彼女は、隣の部屋の両親に聞こえるような喘ぎ声を何度も漏らして果てた。

鶴島では、不改心者は男女別に狭い部屋に押し込められ、改心者の家族は1部屋ずつ与えられた。

キリシタンたちの生活は、今まで以上に過酷だった。土地開墾のため、1日につき男8坪、女6坪の労役を課せられ、改心者には3日ごと労賃が支払われた。不改心者に対する見せしめに他ならない。

食事は依然として、搗《つ》きもしない麦の粗末なものだった。しかし、丑松はサキと身近で共に過ごせることが、無上の喜びだった。最初のうち、サキは丑松とは距離を置いていた。彼が親身に老人や女性の手伝いをしているのを見るにつけ、彼女は次第に彼に笑顔を向けるようになった。

市之進は彼ら2人を見ていると苛《いら》ついた。開墾作業中、2人は決して怠けているわけではないのだが、寸暇を惜しんで寄り添い、楽し気に語り合っていた。

生活は楽な筈はない。食事も粗末なものを与え、肉体的にも精神的にも辛い筈だ。なのに、笑顔すら浮かべている。数日ならいざ知らず、もう何か月も経っているというのに。

サキは丑松が側に居るだけで心が和んだ。丑松とて同じだった。サキの顔を見るだけで、どんな辛いことだって耐えられる気がした。

或る日、彼女が紙縒《こより》で小さな輪をいくつも繋《つな》げて作ったコンタツ（数珠）を彼に贈った。

「これで毎晩祈らんね」

「コンタツじゃなかね。紙で作ったとね。大変じゃったろう。有難う。これで一生懸命祈るばい」

サキの心遣いが嬉しく、受け取る時、手を思わず握りしめた。彼女は思いがけない彼の行為に、俯《うつむ》いたまま顔を赤らめるばかりだった。

その頃から2人は、キリシタンたちの中心的役割を担って動き回った。開墾が捗《はかど》らない者の手伝いは固《もと》より、手の回らない者の世話もした。市之進には、そんな丑松の行動が欺瞞に映り、癪《しゃく》に障った。

(サキの手前、点数稼ぎをしているに過ぎない。小賢しい奴め)

そんな折、丑松が「自分らを動物呼ばわりするとは、我慢がならん」と、牢の前に各自の渾名《あだな》を記した表札を抗議した。顔付きや体付き、動作などの特徴を捉え、動物名で呼び付けられていたからだ。

市之進はそれを聞いて激昂した。

「ウシ、御用に出え」

「ウシはおらんです」

「お前《めえ》のことじゃ」

丑松の心積りは出来ていた。真っすぐ前を見据え、涼しい顔をして出て行った。市之進は余計に苛立った。丑松が御用に呼び出されたことは、女子牢にもすぐさま知れ渡った。サキは平静を装ったが、さすがに動揺した。手を合わせ、静かに祈った。

市之進は自ら棍棒を持って丑松の前に仁王立ちし、血走った眼《まなこ》で威嚇した。

「改心すりゃ許しちゃる」

「改心などせん……」

返答を最後まで聞かぬうちに、気合い一閃、いきなり棍棒が振り下ろされた。

「うぐぐっ……」

低くくぐもった呻き声を発した。市之進は剣の使い手である。続けざまに棍棒が唸りをあげると、丑松は全身に痛みが走ったかと思う間もなく、気が遠くなりかけた。

丑松の右手には、サキから貰った紙縒《こより》のコンタツがしっかりと握り締められていた。

「改心する気になったか？」

丑松は薄れゆく意識の中で、辛うじて首を横に振った。——と、同時に次の衝撃が脳天を突き抜け、気を失った。水を掛けられ、意識は朦朧《もうろう》として宙を彷徨《さまよ》った。

市之進が更に鞭で打つと、丑松は低い呻《うめ》き声を何度も漏らした。鞭の撓《しな》る乾いた音と丑松の呻き声は、牢小屋中に響いた。サキはひたすら祈りながらも、丑松の呻き声と鞭の音を聞くたびに心が振るえた。

丑松は体をエビのように屈め、手の平に握りしめた紙縒のコンタツに目を遣りながら、サキの笑顔を懸命に想い、ひたすら耐えた。市之進は、血だらけで涎《よだれ》をだらしなく垂らし、惨めな姿を晒《さら》す丑松を薄ら笑いを浮かべて見下ろすうち、激しい眩暈《めまい》に襲われた。

酩酊状態に似ていた。朧気《おぼろげ》ながら目を覚ますと、丑松が頭に茨の冠を被り、肩に大きな十字架を背負いながら汗水を垂らして歩いていた。十字架の重みでよろめき、幾度も倒れ込んだ。

丑松が何故、斯様《かよう》な形《なり》をしているのか不可解だった。顔を覗き込むと、丑松は異国の男に豹変していた。青い眼で髭を生やし、やつれ果てていた。

――この男は何者だ？　何処かで見たことがあるような気がする。青い眼は慈《いつく》しみ深く、悲しみを湛《たた》えていた。ひょっとして、十字架に磔《はりつけ》になっている〝あの男〟、イエス・キリスト……？　キリシタンが神と仰ぐあの男だ。

その彼がどうしてここに……？　思い惑ううち、血と十字架と鞭が交互に眼の前を飛び交った。再び激しい眩暈に襲われた。

――気付くと、眼の前に男が転がっている。覗き込むと丑松だった。市之進は思い直したように、丑松の耳許で囁くように謂った。

「どうだ、改心する気になったか？」

「改心、なりません」

「強情な奴め、今日のところはこれぐれえで勘弁しちゃる」

丑松は牢小屋で、皆から手厚い介抱を受けた。

「よう我慢したな」

この一言が嬉しかった。手には、紙縒のコンタツがしっかりと握り締められていた。

女子牢にもすぐさま一報が届き、サキは安堵の溜息をついた。取りも直さず、身の回りの者をこれ以上失いたくなかったからだ。

翌日、丑松は体中の激痛で開墾作業どころでなかった。勘弁を願ったが、市之進は当然の如く拒絶した。ところが、皆が「日頃丑松に世話になっとるけん、こげん時にお返しせんばたい」と、彼の分を肩代わりしてくれたのだ。

丑松は甘えることにした。草叢《くさむら》に腰を下ろし、皆の心意気に感謝しながら作業振りを眺めていた。サキが時折、労《いたわ》りの笑顔を送ってくれる。

空には鳶《とび》がのんびりと、弧を描きながら舞っている。辺りにはヨモギが枯れた花を未練たらしく付けたまま、冬を待っていた。もう晩秋なんだと、今更ながら気付いた。

作業監視に出て来た市之進は、丑松の背後に佇《たたず》み昨夜のことを反芻《はんすう》していた。丑松が何故に十字架を背負い、そしてイエス・キリストに豹変したのか？　何者かが仕向けたことなのか、単なる潜在的な意識の為せる業《わざ》なのだろうか？

背後の市之進に気付いた丑松は、穏やかな表情で会釈した。市之進はそれに気付いたのか気付かぬのか、呆として焦点の定まらぬまま踵《きびす》を返した。

作業終了後の帰り道、サキが丑松の手を支えてくれた。

「紙縒のコンタツのお陰で耐えられたばい」

「ホントね？　そんなら嬉しか」

「御用ば受けとる時、手に握り締めとった」

懐から皺くちゃになったコンタツを取り出して見せた。血が滲んでいる。

「皺くちゃやかね。また新しかとば作ってやるけん」

「うんにゃ、これでよか。こいはおいの宝物ばい」

「そがんね……」

サキは支える手を愛おし気に強く抱き締めた。彼の左手が彼女の乳房の膨らみを感じ、彼は顔を赤くした。丑松はこの時ぞとばかりに意を決した。

「かつて、現実の生活ば夢見て教えば捨てたばってん、教えば捨ててまで幸せはなかて思うごとなった。サキ、教えば守って無事浦上に帰ったら、一緒になってくれんね」

ずっと待ち望んでいた甘美なその言葉。サキは俯いてはにかみながらも、はっきりと答えた。

「うん、ウチでよかったらお嫁にしてくれんね」

丑松は嬉しさで飛び上がらんばかりだった。

「よし、どげんことがあっても堪《こら》えて浦上に帰るばい。サキ、幸せになろう」

彼女も満面の笑みを返した。2人が夫婦《めおと》の契りをしたことが、仲間うちに瞬く間に広がった。神への篤い信仰があるとはいえ、楽しみを殺《そ》がれ、明日が見えない彼らにとって我がことのように喜び合った。

当然、噂は市之進ら役人の耳にも入ってきた。市之進にとって忌々しかったが、絶好の好機でもあった。2人の仲を逆手に取って、2人のうちどちらかを改心させれば、もう片方も容易に改心するだろう。

——さすれば、残りの者たちも雪崩《なだれ》現象を起こすに違いない。

明治4年(1871)に廃藩置県が施行され、岡山藩が岡山県になって間もなくの頃である。

その年の冬の到来は早く、師走の初旬には既に雪がチラつき始めた。

上司から、「このところ改心者の報告はないが、忘れとるんか」と皮肉られ、さらなる説諭の強化を迫られた。

事実、弓之町の牢の時には半数程の改心者を出したが、鶴島に移住してさほど成果は上がっていなかった。他県では外国の圧力で改心者の長崎への帰郷の動きがあり、キリシタンに対して対応が緩やかになっていたから、市之進ら下級役人が勝手に動く訳にいかなかった。

市之進は上司のその言葉を待っていたかのように、早速開墾作業から戻って来た丑松とサキを御用で呼び出した。2人だけの呼び出しに、皆は只ならぬものを感じて緊張の糸を張り巡らした。

夕刻より降り始めた小雨が雪に変わり、冷え込んでいた。

市之進は番所の前庭に2人を座らせ、居丈高に怒鳴り散らした。彼の神経は異常に昂ぶっていた。

「今度ばかりは覚悟を決めよ。容赦せんっ」

丑松とサキの背筋は、来たるべきものを待って張り詰めた。下役の間髪を容れぬ棍棒が振り下ろされた。2人は歯を食いしばり、低い唸り声を発して堪えた。続けざまに飛んできた。激痛が骨の髄まで染み渡り、声にならぬ声が喉の奥から掠《かす》れ漏れた。

「どうだ、改心する気になったか？」

「改心なりません」

丑松が答えると、市之進は畳みかけた。

「お前らは夫婦《めおと》の約束をしとるそうじゃが、死んじまえばその願いは叶うまい。ハライソ（天国）での幸せなど笑止千万。生き長らえてこその幸せぞ」

「神ば裏切ってまで、自分らの幸せはなか。どげん試練ば受けても、耐えてみせますけん」

丑松の不遜なもの謂いに、市之進の口の端に不敵な笑みが漏れた。

「ならば、ようく見とれ。女の着物を剝《は》げいっ」

下役がサキの着物を強引に剝ぎ取ると、上半身裸の腰巻姿になって衆目に曝《さら》された。サキは羞恥のあまり、両手で胸を隠した。痩せて背骨が浮いていたが、それでも肌は白く艶《なまめ》かしかった。

市之進の合図で、下役の振り下ろす青竹がサキの白い肌に食い込んで血が滲んだ。押し殺した短い悲鳴の度毎に、丑松は自分の身が切られるよう心が痛んだ。

市之進は、サキが殴られる度に微かに顔を歪める丑松を見て、彼は落ちると確信した。

「あれ程の辱めを受けても、あの女と一緒になりてえか？」

「なりたかです。いくら辱めば受けても、心は汚されとらんです。真っ白のままですけん」

「ならば、あの女がいくら酷い目におうても、いいと謂うんだな」

「よくなかです。代わりにオイを叩いて下さい」

「小癪《こしゃく》な。望み通り、存分に叩いてやろう」

市之進は自ら鬼の形相で丑松をめった打ちにした。服は裂け、血が滲んで服を真っ赤に染めた。

丑松は痛みに耐えながら、脳裏にはキリストやマリアより、サキのにこやかな笑顔があった。その笑顔を思うと、耐えられるような気がした。笑顔の先にこそ、自分たちの幸せが待っているのだ。そのことをサキも分かってくれている。

2人は改心しなかった。閉口した市之進はサキに着物を与え、腹立ち紛れに2人に水を掛けて捨て置いた。1日で簡単に改心するとは固《もと》より思っていなかった。勝負は2、3日後になるだろう。

冷え込んで雪が本降りになった。漏れた服が体温を奪い、震えが止まらなかった。日頃の栄養不足と、重労働で体力も弱っていた。2人はひたすら祈っていた。薄れゆく意識の中で互いを思い、心の支えとした。自分たちの幸せは、この苦難を乗り越えた先にあることを知っていた。遠くから時折、仲間たちの激励の声が聞こえてくる。雪がシンシンと降り積る。御用が解かれる様子はない。

市之進は番所で独り、外の雪を眺めながら所在なげに酒を舐めていた。丑松とサキのことが頭から離れず、彼らの苦悶に歪む顔が浮かんでは消えた。2人に対し、ムキになっているのは事実だった。殊《こと》に丑松は、なんとしても屈服させたかった。

そこに突如、乱暴に戸を開け放って入って来た者がいた。一瞬間、田中兵馬と藤本鉄石が再び闖入《ちんにゅう》したかと、顔を引き攣《つ》らせて飛び上がったが、市之進と同じ説諭係の森中豊次郎だった。

年格好は同じで、口数の少ない男だった。

「ほんとに嫌になるな。キリシタン共に付き合わされて、何時になったら家に帰れることやら」

よほど鬱積したものがあるのか、腰掛けにどっかと腰を下ろし、珍しく自分から話し掛けてきた。

「まったくだ」

市之進は相槌を打ちながら湯呑を差し出した。豊次郎とは気が合わなくもない。彼も飲みたかったのだろう。一気に飲み干した。

「何がよくて、奴らはキリスト教とやらを信じとるんじゃろか？」

豊次郎が呟くように謂った。市之進は湯呑を睨みながらしばし黙考し、俄《にわか》に口を開いた。

「分からん。磔《はりつけ》になった男に、何故《なにゆえ》義理立てするんか理解に苦しむ」

「同感じゃ。命を懸けてまでのことじゃないと思うんじゃが、皆目分からん」

「うむ……」

市之進は小さく頷いたものの、己自身、命を擲《なげう》つ漢気《おとこぎ》など皆目無いことを知っていた。かつて故郷の英雄、藤本鉄石の天誅組の変に身命を賭そうとした情熱は、単なる若気の至りだったのか……。

牢役人という職に決して満足はしてなかった。日頃の憤懣《ふんまん》はそれだけではなかった。己自身の心の中にもあった。

再び苦悶に歪む丑松とサキの顔が浮かんでは消えた。彼らには、曲がりなりにも信じる神が存在する。彼らとの違いはそこだった。

酔いが回ったのか、うたた寝を始めた豊次郎を尻目に、市之進は2人の様子を窺いに外に出た。一面の雪景色で、辛うじて小さな膨らみが2人の存在を示していた。大声で話し掛けてみる。

「どうじゃ、寒かろうが。改心する気になったか？　温《ぬく》い飯と汁で体を温めてえと思わんか。

首を縦に振るだけでええ」

丑松は薄れゆく意識の中で首を横に振った。サキも同じように横に振った。

「強情な奴らだ」

市之進は酒臭い息を吐きながら、丑松の耳許に近づいた。

「サキを助けてえと思わんか。強情を張っとったら死んでしまうぞ。お前が勘弁を願うだけでええ。2人共助かるんだ」

丑松は再び首を横に振った。サキの耳許で囁くよう話し掛けてみる。

「丑松と共に助かりたいと思わんか。丑松は先に謂い出せず、お前が謂うのを待っとるで」

サキは俄《にわか》に身を起こし、市之進を睨《ね》めつけ、ゆっくりながらきっぱりとした口調で謂った。

「丑松さんは、そげん人じゃなか。1度は、過ちば、犯したばってん、今は強か。ウチは、丑松さんば、信じとるばい」

市之進は激昂した。

「そんなら、何時まで持ち堪《こた》えられるんか、覚悟せい」

――その時である。眩暈がしたかと思うと、十字架を担いだ青い眼の男が出現した。いつぞやの、イエス・キリストだ。茨の冠を被り、腰布ひとつで汗水を垂らしながら一歩一歩よろめきながら歩いていた。

キリストはふと足を止め、市之進の心を見透かすよう微笑みかけてきた。市之進は吸い込まれるように釘付けになった。キリストの眼の奥には、悲しげな微かな孤独の陰があった。彼は何に絶望しているのだろうか。無知蒙昧《もうまい》な民衆たちに対してだろうか、それとも己自身にだろうか……。

役人が彼に容赦ない鞭を振るい、群衆が罵声を浴びせ投石した。石が顔面に当たり、血だらけで振り向いた顔がなんと――、市之進自らに摩《す》り替っているではないか。何故自分が、こんな姿に……。

重い十字架が肩に食い込み、鞭と投石と罵声が不可解な思いに拍車をかけ、責め苛《さいな》む。天を仰ぐと、灼熱の太陽が嘲笑《あざわら》っていた。

そこへ突然、群衆の中から黒いマントを纏《まと》った男が現れ、汗水垂らしながら喘《あえ》いでいる市之進の耳許で生臭い息を吐きながら囁いた。

「お前の肚《はら》は先般来、お見通し。この秘薬を嗅がせるだけで、望みは意のまま」

まるで地の底から呻《うめ》くような不気味な声だった。男は赤い舌をチロリと出しながら小さな壜《びん》を市之進の手に握らせると、瞬く間に姿を消した。一瞬間の出来事に、市之進は茫《ぼう》として手の平の壜を見つめていると、またもや激しい眩暈に襲われた。

——市之進が気付いた時、番所の前庭に倒れていた。右手には小さな壜を握りしめている。黒マントの男が謂っていた秘薬か……。嗅がせるだけで、丑松とサキを意の儘《まま》に出来ると謂う。

試してみたくなった。2人は微かに息をしている。鼻先にちょっと嗅がせるだけでいいのだ。栓に手を架けた。

——ふと黒マントの男が頭を掠《かす》めた。顔貌《かおかたち》は見せず、見たのは赤い舌だけだ。果てしない深淵のそのまた奥深くに蠢《うごめ》く、得体の知れぬ物を想像すると背筋が凍り、思い止まった。

市之進は眼前に広がる暗闇めがけ、壜を思い切り投げ入れた。壜は暗闇の中に音も立てず吸い込まれていった。

彼は弱みに付け込まれた己の脆弱《ぜいじゃく》さを感じずにいられなかった。壜の栓を開ければ職務は果たせるやも知れぬが、人間の欲望は尽きることがないのだ。

――市之進は2人の自分と戦っていた。1人は過去と向き合う自分と、もう1人は現在《いま》のキリシタン撲滅に狂奔する自分とであった。

過去の自分とは、きっぱりと訣別するしかない。時折女々しさが頭を擡《もた》げ苦しめたが、只管《ひたすら》前を向くしかないのだ。

キリシタン撲滅は職務とはいえ、彼らの純な生き方にどこか心動かされるものを感じていた。眼前に横たわる、丑松とサキのひたむきさに嫉妬しているのかも知れぬ。執拗な拷問もその表れであることを、市之進はそれとなく感じていた。


――翌朝、朝日の眩《まぶ》しさで眼が覚めた市之進は、早速、丑松とサキの様子を窺いに表に出た。昨夜来の雪も止み、寄り添う2人に降り積もっていた雪も解けかかっていた。

「どうだ、寒さが応えたじゃろう。改心する気になったか？」

返事はないが頭だけ微かに横に動いた。よくぞ寒さの中を耐え忍んだものだ。市之進は何故かホッとしたものを感じ、朝日に輝く雪景色に見入っていた。すると、1羽の大きなカラスが番所の屋根に止まり、狡猾《こうかつ》そうな漆黒の眼《まなこ》で様子を窺うよう、「カアア」と甲高い声で鳴いて飛び去った。

――その時、市之進は背後に人の気配を感じ、ギクリとして振り返った。厳《いか》めしい顔付きの上司が立っていた。

市之進の父親と同年輩で、父とは知悉《ちしつ》の間柄だった。建前論者の融通のきかぬ堅物で、先日も拷問の生温さを叱責されたばかりだ。その彼が早朝、わざわざ顔を出した理由は分かっていた。

「まだ改心せんのか。お主、キリシタンどもに心を許しとるんじゃねえだろうな」

「いや、そげなことは」

「手心を加えるんじゃねえぞ」

冷たく謂い放って、そそくさと背を向けた。

拷問をこれ以上厳しくしても、殉教を早めるだけで得策ではないような気がした。あの2人は、生半可な拷問では屈しないだろう。

市之進はふと閃いた。鶴島に移住して間もなく、殉教した夫婦の幼い遺児をサキは我が子のように育てていた。その男の子を利用してみようと……。

早速、泣き叫ぶ男の子を老女から引き剥《は》がし、丑松とサキの1間《けん》ほど先に捨て置いた。もう2歳ぐらいになっているだろうか。解け出した雪の上で、冷たさに驚いていっそう泣き叫んだ。

サキはぼんやりした意識の中で、泣き声に本能的に反応した。ゆっくりと、ほんのゆっくりと体を起こしながら、泣き声の先を指先で探した。

「弥平、弥平……どこね、どこにおっとね」

やっと〝我が子〟を目にしたサキの笑顔は、正に母親のものだった。それを見ていた市之進はほくそ笑んだ。

(青竹や棍棒で殴るより効果てき面)

「この子と平穏に暮らしてえなら、改心したらどうだ」

市之進の意図を察したサキは、苦虫を噛み潰したように唇を噛んだ。子供の泣き声は、寒さと饑《ひもじ》さと人肌恋しさにいっそう激しさを増し、牢内の皆をも苦しめた。

丑松とサキの呼び掛けに、弥平は這いずってやっと2人の許へ辿り着いた。サキは弥平を掻き抱いた。牢内のキリシタンたちは、3人の情愛に涙した。

サキが弥平をいくらあやしても泣き止まない。泣き声はキリシタンたちを疲弊させた。市之進は下手に説諭するより得策だと、御用を解かずそのまま捨て置いた。

夕闇が迫ろうとしていた。

子供は泣き疲れ、サキに抱かれて眠りに就いた。丑松は薄れゆく意識の中でサキと子供を庇《かば》うよう覆い被さり、転んで逃亡した隠棲生活のことを語り聞かせた。

「住処《すみか》は山ん中の巌窟《がんくつ》たい。川魚や野鳥、山菜が主食やった。時には遠くの里に出て、農作業の手伝いばして野菜や米ば恵んで貰うた」

サキはか細い声で訊ねた。

「蒲団や鍋釜はどげんしたとね？」

「蒲団は木の枝や草の葉たい。鍋は農作業の手伝いの時、要らんもんば貰うてきた」

「夏はよかやろばってん、冬は寒かろもん」

「うん、寒うて凍える程じゃった。じゃけん、夜通し焚火《たきび》ばしとった。薪《まき》はいくらでもあったけんね」

「そがんね。ばってん、夜は長うて寂しかったやろ」

「うんにゃ、毎晩転んだことば後悔して、コンチリサン（完全なる痛悔）のオラショば唱えとった。寝る時にはお前のことば想いながら何時も眠りに就いとった」

「そげんこと謂うて、おらんごとなる前、どげんして一言謂うていかんやったとね」

「恥ずかしゅうて、そげん気になれんやった」

――丑松は話題を変えた。

「或る日の夜やった。眠っとる時に何やら様子がおかしゅうて飛び起きたら、猪が住処に闖《ちん》入《にゅう》してきたとよ。棒切れば振り回してやっとこさ追い出したばってん、けっこう大きゅうて怖かったばい。昼間やったら捕まえて食糧にしたとやけど、残念やった」

サキは「ククク…」と小さく笑って、体を小刻みに震わせた。丑松もつられて笑った。

その後、睡魔と戦いながら他愛のない話を懸命に続けたが、いつの間にか瞼が重なってしまった。

深更《しんこう》に及び、市之進が様子を窺いに番所から出た時だった。大地震が起きたかと思うほど視界が揺れ、足がよろけた。またもや眩暈《めまい》だった。前後不覚に陥り、転倒した。

どれくらい時間が経過しただろう。誰かが裸で十字架に磔《はりつけ》になっている。群衆が罵声を浴びせ、投石を繰り返す。磔の主は丑松だった。手足に釘を打たれ、苦痛で顔は歪んでいた。

(何故に丑松が……)、思い惑っていると、群衆の中から黒い影が忍び寄ってきた。——黒いマントの男だった。赤く長い舌がチロチロと垣間見えた。

「あやつに嗅がせれば済んだものを、偽善者めが。お前の虚栄と欺瞞が俺さまを招いているというのに、キッキッキ……」

乾いた奇声が市之進の胸に突き刺さった。

「余計な世話だ。目の前から失せろ」

「今からでも遅くない。磔の男を十字架から引きずり降ろし、この薬を嗅がせろ」

「黙れ、お前の口車になんか乗らぬ」

すると、マントの中から一条の光が不気味に光った。――と同時に、鋭い爪先が一閃、シャ――ッと振り下ろされた。顔に微《かす》かな痛みが走る。黒マントの男は群衆の中に消えた。

その刹那《せつな》、十字架上の丑松の両脇腹に処刑人の槍が突き刺さった。何故に丑松が……。十字架の下には嘆き悲しむサキが居た。

――市之進が寒さで目を醒ましたのは、夜が白み始めた頃だった。横では丑松とサキ、弥平の3人が重なり合っていた。市之進が起き上がった時、頬に痛みを感じた。触れると、鼻梁《びりょう》から真一文字に切り傷があった。

記憶が蘇った。〝あの事〟が事実だとすれば――、丑松を引き剥がすと、既に息が絶えていた。なんと、両脇腹に刺し傷があるではないか。愕然と両膝をついた。自らの頬の切り傷といい、どう説明すればいいのか……。

さらに驚いた。サキと弥平が、微かに息遣いをしている。丑松が自らを犠牲にして、愛する者を寒さから守ったのだ。なんと見上げた男であることか。

市之進は感動の余り弥平を抱き上げ、体を擦《こす》りながら慟哭した。

(丑松は教えに殉じたのではない。愛する者のために殉じたのだ。教えに殉じた者は数多《あまた》見たが、彼のような男は初めてだ)

キリシタンたちを動物扱いして虐待した時、自分に注がれた丑松の怒りに満ちた侮蔑の眼差しを思い出した。

(転びのくせして、否、転びだったからこそ、弱い者の立場をよく理解していたのかも知れぬ。絶えず彼らに心を配っていた)

牢小屋では既に事情を察した仲間たちが、彼のために祈りを捧げ、そのうちの1人が絶叫した。

「丑松——っ、立派やったぞ。自分ば犠牲にして、サキや子供ば助けるなんて、我々の鑑《かがみ》ばいっ」

その声につられて、皆は涙した。

寝呆け眼で起きてきた森中豊次郎が、丑松の殉教を至極当然のように、「死んでしもうたか」と顎鬚《あごひげ》を指先で摘まみながらポツリと呟いた。——ところが、両脇腹の傷跡を見て眼を見開いた。

「一体、これは?」

「分からん。こんな傷跡が何時ついたのか……」

市之進は敢えて言及しなかった。謂ったところで誰も信じまい。キリシタンたちも首を傾げて訝《いぶか》った。

まだ現実が理解出来ずにいたサキも、体力を回復するにつれ、丑松が自分と弥平を庇《かば》って殉教したことを知った。

彼は自らの命を投げ出してくれた。――彼と新しい生活を築きたかった。それなのに、「教えば捨ててまで幸せはなか」と謂い放ち、自らに妥協を許さなかった。

(――嗚呼《ああ》、なんと雄々しい男《ひと》だろう)

サキは弥平を掻き抱きながら、丑松を失った悲しみと至高の愛に包まれた喜びとで、止めどもなく嗚咽《おえつ》を漏らした。弥平の頬に零《こぼ》れた涙の粒は、朝日を反射して七色の光を放っていた。

やがてサキは瞼を閉じ、なつかしい浦上のことを思い出していた。丑松と初めて言葉を交わした秘密教会の聖マリア堂でのこと。彼の住む一本木の名のもととなった楠の大木のこと……。その老いた幹と枝は、村人の心の拠所《よりどころ》だった。そこで2人は待ち合わせ、夢と教理を語らった。

梅雨時の蒸し暑い夜、2人で浦上川に蛍狩りに行ったことがあった。大発生した蛍は幻想的な光を放ち、川のように浛《うね》って2人に寄って来た。髪や着物の中に入り込んで、大騒ぎになった。

その後、彼は聖マリア堂で役人に捕えられ、酷い拷問を受けて教えを棄て、楠の老木も自分も悲しみに暮れてしまった。しかし、あの老木や蛍たちも帰りをきっと待ってくれているに違いない。そうだ、彼と一緒にあの故郷に必ず帰ろう。

――その時だった。下役の1人がやって来た。市之進に上司からお呼びが掛っていると謂う。駈けつけて仰天した。妻のふいがキリシタンの嫌疑で捕縛されたと謂うのだ。

「キリシタンの密会所を内偵中、その中にふい殿が居たそうだ」

急遽《きゅうきょ》帰宅を命じられた。頭の中は真っ白だった。今までキリシタンの素振りなど、1度も見せたことはなかった。よりによって自分の妻がキリシタンなど、ありようがないではないか。晴天の霹靂《へきれき》とは正にこのことだ。

役所に身請けに行くと、ふいは昼間の朝顔の様に萎《しお》れていた。その姿を見て市之進は嫌疑は事実であると悟った。

「1日だけ猶予をやる故、妻女を説得せよ。明朝、2人共々必ず出頭のこと」

苦々しく念を押されて、役所を出た。

「申し訳ありません」

ふいは深々と頭を下げ、後から殊勝についてきた。

「何時《いつ》からだ？」

「5年程前からです」

「離縁の原因はそれか？」

「はい……」

「俺がキリシタンの説諭役と知って、どうして止められない」

「貴方がどんな役であろうと、神は裏切れません」

「厄介な者たちだな、まったく」

捨て台詞を吐いて、丑松とサキの顔を思い浮かべた。道路端の生垣に、山茶花の白と紅の花が目に入った。

（もう、山茶花の咲く季節になったか……）

咲き始めで、花は少なかった。花が微かに動いていると思いきや、メジロが突っついて可憐な姿を現した。

「ウチの山茶花は咲いたか？」

思い掛けぬ問い掛けに、ふいは怪訝《けげん》そうな表情を見せた。

「ええ……少々」

白は寂し気だが、紅は冬の花とは思えぬ華やかさがある。ふと、白はサキで紅はふいではないかと脳裏を掠《かす》めた。

（――いや、意外と逆かも知れぬ……）

「離縁して下さって結構です」

ふいが唐突に切り出した。自業自得といえ、不憫《ふびん》だった。

「何故《なにゆえ》だ?」

「お役目に差障りがあろうかと……」

出戻りとはいえ、自分には過ぎた妻だった。ついぞ離縁するつもりなどなかった。明日、どう返答していいものか思案した。役職を取るか妻を取るか、二者択一は必定だった。役職を取れば、ふいを棄教させるか離縁するしかない。

帰宅すると、狼狽《うろた》えた両親が出迎えた。既に事情を知っているのだろう。両親の愚痴を遮るよう自室に入ろうとしたが、母親は市之進の袖口を引っ張って小声で陰口を利いた。

「キリシタンの嫁など穢《けが》らわしか」

父親は、長年の役人根性の習い性か生来のものか、

「お前の出世にも響く。どうせお下がりじゃから、離縁したらええ」

と、ヌケヌケと謂い放った。市之進は疎ましかった。普段、ふいと上手くやっていると思っていたが、裏腹だった。彼女の苦労を慮《おもんばか》った。

自室でふいと対峙したまま、沈黙が続く。満を持して彼が口を開いた。

「改めて訊く。キリシタンを捨てるつもりはねえんか?」

「今まで隠し立てをし、申し訳ないことをしましたが、捨てるつもりは毛頭ありゃしません」

「命に代えてもか?」

「はい、その覚悟です」

ふいは、自分の命運はマリア様に任せていた。最初の嫁ぎ先で離縁された時から、当たり前の幸せは諦めていた。実家の両親からも与《あず》かり知らぬこととて、見捨てられた。

市之進はにじり寄った。

「離縁と謂うんは、儂のこと厭になってのことか？」

「そんなことありゃしません。お家に迷惑がかかるのは必至かと」

「相《あい》分かった。なんとしてもお前を守る。離縁など考えるな」

「しかし、市之進さまの身に……」

「時代は変わりつつある。キリシタン禁制も諸外国から非難され、近々に解かれるであろう。そこで提案だ。形ばかりの転び証文を書いてくれ」

「いえ、そればかりは……」

「そう謂うと思うた。今朝方、丑松という男が将来を約束した女と、幼子を庇《かば》うて殉死した。1度転んだ奴じゃった。ところが、転んだからといって信仰を捨てちゃいなかった」

彼女は、夫が何を謂わんとしているか分かっていた。もう返す言葉もなかった。

彼は彼女を真正面から見据えた。

「ふい、お前を失いたくない。一時《いっとき》でいい、一時でいいんだ。この俺を憐れと思うて妥協してくれ」

それでも彼女は、首を縦に振らなかった。市之進が何度も頭を下げたにも拘わらず、徒労に終わった。

――まだ夜の帷《とばり》も明けきらぬ中、ふいが風呂敷包みひとつで静かに家を出るのを、市之進は蒲団の中で気付いていた。大凡《おおよそ》、予想していたことだった。寝たまま声を掛けた。

「行き着き先が決まったら、せめて連絡をくれ」

彼女は言葉を返すことなく、一礼をして出て行った。

両親はふいが家を出たことを知ると、安堵の表情を見せて露骨に喜んだ。

「キリシタンだったなんて、気味の悪《わり》いこと。面倒がのうて、よかったよかった」

市之進は重い気持ちを引き摺《ず》りながら、役所に出向いた。妻とは離縁し、家を出た旨を報告した。

「うむ、一応事無きを得たが、キリシタンを捨てなかったというんは、手配書が出回ることになるぞ」

「手配書が？」

「ああ、それにキリシタンが居た家は、その根が何処ぞに蔓延《はびこ》っているやも知れん。看視が続くということじゃ」

外に出ると、陽の眩しさに思わず目を逸らした。昨日は気付かなかった庭の一隅に、山椿の大木が今を盛りとばかりに花を付け、その根元には首を落とした深紅の花弁が覆い尽くしていた。なんと潔い花であることか。ふいを想い、市之進は未練がましく一輪を手に取り、そっと顔を寄せた。甘い香りが鼻腔いっぱいに広がった。

その木の横には名前そのもののように、紅白が捩《ねじ》れに混じった侘助《わびすけ》椿がひっそりと花を咲かせていた。

彼女が家を出る時、「行き着く先が決まったら連絡をくれ」と謂ったが、待てなかった。彼女に対する未練が数倍に膨れ上がった。

無駄とは知りつつ、彼女の実家を訪ねてみた。隣町の米問屋の筈だった。やっと探し当てたが、両親は冷ややかだった。

「娘はもはや勘当した身。当家とは一切関係ありゃせん」

市之進は改めてふいの孤独を思った。今頃何処に居るのだろう。さぞかし不安で一杯に違いない。甲斐性のない己が情けなく、遣り切れなさに涙を零しそうになった。

その足で、市之進は直接鶴島に出向くことにした。ふいの居ない家に戻っても、両親の愚痴が待つだけだ。舟からキリシタンたちが開墾と農作業に勤《いそ》しむ姿が小さく見えた。

明治3年には開拓面積が約5町歩に達し、畑には麦、大豆、小豆、胡麻、さつま芋などが植えられ、麦の若葉が風に戦《そよ》いでいた。

サキは丑松の犠牲的行為で、共に生き永らえた養い子の弥平を広場で遊ばせていた。丑松に先立たれ、幾分憂いを秘めるようになったが、彼の矜恃《きょうじ》と愛情を一身に受け、凛《りん》とした輝きを放っていた。

市之進はサキと目を合わすのを憚《はばか》った。役目とはいえ、丑松を死に至らしめた負い目があったからだ。彼女を見ていると、自然とふいを思い起こした。2人は生き方が似ていると思った。

——それは、マリアへの愛に基づくものであろうか。ふいも密かにマリアを拝んでいたに違いない。キリシタンから没収したメダイとやらに、その女の像が刻まれているのを見たことがある。変哲のない女であった。

その後キリシタンたちの間に、市之進がキリシタンだった妻を離縁したという噂が、何処からとなく漏れ伝わってきた。


——明治4年の初頭、市之進が新年を自宅で侘しく迎えていた時、1通の封書が舞い込んだ。意外なことに、ふいからだった。行き着き先が見つかったら連絡をくれるよう、家を出る折に伝えたのを憶えていてくれたのだ。

思い掛けず、長崎の浦上に居た。浦上とは何かの因縁であろう。よくも、あんな西の果てまでも……。次の文面にさらに驚愕した。男の子を出産したという。家を出る時、既に妊娠していたが、黙っていて悪かったと……。

教会で雑用をやりながら世話になっているという。最後に自分の我儘を詫び、子供は独りで育てる由、心配なきよう添えてあった。

市之進は自分の至らなさに号泣した。詫びたいのは己自身であった。返すがえすも、なんと情けない男であろう。

牢番をやるようになって、かれこれ2年近くになるだろうか。既に10年以上もやっているような感慨に襲われることがある。日々、人間的感情が損われ、卑屈で矮小《わいしょう》な心に、何物かが棲みつくようになった気がする。心はまるで死んでしまっていた。

彼らを動物扱いし、どこかで卑下していたが、逆に彼らに動物扱いされ卑下されていたのかも知れない。牢の外から彼らを見張ってるつもりが、牢内から見張られていたのは自分の方ではないか。

広島の鞆《とも》に彼らを迎えに行った時以来、ずっと丑松を注視してきた。サキを追って岡山までやって来た根性は見上げたものだ。丑松は必死に生きていた。生きることから逃避していた自分を、どう見ていたのだろう。

それに丑松は、サキに至高のものを残して死んでいった。なんと羨ましい男であることか。

ふいにとって、自分はどういう存在だったのだろう。掴みどころのない雲のような存在だったのかも知れぬ。さぞかし、心もとない男だったに違いない。

――その年の4月、満開の桜が花吹雪になる頃、外務省の役人が来島した。諸外国から流配キリシタンの迫害を激しく非難され、止むなく巡察に訪れたのである。

彼らは現状を見るにつけ、本音と建前を弄《ろう》し、市之進たち牢役人を厳しく糾弾した。

「そなたたちの粗暴な扱いが、諸外国から野蛮国の譏《そし》りを受けておる。少しは慎むように」

市之進は目の前の景色がグラリと傾いた。今までの自分らの行動を全否定され、虚しさを覚えた。所詮、尻拭いは末端の下級役人なのだ。

お上の命ずるまま牢舎を増築し、鍵は撤去した。食事の質と量も改善した結果、改心する者も死者も皆無になった。

さらに翌5年（1872）になると、改心者が長崎に帰されるという噂が牢内に広がった。

事実、3月半ばになって57名の改心者が帰されることになった。鶯《うぐいす》や雲雀《ひばり》が盛んに鳴き声を競い合っている頃だった。

サキは元気盛りの弥平の手を取り、欣喜《きんき》雀躍《じゃくじゃく》と手を振って帰る彼らを見送った。残された不改心者たちは寂しさを隠せなかったが、サキは弥平のあどけない笑顔の先に、明るい光を感じていた。

――明治6年（1873）3月、ようやくキリシタン禁制の高札が撤去された。政府もキリシタン邪教政策を修正せざるを得なかった。

市之進はその旨を、残された不改心者45名に告げた。サキはやっとその日が到来したことを噛みしめながら、静かに聞き入っていた。不思議と跳び上がらんばかりの感動や喜びは湧き上がってこなかった。

サキは逸《はや》る心を抑えるよう、両親と妹、それに丑松の遺髪が入っている聖骨箱を開けた。やっと浦上に帰れることを報告すると、――突然涙が止めどなく零れて遺髪を濡らした。

仲間たちは言葉にならず、ただ抱き合って泣いていた。サキは弥平の手を取り、庭に出た。庭先のタンポポの笑顔も、空気も今までとは違うように感じた。拷問で吊るされた梅の木にも、満開の白い花が芳香を放っていた。大空を舞う鳶《とび》に大きく手を振って応えた。

そして、拷問の際、丑松が自分と弥平に覆い被さって寒さから庇《かば》ってくれたあの時以来、ずっと背中で感じていた彼の重みを、両手で抱き締めながら改めて噛みしめた。

――4月中旬、不改心者45名は遂に長崎に向け出発した。3年半に渡る長い〝旅〟はやっと終わりを告げた。岡山から陸路、長崎まで徒歩で向かうというのに、皆は帰れる喜びで満面に笑みを浮かべていた。

市之進は彼らを岡山まで見送った。サキは市之進の前に進み出、「お世話になりました」と殊勝に頭を下げた。皮肉に聞こえ、市之進は苦笑いを返すしかなかった。他の彼らも次々に頭を下げに来た。

今まで散々虐待してきたのに、これがキリシタンの鷹揚《おうよう》さなのであろうか。ふと、ふいを思い、切なさが過《よ》ぎった。市之進は己の無知蒙昧《もうまい》を恥じ、彼らが心底羨ましいと思った。

道中、彼らの唯一の楽しみは、サキの聖骨箱の中に記されたバスチャン様の予言を語ることだった。オラショを大っぴらに唱えられる時が到来したら、バスチャンの十字架を浦上の里を見渡せる場所に掲げよ、奇跡が起きる。というものだった。

浦上のキリシタンたちは累代、それを生きる希望として奇跡の到来を渇望してきた。サキは父親から十字架の隠し場所を知らされてなかったが、聖具は床下に隠してあるのを何度も見たことがあった。

——5月初旬、サキを初め、キリシタンたちは半月の長旅を終えて、浦上に歓喜の凱旋をした。しかし、喜びも束の間、家屋は無惨にも荒らされていた。

サキは早速、廃墟と化した我が家の床下を探した。聖具は無事だった。その中から布でくるんだ十字架が出てきた。キリストが磔《はりつけ》になった高さ40センチほどの立派なものであった。

触頭《ふれがしら》の清兵衛が、それに間違いないと太鼓判を押した。十字架を立てる場所は、既に皆の心の中にあった。本原郷辻《つじ》にある小山がそれであった。子供らの楽しい遊び場所でもあり、皆の憩いの場でもあった。

頂上に十字架を立てて祈りを捧げた。ここから近隣の家野郷や中野郷、里郷や渕村も見渡せた。全国各地に流刑になり、既に〝旅〟から帰ったキリシタンたちのささやかな夕餉《ゆうげ》の煙が、あちこちから立ち上がっていた。

サキは家族と丑松が居ない寂しさはあったが、故郷に帰れた喜びを改めて皆と噛みしめた。信仰を守り通せた上に、大声でオラショを唱なえられる世になったことが、何よりも嬉しかった。それは先祖7代、250年間待ち詫びてきたことだった。

しかし、現実問題として家は荒らされ、屋根や壁があるのはいい方で、壊されたり焼かれた家が多く、住む家がない者が多かった。食糧も乏しかったから耐乏生活を強いられた。生活は協力し合い、凌ぐしかなかった。耐えることには慣れていた。マリア様に全てを委ね、前を向いて生きていくしかない。心の拠所《よりどころ》はマリア様だった。

9年程前になるだろうか。大浦に出来たフランス寺に両親に連れられ、マリア像を見たことがあった。メダイで見るマリア様より遥かに立派で、しっかりと心に焼き付けてきた。それ以来、心の中には何時もマリア様が居た。

夢と希望を乗せ、バスチャン様の奇跡を静かに待つことにした。皆で再び十字架の前に跪《ひざまず》き、無心に祈りを捧げた。

市之進は牢番役から解放されると、再び雄町の用水番に戻された。旭川の土手に寝転び、もの想いに耽《ふけ》っていた。頭の中を、ふいと浦上のキリシタンたちが目まぐるしく駆け巡っていた。時代は進取の気性を求めていた。昔と同じ過ちを犯すわけにはいかない。彼の人生は、風雲急を告げていた。

決断するのにさほどの時間は必要なかった。番小屋の机の上に職を辞す旨の文を認《したた》め、身ひとつで飛び出した。行き先は決まっていた。

――6月の初旬だった。爽やかな初夏の風が頬を撫で、足は長崎の浦上へと向かった。浦上のキリシタンたちは帰着するまで半月程かかったが、市之進は8日で辿り着いた。夏を思わせる陽気に、彼は腰の手拭いで汗を拭きながら、照りつける太陽を睨《ね》めつけた。盆地状の長崎の街は、殊の外蒸し暑い。

この8日間で、市之進は更に痩《こ》けたように思った。着のみ着のままで、全身から臭気を放っていた。浦上川のせせらぎを聞きつけ、汗を流して人心地ついた。この川は長崎湾に注いでいる筈だ。

浦上川は川幅は狭いが、清流にハヤが群れをなして泳いでいた。故郷の旭川の川幅は何倍も広く、流れは緩やかだ。よく鯉を釣ったものだ。

川岸の大きな岩に腰を下ろし、改めて街を囲む山々を見上げた。

（ふいが世話になっているという、教会は何処にあるのだろう）

しばし微睡《まどろ》んでいると、女性が洗濯に来た。市之進が近づくと、彼女は飛び上がらんばかりに驚いた。市之進は彼女に見憶えがあった。たしか、ムメという名だった。

「ムメではないか、おう偶然だな」

「内藤市之進様ではなかですか。どげんしてここに？」

「うん、妻が浦上に来とるというんで、探しに来た。教会に世話になってるそうだが、教会は何処にある？」

ムメたちは、彼の奥様がキリシタンだと知っていた。自分たちの仲間ということで、親近感を抱いていた。

「奥様は教会におらすとですか。長崎で教会て謂うたら、大浦天主堂やろ。1回見に行ったことがあるばってん、綺麗か教会ですばい。そこの時津《とぎつ》街道ば左に真っすぐ行けば、港の高台に見えますけん」

「そうか、有難う。皆、無事に着いたか？」

「着きました。生活は大変かばってん、元気にしとります。皆で力ば合わせていかんば。奥様と会えたら、是非寄っていかんですか。皆も喜ぶやろけん」

またもや、この善良さは何んだろう、キリシタンだからだろうか。浦上という土地柄なのだろうか。彼らにあれほど酷《ひど》い仕打ちをし、逆に半殺しの目に遭っても仕方のない男なのに……。


――大浦天主堂はすぐに分かった。

山手の瀟洒《しょうしゃ》な外人邸宅群の屋根が、緑の木々の間に浮かんでいた。異国情緒を醸している中に、まるで貴婦人のように華艶《かえん》な姿で建っていた。

中央の尖塔に金色の十字架が輝き、左右に小塔を従えていた。彼は初めて見る洋風教会に目を見張った。


大浦天主堂は元治2年（1865）に建立され、フランス寺と呼ばれた。南山手の外国人居留地に住む外国人を対象に建てられ、日本二十六聖人に捧げられたのである。

前庭で掃除をする外国人修道士に声を掛けた。

「ここにふいという女がお世話になっていると思うのですが、居りますか？」

「アナタハ、誰デスカ？」

「内藤市之進と申します。ふいの夫です」

「シバラク待ッテクダサイ」

待っている間、天主堂の中に入ってみる。小祭壇に幼子イエスを抱いたマリア像があった。その姿にふいとまだ見ぬ我が子を思った。マリアは王冠を被り、青衣を纏《まと》って気品に溢れていた。ふいやサキたちキリシタンが敬慕する心情が、ひしひしと伝わってくる。

ふと、背後に人の気配を感じて振り向くと、子供を抱いたふいが居た。彼女は泣いていた。まさかの彼の来訪に、既に感極まっていた。

「どうして、ここまで?」

「迎えに来た。お前を手放して後悔した」

これだけ謂うのが精一杯だった。それで十分だった。

幼子はあどけない笑顔を父親に向けた。目元が彼にそっくりだった。

「直哉と名付けました」

「直哉か、いい名だ」

ふいの身仕度は簡単だった。神父や修道士らに見送られ、ムメとの約束もあったが、親子3人して浦上を訪れることにした。2人で相談した結果、これから長崎に骨を埋めようと決めた。

ムメと会った浦上川の岸辺から丘陵地へ上り、行き摺《ず》りの男にムメの所在を尋ねた。彼も見憶えのある男だった。すると、既に市之進の来崎の報が伝わっていたのか、感嘆の声を発した。

「内藤市之進様じゃなかですか。ようおいでなさった。皆が待っとりますけん」

この男も、まるで恩人にでも会ったかの如く大喜びしてくれた。

集落の何処からとなく人が集まり、40～50人は居るだろうか。懐かしい友か親類でも出迎えるように、「よう浦上まで来てくれて、家族一緒とは嬉しか」と口々に歓迎の辞を述べた。遠出していたのかサキが息せき切って現れた。

「奥様ば迎えに来たとですか。奥様と会えてよかったばい。子供も一緒て、こげんよかことはなか」

「本来、憎まれて当然の相手を赦し、自分たちの地に温かく迎え入れてくれる寛大さに、感謝しちょります」

「憎しみの中に愛は生まれんですけん」

長老の清兵衛の言葉を受け、市之進は涙した。

「この浦上の地に、家族共々骨を埋める覚悟でおります」

――一閃、サキは目を輝かせた。

「十字架ば立てとる山に、皆んなで行ってみんですか」

皆は全てを察したように、彼女の跡から尾いて行く。山頂の十字架を取り囲むと、徐《おもむ》ろにサキが口を開いた。

「『我らが人に許すごとく、我らの罪を許し給え』。こん言葉は以前、マリア聖堂で神父さんから聞いた言葉ばってん、まさに今がそん時ばい。異郷の友ば受け容れ、そん人は浦上で家族と暮らすとげな。これこそ奇跡ばい」

清兵衛が厳かな口調で謂った。

「そうばい。これこそ我ら浦上の指標となるべく、バスチャン様が待ち望んだ奇跡に違いなか」

皆は頷き合い、十字架に手を合わせて祈った。サキは無邪気に走り回る養い子の弥平を抱き上げ、ふいが抱く幼子の前に連れて行く。

「2人は良か友だちになるやろ」

幼子は将来を予見するように、無垢な笑顔を向け合った。

――半月後、市之進一家は廃屋となっていたサキの隣家を譲り受け、新しい生活を始めていた。家屋を修理し、家財道具も揃えた。畑を耕し芋の苗を植えつけ、野菜の種を蒔いた。2人とも、慣れぬ仕事ながら汗水垂らして懸命に働いた。それが無上の喜びだった。

キリシタンたちも形振《なりふ》り構わず働いた。サキも幼い子を抱え、身を粉にして働いた。ふと、丑松が居てくれたらと思わないでもなかったが、詮無いことと夕焼け空に溜息混じりの笑顔を向けるのだった。

その頃、嬉しい出来事が苦しい日常に一抹の潤いを与えた。市之進が入信したのである。大浦天主堂に出向き、ふいとサキが立会って入信式は厳かに行われた。

市之進にとってキリスト教に入信するなど、天変地異が起きるようなものだったが、こうなることがむしろ必然のように思われた。自らの至らぬ人生を振り返り、再出発のけじめと考えた。

半日も続いた激しい雷雨がピタリと止んだ後、抜けるような夏空が広がり、長かった梅雨が明けた日だった。

1人の若者が何処からとなく浦上村の本原郷に現れ、何時しかそう呼ぶようになった十字架山に登って行く姿を村人が見かけた。どうも見たことのあるような男だったと噂し合った。若者は十字架の前に跪《ひざまず》き、長いこと祈りを捧げた。そして、俄《にわか》に顔を上げ、浦上の村々を感慨深げに眺めるのは、――なんと丑松だった。

将来を誓い合ったサキと養い子を庇《かば》って犠牲になり、殉教したあの男である。鶴島の墓地に葬られるのを皆で見送った、あの男である。鶴島で安らかに眠っている筈の丑松が何故、この浦上の地に……。

驚天動地の大騒ぎになるのは必至であった。サキはどんな顔をするだろう。市之進夫婦の浦上定住も奇跡に違いないが、丑松の復活こそ正に奇跡であろう。

丑松は十字架山をゆっくりと下り、サキの家へ真っすぐ向かって行った。

参考文献

片岡弥吉　『浦上四番崩れ』（ちくま文庫）

川俣俊二　『姫路・岡山・鳥取に流された浦上キリシタン』（聖母文庫）

セカンド・ウィンド

序章　キリシタン屋敷

文京区の小日向《こひなた》は、江戸で最初に時鳥《ほととぎす》が鳴き始める故「初音の里」と謂われ、路地や坂が多く、今も歴史を感じさせる閑静な住宅街が展がっている。隣町の茗荷谷《みょうがだに》は谷間の湿地帯で茗荷が採れ、その地名の所以《ゆえん》だ。

還暦間近の谷村幸市は、そんな雰囲気が気に入り、妻の澄子と10年前に別居して以来、独りでこの地に住んでいる。地下鉄の茗荷谷駅まで歩いて15分程の閑静なマンションだ。

別居の原因は、彼の同じ職場の部下との不倫が原因だった。田宮志麻という30代後半の蠱惑《こわく》的な眼差しに魔が差したのが、嗅覚鋭い妻に露見したのだ。謂訳けをせず、黙って家を出て行った。

「いい年をして、恥ずかしくないの」

これが妻の追討ちの捨て台詞であった。

その後も、彼女とはズルズルと関係が続き、時たまマンションを訪ねて来る。

「俺なんかより、若いのがいくらでもいるだろう？」

「若い男はまるっきりなのよ」

事もなげに謂い放つ。オジさん好みなのか。結婚をせがむでもなく、適当に欲望を満たし、侘住《わびずま》いに潤いを与えてくれる都合のいい女性であった。

しかし、10年も続くと彼女との関係が煩わしく思われてきた。会社に知れるのも厄介だし、今更彼女との人生まで背負いたくなかった。別れを何時謂い出そうかと逡巡《しゅんじゅん》する毎日が続いていた。


——話は10年前に遡《さかのぼ》る。

彼がこの小日向に居を移した初日のことだった。出勤のため、地図で確認した地下鉄の茗荷谷駅に向かっていた時、路地に立っている観光案内板がふと目に入った。「キリシタン屋敷跡」と記してあった。

何故こんな所にこんなものが……。思わず後退りした。何でもないような素振りをしてガード下を潜って迂回した。動揺しているのが胸の動悸で分かった。

この屋敷が何のためのものであったか、幸市は知っていた。

キリシタン弾圧の際、宗門改め役を務めていた井上筑後守政重がこの地の下屋敷に牢屋を建て、転びバテレンをそこに収容し、宗門改めの情報集めに開いたのがこのキリシタン屋敷であった。

そういった理由から民間人からも忌み嫌われていたが、とりわけキリシタンにとって単なる敵と謂うより、目にも口にもしたくない唾棄《だき》すべき場所であった。

幸市の先祖は隠れキリシタンだった。その末裔とはいえ、自分がそうだった訳ではない。親の代までがそうだったに過ぎない。カクレの素性を取り立てて隠すでもなく、特別嫌悪していた訳でもない。

——何故にキリシタン屋敷などに怯えるのか？

彼が故郷を捨てて以来、どれだけ重い十字架を背負ってきたことだろう。〝何者〟かの突如の出現にも怯《おび》えてきた。未だに心垢《しんく》の多さにも苦しんでいた。

全てを捨てれば楽になれるものを……。何度捨てようとしたか知れなかった。捨てても捨てても舞い戻ってきて、四六時中付きまとわれた。

別居中の妻にも、独り息子の裕太にも、田宮志麻や会社の仲間にも、自分が隠れキリシタンの末裔だなどと、敢えて話したことはなかった。故郷のことを訊ねられても、

「長崎の佐世保で、米軍の基地しかない所だよ」

と、素っ気なく答えてそれ以上のことを語ろうとしなかった。

しかし、キリシタン屋敷を見た時の先程の動揺から、心情的には親以上の〝カクレ〟の信者

であることを認識せざるを得なかった。

第1章　幸市と久美子

幸市の故郷は、長崎県佐世保市の港外に浮かぶ黒島という周囲12・5キロ弱の小さな島だ。江戸時代末期、長崎の外海《そとめ》からこの島に600人程の迫害されたキリシタンたちが移り住み、密かに信仰活動を続けてきた。

谷村家は代々帳方《ちょうかた》を務め、幸市が幼い頃から祖父と父は毎朝1時間程、祭壇の前で両手を組んでオラショ（祈り）を唱えていた。

帳方とは組織の長とも謂うべき役職で、正月のお祝いや豊作・豊漁の祈願など率先して取り仕切り、子供が産まれた時や葬式などは水方《みずかた》が執り行なった。

島の殆どは隠れキリシタンだったが、島に元来住みついていた地下者《じげもん》は、彼らを差別して蔑《さげず》んだ。就学前の幸市と2つ違いの姉の冴子もよく苛められた。子供らは彼らを囃したてた。

「アーメンソーメンヒヤソーメン

かくれんぼじゃなかぞ　かくれんな」
姉の冴子は無視したが、幸市は彼らを追いかけて片っ端から殴りつけた。
「今度謂うたら承知せんけんな」
大見栄を切って彼らを威嚇したが、彼とて苛められている深い意味は知らなかった。なんとなく、馬鹿にされているのは分かった。

幸市が小学3年生の頃、祖父が亡くなった。帳方だった祖父の葬儀は、それなりに格式をもって執り行われた。キリシタンにとって、死は現世から永遠の来世に渡る大事な過渡期である。

臨終の祖父の枕元で、その後継である父親が代わって「送り役」を務めた。厳かに最期のオラショを唱え、祖父は息を引き取った。

死者の〝おみやげ〟として両手を組み合わせ、その中に「赤い切《きれ》（布）」を持たせた。この「赤い切」は26聖人の御衣の謂い伝えである。そして、谷村家に移り住む前から伝わる、バスチャンの椿の小片を付け加えた。

バスチャンの椿とは、長崎の樫山《かしやま》に伝わるバスチャン様の聖なる椿の木を、幕府側に切られる前に自分たちで切り倒し、それを小枝に分け与えた聖木である。

幸市はその頃から、父親が毎朝オラショを唱える時、後ろに座らせられた。帳方の役職を祖父から継いだ父親は、「次の後継はお前だぞ」という親の強い意思表示であった。

幸市は頭も良く、腕っぷしも強いクラスでリーダー的存在であった。

或る日、地下者の1年年長のグループが、彼が好意を寄せていた同級の内田久美子を、「カクレのくせして」という言葉を浴びせ、学校帰りの農道で苛めているのを発見した。幸市は火の玉のように3人に飛びかかり、次々と殴りつけた。

「また苛めてきたら、おいに謂うてこい」

彼女に見栄を切った。カクレを嫌っていた筈なのに、苛められると腹が立つ。久美子はただ一言、「ありがとう…」と小さい声で呟いた。

そのことが切っ掛けで、久美子は幸市に好意を寄せるようになった。或る日の夕方、校庭で遊び疲れた子供らが家路に向かった後、幸市は彼女から呼び止められた。

「コウちゃん、ちょっとこっちに来て」

幸市の手を取り、2人っきりになった校庭の片隅で、「ねえ、見てよかよ」と謂ってスカートを持ちあげ、パンツを下ろした。幸市は呆気に取られた。しゃがみ込んで彼女の股間を眺めた。こんもりと盛り上がった左右の肉の塊の中央に、太い切れ目があった。

「触ってもよかか?」

「う、うん……ちょっとだけなら……」

切れ目にちょっと指を差し入れただけで止めた。彼女はパンツを上げた。2人とも、黙ったまま並んで家路を急いだ。

それ以来、2人にとって〝秘密の思い出〟となり、互いを意識するようになった。


幸市が中学に入った頃から、父親のオラショの特訓が熱を帯び、毎朝に加え週に3回、夜の1時間が割かれた。楽しくないから進歩しない。

「禁制の時代じゃなかとに、今のキリスト教ば信じればよかやろが。すぐ近くにりっぱな教会もあるとに。カクレはもう時代遅れたい」

側で聞いていた母親が、普段はもの静かで控え目な性格なのに、珍しく声を荒げた。

「なんば謂いよっとね。ご先祖様たちが、苦労しながらずうっと守り続けてきたとよ。裏切ることは出来ん。父ちゃんの次は幸市、あんたたい。あんたが守っていかんば」

隠れキリシタンは、数多くの行事を守り続けながら継承してきた。しかし、世俗化の波が押し寄せ、カクレを捨てて新たにカトリックに入信する者もいたが、頑として先祖たちが伝えてきたものが正しいと主張し、教えを守る者もいた。

勿論、谷村家がそうだが、島全体でも10数戸程になってしまった。幸市が口を尖らせながら続けた。

「カクレの神って何ね？」

「イエス・キリスト様とマリア様たい」

「そんなら、カトリックと同じたい。同じならカトリックになった方がよか。オラショなんかなんべん唱えたって、イエス・キリストが願い事なんか聞いてくれる筈もなか」

「そげんことなか。イエス様だってマリア様だって、どっかで聞いとってくれよる」

父親は幸市と妻の会話を黙って聞いていた。普段から口数が少なく、暗く哀しそうな表情をしていた。堂々と自己主張する幸市が羨ましく思えた。自分は父親に対して反発などしたことがなく、教えに従ってきた。

その父親が重い口を開けた。

「おい達のご先祖は、何百年も誇りば持って生きてきたとぞ。そげんご先祖様達ば裏切ることは出来ん。守っていかんば。そいがおい達の誇りばい。カクレはどげん迫害ば受けても、信念だけは棄てんやったとぞ。故郷ば棄ててこん島に逃げのびて、辛か目におうても誇りは守り通してきたとばい。そんカクレの血がお前にも流れとっとぞ」

幸市はなんとなく理解できた。しかし、カクレの誇りなんてあるのか？　例えあったとしても、それは負の誇りでしかあるまい。

内田久美子は小さい頃から利発で、勉強もよく出来た。親にとって手の掛らぬ子であった。3つ下の弟・雅之の面倒をよく見て、顔立ちも可愛かったから、近所の親達からは「あんな子がうちの子だったら」と、羨ましがられる程であった。

内田家も隠れキリシタンで、水方を務めていた。父親の修造は幸市の父親と同じ佐世保市役所の黒島支所に勤務していた。父親同士仲が良かった。

久美子が小学生の頃、「カクレの子」という理由で苛められている時に幸市から助けてもらって以来、淡い恋心が確信に満ちた恋に変わった。校庭で〝秘密の思い出〟を幸市と共有し、あんな大胆な行動に出た自分自身が分からなかったし、思い出す度に赤面した。

中学生になった久美子は、制服のセーラー服を着ることになり、ショートカットしたヘアスタイルによく似合った。恋する乙女だけが発する微かな色香を漂わせ、同学年の男共をたじろがせた。

昭和39年（1964）――。東海道新幹線が開通し、東京オリンピックが開催された年である。

中学3年の春、修学旅行があった。長崎市内から熊本、福岡を回るコースだった。

最初の長崎で、日本二十六聖人記念館を見学している時のことだ。幸市が陳列ケース内の隠れキリシタンの遺物に見入っていた。父が未だに大切に所持しているメダイや十字架、聖画、マリア観音などと似たようなものがあった。

解説では、隠れキリシタンは、現在絶滅状態だという。五島や外海、平戸や生月、そして黒島に僅かに残っているにすぎない。

父や母や、先祖達が頑なに守ってきた〝隠れキリシタン〟が、陳列ケースの中に収められている。もはや〝カクレ〟は過去のものとなり、歴史的遺物になり下がっているのか。

幸市は何やら寂しさを感じた。オラショや行事など、古めかしくて鬱陶しいと思っていたが、こうして歴史的遺物になり下がってしまうと、抵抗を感じた。何時も哀し気で無口な父親の顔を思い浮かべた。父親がこれを見たら、どんな顔をするだろう。

キリシタンの遺物などまるで興味のない級友達は素通りして、気が付くと館内には幸市1人になっていた。出口に向かおうとした時、久美子が出口から入って来た。ただならぬ様子だった。

「コウちゃん」

上ずった声を出して、幸市の手を取った。彼は当たりを見回し、誰も居ないのを確かめると、彼女の両肩を引き寄せ素早くキスをした。乾いた彼女の唇は微かに震えてキャンディのレモンの味がした。

幸市は何もないような素振りで皆を追った。体は宙を舞い、心臓は苦しいほどバクバクと鼓動をしていた。

彼は今回のキス事件以来、彼女をよりいっそう意識するようになった。授業中、窓際のショートヘアの彼女を斜め後ろから眺めるのが好きだった。彼女の涼やかな目鼻立ち、キスをした苺のように紅い小さな唇を、誰にも気付かれぬようさり気なく見遣った。視線に気付いた彼女が彼の方を振り向き、目が合った時は慌てて逸した。

夕方、クラブ活動の帰り道に偶然道で出会った時、彼女が、

「授業中あんまり見んで」

「見るぐらいよかやろが」

「恥ずかしか」と謂って、小走りに走り去った。

そんな彼女がたまらなく愛おしかった。

第2章　高校時代

幸市は佐世保市内の公立高校に進学した。久美子も彼と同じ高校に行きたかったが、母親の強い勧めで長崎市内の敬虔なカトリック系の私立女子高に入学させられ、寮生活を強いられた。由緒ある学校とは謂え、親に屈服したことを後悔した。

今まで小・中学校と、ずっと幸市と一緒だっただけに、彼の居ない生活は切なかった。久美子は寂しさ紛れに幸市によく手紙を書いた。手紙を書いていると、多少は気が紛れた。しかし、彼からの返事はなかなか来ず、寂しさはいっそう募った。

幸市からの手紙が来た時、久美子は天にも昇るような感激を味わった。ぶっきら棒の内容で艶っぽいことは微塵もないが、返事が来たことが何よりも嬉しかった。

朝は6時半に起床し、食事のあと登校、クラブ活動、そして夕食後の合同礼拝、学習時間、自由時間、そして0時の消灯時間まできっちりと決められた生活を強いられた。

日曜日は、午前中だけ自習時間があったが、昼食後は外出出来た。親しくなった同室で島原出身の朝長順子と市内を散策するのが楽しみだった。

彼女は温泉旅館を営む家庭で何不自由なく育ったお嬢さんで、久美子は〝カクレ〟の島で育った自然児だ。違った家庭環境が却《かえ》って、互いを惹き付けたのかも知れない。

2人は市内を走る路面電車に興味を示し、日曜日の度に出掛けた。特に、浜ノ町のアーケード街は若い2人にとって刺激的で、順子の島原の家の近くにも同じようなアーケード街があったが、「やっぱ長崎ん方が大きかあ。新しかもんがいっぱいある」と大仰に驚いた。久美子の黒島にはないものばかりで、まさに大都会だった。

歩き疲れると喫茶店でコーヒーとケーキを食べた。

「黒島には喫茶店もなかとね、信じられんばい。コーヒーもチーズケーキも美味しか」

「ほんなこつ。喫茶店に入るとも、こげん美味しかケーキば食べるとも初めてばい」

「よかったね。美味しかもんに出会えて」

楽し気に談笑する2人を、隣の席で先程から伺っていた3人の男子高校生がいた。そのうちの1人が2人の席にやって来て、

「おい達とこれから面白かとこに行かんね」

突然の展開に2人は凍りついた。そして、伝票を掴むとそそくさと席を立った。店を出ると一目散に駈け出した。男達が追い掛けて来ないのを見て、怖そうに順子が謂った。

「恐ろしかったあ。心臓が止まるごたったよ」

「ほんなこつ、あんげん不良達に声ば掛けられて。よっぽど私達が美人に見えたとばいね」

「キャハハハ……」

2人は腹が捩《よじ》れるほど笑った。

ある休日、久美子は順子を誘った。

「どうしても行ってみたかとこがあると。付き合うて」

「えっ？　よかばってん、どこね？」

「西坂の二十六聖人記念館たい」

修学旅行で訪れ、幸市とキスを交わしたあの〝秘密〟の場所だ。あの時、久美子はなんとか思い出を作ろうと思っていた。それには2人っきりになるしかない。

みんなはいい加減疲れていたし、二十六聖人像をおざなりに見て、記念館内に陳列してあるキリシタンの遺物など誰も興味を示さなかった。

久美子は幸市が外にまだ出てないのを確認し、出口から何気なく戻った。案の定、幸市は隠れキリシタンの遺物に熱心に見入っていた。（この時しかない……）と決心したのだ。

長崎駅前で路面電車を降り、西坂の坂を上りながら順子は、

「どげんしてここに来たかったとね？」

「去年、修学旅行でここに来て感激したとよ」

「へえ……殉教した二十六聖人にね？」

「うん、まあね……」

勿論、秘密の思い出に浸るなんて謂える筈がない。二十六聖人像に見入りながら、

「ねえ順子……、恋人と幸せな生活ば送りたかて思うとる時に、棄教せんば殺されると分かっとっても、こん人達のごと死んでいけるね？」

「そげんこと……考えたことなかばってん、教えは捨てられんと思う」

「順子はそげん強かとね。穴吊りにおうたり、火炙《ひあぶ》りにされても教えば捨てんて謂い切れるね」

久美子の思わぬ強い口調に、順子は怯《ひる》んだ。

「おうてみんことには……」

厳しい弾圧に耐え切れず、カクレに逃げた自分の先祖達に思いを馳せる。多分、自分も殉教より恋人を選ぶだろう。

意外に、二十六聖人の中には少年3人が含まれていた。12歳のルドビコ茨木、13歳の聖アントニオ、14歳の聖トマス小崎の3人で、彼女達より幼い。ルドビコ茨木は棄教の勧めを断り、聖トマス小崎は母親に弟達を正しい道に導くよう手紙を認めている。何と健気な……。

殉教するという強い意志――、自分等の先祖達も成し得なかった、彼等をそこまで駆り立てたものは一体何だったのだろう。

今日の目的は、隣の二十六聖人記念館にあった。

「記念館に寄って行こう」と久美子が促すと、順子は怪訝《けげん》な表情をした。

順子の故郷・島原も数多《あまた》のキリシタンの迫害にあい、まさにキリシタン哀史に彩られた街である。島原城内にもたくさんキリシタンの遺品が展示してある。

順子は納戸神やマリア観音など興味深げに眺めていたが、久美子の姿が見えない。出口の近くで見つけたが、声を掛けるのを憚られた。

久美子は、つい昨日のことのように憶えている。

(うちば見つけて、コウちゃんは駈け寄って来た。コウちゃんの手ば自分から握ってしもうた。今、思い出しても恥ずかしか。ばってん、キスしてきたとはコウちゃんばい。キスしてくるなんて思っちょらんやった。キスの味はどげんやったか憶えとらんけど、嬉しかった。雲に浮かんどる心地やったばい)

順子は物想いに耽《ふけ》る久美子に声を掛けた。

「どげんしたと？　何んかボーッとして」

「ううん、何んでもなか」

「そう、そんならお腹が空いたけん、チャンポンでも食べに行かん？」

「うん、お腹空いたばい。チャンポンにしよ」

久美子はその夜、幸市に再び西坂の二十六聖人記念館を訪れたことを手紙に書いた。今日感じた殉教について、もし拷問されて殉教するか棄教するかの二者択一を迫られたら、自分は後者を選ぶだろう。来世の幸せより、現世の幸せを求めたい。それについて、幸市はどう思うか意見を求めた。島原出身の親しい友達が出来たことも付け加えた。


幸市は帰りのフェリーの最終便が17時で、授業が終わるとすぐにフェリー乗り場に急がねばならなかった。クラブ活動などやりたくても出来ない。中学の時は弱小サッカー部で、高校では本格的にやってみたかった。

父親にサッカーをやりたいから、下宿させてくれと懇願した。

「ただでさえ家計が苦しかとに、下宿なんかさせたら火の車たい」

「一番大事か思春期に、勉強ばっかりじゃグレてしまうばい」

「なんば謂いよっとか。グレるならグレてんよか。そしたら勘当ばい」

「姉ちゃんだって、下宿したかったに違いなか」

2つ違いの姉・冴子は、クラブ活動もせずフェリーで3年間佐世保の学校に通っている。家計のことを思い、愚痴など一言も零《こぼ》さず、成績も優秀で親孝行な姉だった。

そんな姉が幸市のために両親に注進してくれた。

「家計が大変なことは分かるばってん、外に出して生活させた方が本人のためたい」

冴子の助言が効いたのか、父親は毎日オラショを唱えることを条件に、下宿生活を許可した。

5月のある日曜日、幸市が家を出る時がやって来た。親許から離れて生活出来ることが、何より嬉しかった。父親が息子の新たな門出を祈って、オラショを唱えてくれた。

天に在します御親
御名をたっとまれたまえ
御代来たりたまえ
月の災難　日の災難受けませんように
学業　クラブ活動　下宿生活において
あらゆる災難受けませんように
あやまちのないように
無事に過ごさせていただきますように
お守り下さいますように

お願い申し奉ります　アーメン

下宿は学校の紹介で、黒島出身者が歴代世話になっている家に決まった。60過ぎの夫婦2人暮らしで、学校まで歩いて5分位の好条件の所だった。

早速、サッカー部に入部した。サッカー部は県下で常にベスト8に入るくらいの実力で、部員も多く練習も厳しかった。

下宿生活を始めたことを、久美子には勿論のこと手紙で知らせた。相変わらず自分が出すのは月に1度ほどで、彼女からは週に1度は届いた。サッカーの練習で疲れて書けないと、何時も弁解した。

幸市はフトンに入って、何時しか『天に在す』のオラショを唱えるのを日課とした。決して父親と約束したからではない。1日を終えて振り返る時、自然と出てきた。

天に在す我等が御親
御名をたっとまれたまえ
御代来たりたまえ
天に於いてはおぼしめすまま

なるごとく地においてもあらせたまえ
吾等が日々の御養いを今日
吾等に与えたまえ
吾等人に許し申すごと
吾をてんたさんに放したまう事なかれ
吾等を凶悪よりのがしたまえ　アーメン

細かな箇所は意味が分からぬが、1日の終わりに唱えるのも悪くない。久美子との2つの〝秘密の出来事〟を順繰りに思い浮かべて、寝入るのが日課となった。

2週間前に届いた久美子からの手紙で、西坂の二十六聖人像を見て殉教というテーマを提起してきた。先祖がカクレという宿命的立場からすれば、対極にある殉教ということを否応なしに考えざるを得ない。

キリスト教が日本に伝来し、神への信仰と愛を死ぬまで持ち続けることが未来永劫、幸福へと続く道だというのがキリシタンの価値観であった。

しかし、その前面に迫害と殉教という問題が立ちはだかった。長崎ばかりでなく全国各地で残酷な責苦にあい、勇敢にも殉教する者を実際に目の当たりにした。先祖達は転ぶことを頑なに拒絶する人が居ることが、信じられなかったに違いない。

先祖達はさぞかし震え上がっただろう。迫害に耐え切れず、潜伏を余儀なくされ、その後〝カクレ〟となったのだ。

キリシタンの処刑は、単に命を奪うことではなく信仰を捨てさせることにあった。簡単に殉教させれば、天国《パライソ》への夢や希望を叶えさせてしまう。

穴吊り、火炙《ひあぶ》り、竹鋸《のこ》びき、水責め、斬りきざみ、雲仙地獄責め、斬首、磔刑《たっけい》……あらゆる残酷な処刑を見せることによって、他の信者達を転ばせようと謀ったのだ。

宗門人別改め制度により仏教徒になるよう強要されて、仏像にキリストやサンタ・マリアなどの名を付け、それぞれのイメージを求めて祈っていた。

絵踏みを強要され、拒否出来ない者はせめて足裏を洗い清めて、足が触れないよう出来るだけ軽く踏んだ。家に帰ってからコンチリサン（痛悔）のオラショを唱えて許しを乞う。

葬式だってそうだ。1度は僧侶にお経をあげて貰って、お経消しのオラショを唱える。僧侶が帰ってから、棺を開けて仏教式の埋葬品を取り出して、改めてキリシタンの〝おみやげ〟を持たせて葬った。

表面的には仏教徒を装いながら、偽装工作でキリストやサンタ・マリアを信奉してきたのだ。

殉教覚悟でキリシタンであることを白状する勇気もなく、あの恐ろしい責苦から逃れるために……。

――嗚呼《ああ》、なんと哀しいキリシタン達よ、我が先祖達よ。

残された者の悲しみは如何ばかりか？　残された者に、イエス・キリストは何をしてあげたのか？

イエス・キリストに、家族や恋人のために教えを捨てていいか、と問えば何と答えるだろう？

多分、何も謂わないだろう。黙っているだろうな……と、幸市は思う。

だとすれば、一時的に棄教したとしても、何ら負い目を感じることはあるまい。例え再びキリシタンに立ち返ったとしても、キリストは黙っているに違いない。

キリストは弟子達に、「何もかも捨てて自分に付き従え」と謂っている。家や財産、社会的地位などは捨てられるとしても、家族や恋人をいとも簡単に捨てられるものだろうか？

コルベ神父は、第2次大戦中にアウシュビッツの収容所で、見も知らぬ人の身代わりとなって餓死刑で死んでいった。殉教とは信仰のために命を捨てることであるが、彼は名も知らぬ他人のために死んでいった。彼こそ究極の殉教と謂えるのではないか。

その彼を衝《つ》き動かしたものは何であろう？　神への畏怖か、忠誠か、愛か……？　コルベ神父の言葉だ。

「十字架上に死なない聖者はあり得ない。愛は死よりも強くなければならない。聖性とは、結局、愛の冒険にほかならない」

久美子に以上のような内容の手紙を書いた。結びのコルベ神父の至言だけ赤のボールペンで強調した。

第3章　出津《しつ》

久美子から、自分達の先祖の出身地である西彼杵《にしそのぎ》半島の外海《そとめ》町を一緒に訪ねてみないか、という手紙が届いたのは梅雨入り直前の6月初旬だった。

彼女と久し振りに会えるし、それもいいな……と思いながら、例によって返事を出すのを怠けていた。

秀吉の時代から続いていたキリシタン弾圧は、家康の頃さらに取り締まりが厳しくなり、外海の信者が五島や平戸、生月、黒島などの島に逃れたのだ。自分らの先祖達もそうだったと聞いている。

次の週の土曜の夜だった。幸市は夕飯をすませ部屋で寛《くつろ》いでいる時、下宿の小母さんの大声が響いた。

「コウちゃん、電話ば〜い」

「すんましぇーん、誰からですかぁ？」

「内田っちゅう女の子からばい。これね？」

小指を突き出して揶揄《からか》う。

「急ばってん、明日外海に行かんね。返事のなかなか来んけん、電話したと」

「うん、明日ならよかよ。どこで待ち合わせすると？」

「そうたいねえ……、出津のバス停前に、12時頃でどげん？」

「よかよ、出津に12時頃ね」

外海町の出津は、長崎と佐世保からだと、丁度中間点ぐらいに位置する。嬉しそうな顔をして受話器を置くと、小母さんが台所から出て来て、

「明日デートね。よかねえ」

またもや揶揄う。

幸市は久し振りに久美子に会える昂《たかぶ》りで、早目に下宿を出てしまった。

佐世保駅前からバスに乗り、風や波で浸食された奇岩が青い海に屹立《きつりつ》した美しい海岸線をひたすら走った。11時には出津のバス停に降り立った。約束の時間まで、まだ1時間ある。

左手のなだらかな丘には集落が広がり、正面奥に初夏の爽やかな陽光に照らされた教会の白い尖塔《せんとう》が見えた。あれが出津教会だろう。この集落がかつて自分達の先祖が住んで居た所なのだ。どのあたりで、どんな生活を送っていたのか。

ここは長崎からは随分と離れた所にあり、最初は取締りの目もさほどではなかったであろうが、次第に厳しさを増し、辺鄙《へんぴ》な島へ移住を余儀なくされたのだ。先祖はどんな気持ちで出津を離れ、黒島へ向かったのだろう……。

踵《きびす》を返して崖っぷちの食堂の駐車場から海を眺める。心地よい潮風が頬を撫で、角力灘《すもう》は波静かで湖のように青々と光り輝いていた。海の向こうは五島列島だ。

その時、長崎方面から来るバスが、海に沿った断崖の上を大きくカーブして下って来るのが見えた。約束の時間にはまだ30分以上早いが、そのバスに久美子が乗っているだろうと、直感でそう思った。

バス停で待っていると、バスは緩やかに停まり、襟に鮮やかなライトブルーのラインが入った白地のセーラー服が、跳ぶように降りてきた。

久美子だ。幸市をすぐに見つけた。弾ける笑顔が近づいて来る。彼女の陽に焼けた笑顔は、白地の制服に映えて清楚な色気を発散していた。

「待ったと?」

「ほんのちょっとね」

「久し振りばいね。コウちゃん元気そうで、少し背が伸びた?」

「うん、5センチばっかり。クミも大人っぽくなったな」

「えへ……高校生やもんね。まず、教会ば見に行こう」

久美子は、大人っぽくなったと謂われ、ちょっぴり嬉しかった。黒島に居る時は、互いに意識するようになって、殆どまともに話したことなかったから、直接会って話すとなると互いにテレがあった。

「黒島のキリシタンは、この出津から来たらしかよ」

「うん、聞いとる。150年近くも前の話やろ。興味あるばい」

「どげんとこか1ぺんは訪ねて来んばって、思っちょったとよ」

急な坂道を登って行くと、左手のマカロニ工場跡の建物や周辺の民家の壁には、ド・ロ壁と謂われる独特の接着法で岩を積み上げたものが、異文化の雰囲気を醸し出していた。

これはド・ロ神父が考案したものだ。彼はフランス出身で、明治12年に外海に赴任して亡くなるまでの33年間、人々を魂と肉体の両面から救った偉大な人物だ。

さらに右手には和洋折衷の質素な建物があった。ド・ロ神父がイワシの網すき工場や保育所として施工した建物だ。久美子は事前に勉強したらしく、幸市に語った。

「ド・ロ神父って、印刷や医療、土木、建築、パン、ソーメン、マカロニ製法など、あらゆる知識と能力ば持ち合わせとったらしかよ」

「そげんスーパーマンのごたる神父さんがおったなんて、奇跡たい」

「ほんなこつ、信じられん。そんだけ外海のために尽くした人がおったなんて……」

「ド・ロ神父は、カクレばどげん思うとったやろか?」

「カトリック教徒にしようとしたとじゃなかと? 日本に来た使命はそれやろもん」

「いや、彼はそげん小さか人間じゃなかような気がするばい。使命だけに生きとったら、そこまでして貧しか外海の人達ば救おうとせんやろ。カトリックとかカクレとか関係のうて、もっと大きか使命に生きた人間のごたる」

「うん、そん通りかもね。コウちゃんすごか。何も知らんで来たとに、ド・ロ神父のことばよう理解しちょる」

「長崎のこげん田舎に、すごか人がおったなんて知らんやった」

(ド・ロ神父か……)

幸市はもっと彼のことを知りたいと思った。先祖達が黒島に逃れたのは、彼が現れる以前のことだ。当時、キリシタン達は貧しかっただろうし、いつ迫害の嵐が吹き寄せてくるか知れない。不安の中で怯えながら、ひっそりと生きていたに違いない。そんな時、ド・ロ神父みたいな人がいたら、どんなに心強かったことだろう。

幸市は海の方を振り返り、ド・ロ神父の人となりを想像し、深呼吸をした。

急な坂道を登り切り、平坦な道に出ると右前方の小高い丘の上に白塗りの出津教会が全貌を現した。少々の風にもビクともしない低く堅牢な造りは、斜面にどっしりと腰を据えていた。玄関の鐘楼の上には、マリア像が天高く立ち、手前の塔には、イエス・キリスト像が万人を迎えるべく両手を広げていた。

久美子が感激した面持ちで、口を開いた。

「黒島教会とはまるっきり色も形も違うばってん、出津の集落にようマッチしてよか教会ばい。こん教会もド・ロ神父が設計して造ったとげな」

坂上から教会を見下ろす。集落と海に目を移す。静かだ。長閑《のどか》な風が頬を撫でる。時間が止まって、この世で2人だけが息をしているように思えた。

——と、その時だ。

ガラーン、ガラーン、ガラーン……。

鐘楼から突然、けたたましい鐘の音が響き渡った。

お昼を告げる鐘だ。1882年に教会は設立されているから、この鐘の音は80年以上も村民に親しまれてきた。黒島ではごく当たり前のように聞いていた鐘の音だが、外《よそ》の地で聞くと別の趣があった。幸市が呟くように謂った。

「ド・ロ神父は、どげん気持ちでこん教会ば建てたとやろか？」

自信たっぷりに久美子が謂う。

「やっぱ、カトリック教徒や隠れキリシタンの区別なく、出津の人達みんなのための、心の拠所として建てたと思うばい」

「そうせんば……村の人達全員で、力と心ば合わせせんば建てられんもんね」

「そいがド・ロ神父の狙いじゃなかったと？」

「そげんばいね……」

幸市は、柔和で優しい眼差しのド・ロ神父を想像した。

2人は教会の扉をソッと開けた。天井は低く、装飾もシンプルでステンドグラスも使われていない。黒島教会はコウモリが翼を広げたような天井で、木製のシャンデリアや祭壇には有田焼のタイルさえ敷きつめられ、細部まで華美な装飾が施されている。対照的な2つの教会だが、幸市はこの教会には、ド・ロ神父の思惑が色濃く反映されているように思えた。

華美な造りにして、神に対する畏敬と尊厳を植え付けるか、それとも質素な造りで親しみやすさと安らぎを与えるか……。ド・ロ神父は後者を選んだような気がしてならない。

天井や窓など見回しながら、2人は祭壇前に立った。上方にイエス・キリスト像があった。久美子はソッと幸市の左手を取った。彼女は何年後か、幸市と神の前で祝福を受ける日が来ることを夢見た。

帰りは前庭の横から下りて、来た道とは違う道を辿った。狭い坂の階段は黒島と似通っていた。先祖はこの集落のどのあたりに住んでいたのだろう。振り返って見上げると、教会の横っ腹が正面に見えた。重心が低く胴の長いダックスフントを思わせた。久美子にそれを謂うと、

「ほんなこつ」と、さも可笑《おか》しそうに笑い転げた。幸市もつられて笑った。

そこに70歳位の色の浅黒い小柄な老人が通りかかった。笑い転げる2人を、怪訝そうに見つめる。幸市はその老人が視線をまともに合わせず、俯き加減な雰囲気が、数年前に亡くなったお祖父ちゃんに似ていると思った。

「隠れキリシタンじゃなかですか？」

不躾《ぶしつけ》に訊いてみる。案の定、その小父《おじ》さんは不意を突かれて警戒の色を示した。数秒の沈黙が、互いの気まずさを助長する。

「すんましぇん、いきなり。死んだお祖父ちゃんにそっくりやったもんで。お祖父ちゃんはカクレやったとです。親父もそうやけど。先祖が迫害ば逃れるため、ここから移り住んだと聞い

てやって来たとです」

「何処から来たとな？」

警戒を解いて訊き返した。

「黒島です」

「黒島か……。五島や平戸にも移って行ったげなたい。何て苗字な？」

「谷村と内田です」

「谷村に内田ね……心当たりはなかばってん、墓に行ったな？」

「いいえ」

「行ったらよか。野道ちゅうキリシタン墓地ばい。そこを左に行って、出津小学校の右手の斜面たい。そこにド・ロ様の墓もある」

「ド・ロ神父の？　行ってみたか。他に見るとこなかですか？」

「バスチャン屋敷がよかやろ。バスチャン様って知っとるね？」

「バスチャン椿のバスチャン様やろか？」

「そうたい。そのバスチャン様たい。墓地から上に30分以上歩くばってん、若かけん平気じゃろ。気張《きば》って見てこんね」

「はい、有難うございます」

2人は軽く頭を下げて礼を謂った。すると小父さんは、

「さっきの質問ばってん、ワシはカクレじゃが、ワシの代でもう終わりたい。後継者のおらんけん、自然消滅ばい。この辺にも僅かしか残っとらん。時代の流れじゃろ。寂しかばってん、しょんなか」

それだけ謂うとクルリと背を向けた。1歩ずつ噛みしめるように坂道を登る前屈みの背中は、より小さく見えた。


野道のキリシタン墓地はすぐに見つかった。赤煉瓦の門を抜け、石の階段を昇った中程にド・ロ神父が眠る十字架の墓があった。墓にはたくさんの花が供えてある。それは、外海の人達が今もド・ロ神父を敬愛し感謝の気持ちを込めて、「ド・ロ様」と呼んで親しんでいる証《あかし》であろう。

幸市と久美子は十字を切り、両手を組んで無言で祈った。さらに上に行くと、墓地が広がっていた。平たい大きな石を置いたものや、中位の岩を積み上げただけの素朴な墓が縦に2列並んでいた。木で作った古い十字架が朽ちかけ、倒れかかっていた。墓碑銘もないから墓の主は不明だ。自分達の先祖がここに眠っているのだろうか？

（ここに眠るキリシタン達は、幸せなのかも知れん。貧しいながらも信仰に生きて人生を全うし、墓に葬られちょる。カクレの人達も差別されんで、眠っちょるとだろうか……）

ここから海が見えた。ド・ロ神父が造ったこの墓地……、彼も青々と広がるあの海が好きだったに違いない。

その時、久美子が素頓狂《すっとんきょう》な声をあげた。

「あーっ、コウちゃん、こん墓地は明治時代の半ば以降にド・ロ神父が造ったとやろ。そん時は、うち達の先祖はすでに黒島たい。だけん、墓はここじゃなく、他んとこたい」

「おおっ、そうたいクミ。ということは、先祖は別のどっかに眠っとるちゅうことばい」

「禁教の時代やもん、どっかのお寺の墓にでも入れられとるとじゃなかと？」

「そうかも知れん……。こりゃあ不可能たい」

墓探しを諦め、バスチャン屋敷に向かって歩いている時だった。軽自動車が2人の横に停まった。運転席の窓から顔を出したのは、先程の〝カクレ〟の小父さんだった。

「丁度よかったな。バスチャン屋敷は、ちょっと遠かと思うてな。送ってやるばい」

「それはすんません。助かります」

「なーに、ワシも暇じゃけん、大したことなか」

15分程坂道を登り、細い山道にさしかかったところで車を停め、そこからは歩きだ。

バスチャンは、浦上や外海地区で日繰り暦や予言などを伝承していた日本人の伝道師だ。バスチャンの椿で有名だが、洗礼名セバスチャンが訛って、バスチャンと呼ばれるようになった。厳しい弾圧の中で、この外海の山小屋に潜んでいたが、密告により捕えられ、長崎で処刑された。

山道を奥へ奥へと入って行き、人影のない暗い林の中に〝屋敷〟はポツンと建っていた。建物も内部も復元したものだが、当時の潜伏生活を偲ぶことが出来た。

炭焼き小屋を思わせる小さな小屋に、扉が1つだけあった。中に入ってみると、土間に粗末な囲炉裏と竈《かまど》があった。この小屋の中でいつ詮索の手が伸びるかも知れぬと、息を潜めながら生活していたに違いない。

「バスチャン様には妻子のおったとよ。会いたかったやろうな……」

小父さんは誰に謂うでもなく、ぽつねんと呟いた。幸市は小屋の中で破れ戸から横になって月を見上げ、家族を思い浮かべるバスチャン様を思った。幸市は暫く間を置いて、

「バスチャン様は、長崎で処刑されたと聞いたばってん、どげんして捕まったとですか？」

「密告ばい」

「密告？　すると地元の人間が賞金目当てにですか？」

「そうたい。恥ずかしかばってん外海の人間たい」

「キリストば裏切ったユダのごたる」

「そん当時のことは詳しゅう知らんばってん、密告した者《もん》は住めんごとなったとじゃなかやろか」

久美子が呟くように謂った。

「目先の欲に目が眩んで、人の心ば失うてしもうたら、生きとる意味もなかかも知れん……」

「そうたい。あんた達に謂うとくばい。そん頃のキリシタンは、どげん辛か目に遭うても耐えて生きてきたと。イエス・キリストやマリア様に忠誠ば誓うて生きてきたとよ」

幸市が意地悪な質問をした。

「絵踏みばしても、表向き仏教徒ば装うてもですか？」

「そうたい。どげん時も我慢ばして、信心だけは失わんやったとばい。ばってん、迫害や圧政という敵があればこそ燃え上がっとった信仰や組織も、もはや活力ば失うて抜け殻たい」

小父さんは大きく溜息をついて俯いた。

小屋のすぐ側に井戸があった。井戸と謂うより湧き水を貯めた貯水池という感じだ。食糧は村人が運んでくれたであろうが、よくぞこんな所で生活出来たものだ。

幸市は去る時もう1度振り返り、改めて山奥の静まり返った暗闇の中で、怯えながら生活するバスチャン様の孤独を思った。

その時、何処からかバスチャン様の声がしたような気がした。

（そげん心配は無用ばい。偉大な方が何時も付いておらすけん、孤独など感じたことなか。それより、我々の流した血や涙ば感じて欲しか。それが生きた証しですけん）

幸市は穴倉からあたりを窺って、目を異様に光らせているイタチの姿を想像した。しかし、その目の光はあくまで優しかった。

小父さんがバス停まで送ってくれた。何度もお礼を謂い、車がゆっくりと坂を上がって走り去るまで見送った。2時近くだった。2人は帰りのバスの時刻を確認し、遅い昼食を近くの食堂で取ることにした。

海の見える席に座り、2人共「ド・ロ様定食」を頼んだ。互いに見合って今日の満足感に浸った。お茶を啜《すす》りながら幸市が口を開いた。

「外海に来てよかったばい」

「うん、今日1日で1年分過ごしたごたる」

「1年分は大袈裟ばってん、ド・ロ神父とバスチャン様ば知ったとは大収穫やった」

注文のド・ロ様定食が運ばれてきた。温かいツユの中にソーメンが入った丼と、アラカブの煮付けが載っていた。

「このソーメンがド・ロ様ソーメンやろ。うどんなら分かるばってん、温かかツユで食べるソーメンは初めてばい」

「旨かあ」

「温《あ》ったかソーメンも美味しかね。アゴのダシもよう効いとるし」

空っ腹も手伝って、あっという間に平らげた。寛《くつろ》ぎながら、久美子は幸市からの手紙のことを喋り出した。

「コウちゃんから貰うた手紙ね、殉教に対する考え方……まるっきり同感ばい。コウちゃんがあげん深う殉教のことば思うちょったたなんて、意外やった」

「今まで漠然と考えとった殉教について、纏《まと》めるいい機会やったばい」

「コルベ神父の〝愛は死よりも強くなければならない〟という言葉、そして、〝殉教とは愛の冒険なのだ〟という2つは、何物にも代えがたかったばい」

「そうか、そげん謂うてもろうて嬉しかよ」

久美子の顔を真正面から見据えると、彼女も彼の視線に絡みつくように目を逸らさなかった。人目につかない場所だったら、幸市は久美子の唇を奪っただろう。理性で逸《はや》る心を抑えるように視線をそっと逸《そ》らし、海の方に目を遣った。

バスの時刻が迫って腰を上げた。彼女が驚いた表情でレジの後に架かった肖像写真を指差している。入る時には全然気が付かなかったが、幸市は「あっ」と小さな声をあげた。

「これ、ド・ロ神父じゃなかとですか？」

店員の小母さんに訊くと、

「そげんたい。ド・ロ様ばい」

親しみを込めて、誇らしげに笑顔で答えた。幸市はド・ロ神父を感慨深げに見入る。晩年のものだろうか、白髪に白い髭を生やし、眼差しは優しいが何やら寂しげだ。外海の人達の、魂と肉体の救いのために生涯を捧げた偉大な人物の割に、この寂し気な表情は一体何だろう……？　もっと自信あり気で、満足した表情をしていてもよさそうなものだが……。

幸市は気になった。店から出て、久美子にそのことを話すと、

「へえ、そうかな……？　ウチは全然感じんやった」

事もなげに否定する。

（まあ、いいや。ド・ロ神父が帰り際、おいに与えた宿題かも知れん）

幸市の脳裏には、ド・ロ神父の顔がしっかりとインプットされた。それは一生消えることのない焼印であった。

久美子の乗るバスがやって来るのが見えた。

「コウちゃん、今日のこと一生忘れんばい。有難とうね。手紙ば書くけん、コウちゃんも頑張って書かんばよ」

「ああ、おいも忘れんばい。頑張って手紙書く。元気でな」

バスが停まって扉が開くと、彼女はもう一度手を振った。

「じゃあね」

弾むような溌剌《はつらつ》とした声を残して、紺色のスカートの裾と清潔な白のソックスを履いた細い足首がバスの中に消えた。中から久美子が懸命に手を振っているのが見えた。やがて、バスが崖の上に小さくなって消え去るまで、幸市は見つめていた。

あと10分程で自分が乗るバスが来るだろう。名残りを惜しむように出津の集落を見渡し、海を見た。もはや陽も傾き、海面は黄金色に輝いていた。

出津に来て、何度海を眺めたことだろう。何度見ても飽きることがない。この海の美しさを、幸市は何時までも忘れないだろうと思った。

第4章 姉・冴子

幸市の姉・冴子は、昭和22年（1947）生まれのいわゆる団塊の世代である。幸市より2歳年上で、幼少の頃から目鼻立ちが整った利発な子供であった。

中学生の頃、陸上部に入り中距離走を得意とした。3年生の時、県大会で優勝し全国大会へも出場したのだが、惜しくも4位入賞にとどまった。

それでも、冴子は黒島始まって以来の逸材と謳《うた》われ、県外の名門の高校から引き合いがあったが、意外にも佐世保市内の進学校である県立高校に進学した。高校での飛躍が期待されたが、陸上部には入部しなかった。皆は訝《いぶか》った。

父親が下宿生活を許さなかったのもひとつの理由だ。黒島の人間にとって、クラブ活動をやるには下宿生活が必要条件であった。フェリーの最終便に間に合わないからだ。

父親の反対の理由は、経済的な理由と娘を下宿させることに古いこだわりがあった。しかし、冴子から強い申し出があったならば、父親も折れていたかも知れない。彼女は親と衝突するでもなく、あっさりと退いた。

母親は娘の心を鑑《かんが》み、「なんとかやり繰りするけん、好きな道ば進まんね」と謂ってくれたが、一番の理由は自分の陸上競技での力量を客観的に見抜いていた。

フェリーの行き帰りや、家ではひたすら本を読んだ。近・現代文学のトルストイ、ゲーテ、ヘルマン・ヘッセ、森鴎外、川端康成、夏目漱石、三島由紀夫などの名作を片っ端から読み漁った。

冴子は家が近いこともあり、小さい頃からよく黒島教会に遊びに行った。明治33～35年にかけて、マルマン神父によって建てられたロマネスク様式の壮麗な教会であった。レンガ造りで3層構造だから、冴子の家からもよく見えた。島で唯一自慢出来るものだった。

教会の庭や周囲を走り回って、かくれんぼや鬼ごっこなどして遊んでいた。悪ガキが、「冴子はさすがにかくれんぼが上手かね」と誉めそやすのを、単純に得意がった。その言葉に悪意が込められているのに気付いて、かくれんぼ遊びには加わらなくなった。

それでも、教会に遊びに行くのを止めなかった。前庭に立っているマリア様に会うのが楽しみだった。優しげなマリア様が大好きで、見ているだけで心が休まるし、吸い込まれそうな気がした。

(マリア様は、どんげん悪かことばしても、許してくれそうな気がするばい)

つい自分の母親と比較してしまう。

(お母さんは優しかとこもあるばってん、きつかもんねえ……。どげんしてもマリア様の優しさには叶わんばい)

自分が母親似なのも気付かず、母親を腐し、マリア様を誉めそやした。あまりにも熱心にマリア様を眺めるので、日本人神父が冴子に声を掛けた。

「冴子ちゃんは、マリア様が好きばいね」

「うん、大好きばい」

「どげんとこが好きね」

「優しかもん」

「ふーん、マリア様はどげんか感じがするね」

「そうね……あの青空のごたる」

雲ひとつない青空を指差した。成程、マリア様は青空によく映えていた。

「マリア様は青空のごたるね……、よか例えたい。ワハハハ……冴子ちゃんは賢か〜」

冴子の頭を愛おしげに撫でる。

「ちょっと待っとかんね。いいもんばあげるけん」

神父が教会裏の司祭館に戻って持って来たのは、高さ20センチ程の石膏像で、汚れなき聖母の象徴である青い衣を纏った無原罪のマリア像であった。

「冴子ちゃんの謂う通り、マリア様は青空がよう似合うとるばい。こればあげるけん、家でもっとマリア様と仲良うならんね」

思いがけない贈り物に、彼女は目を輝かせた。

「有難う、神父さん。大事にするばい」

(マリア様は赤やピンクは似合わん。緑色でも黄色でもなか。青色たい。青色が一番よう似合うとる)

衣の青は、マリアの穢《けが》れなき純潔を意味していた。

冴子が朝起きた時、学校に出かける時、帰宅した時、勉強の合い間や寝る前に目を遣ると、机の上には変わらぬ姿があった。何よりの安らぎだった。

それからも教会に足繁く通い、神父さんに会えるのが楽しみになった。神父さんの名前は宮崎信一と謂い、その宮崎神父から、マリア様は神から授かったイエス・キリストの母であり、万民の母であることを教えて貰った。

冴子は、自分の家が隠れキリシタンであり、他の家との違いに気付いたのは小学低学年の頃からだった。父親が朝と夕に決まって唱える訳の分からぬ呪文みたいなものが、隠れキリシタンの祈りであるオラショだと知った。

冴子が中学・高校と進むうち、昭和38年（1993）、国は高度成長期を迎えようとしていた。島の若者はこぞって職を都会に求めて出て行った。島に残った者とて仕事や家庭優先で、煩雑で複雑なカクレの教義や仕来《しきた》りなどに拘《こだわ》る余裕も、若者の感性にも合わなくなっていた。

後継者が居なくなっては先が見えている。早晩、消滅するであろう。この民主主義の世の中、何故今日までカトリックに戻ることなく、その信仰を頑なに守り続けているのか？冴子が父親に訊いたことがある。

「そりゃあ、ご先祖様から受け継いだもんは大切に守らんば。そいがワシ達の務めたい」

「ばってん、みんな都会に出てしもうて、島に残っとる者でも煩わしかカクレのことなんか、構っとられんたい」

「嘆かわしか。ご先祖様ばないがしろにしたら、そのうち祟《たた》りば受くっとたい」

「幸市だって、父さんの跡ば継ぐとは思えんばい。もし、継がんやったらどうすっとね」

「そげんこと、考えとうなか……。そん時はそん時たい」

父親は淋し気な表情をして俯いた。

「今、父さん達が信じとる神って何ね？」

「イエス・キリスト様たい。決まっとるばい」

「違う。ずっと昔はそうやったろうばってん、今は違うような気がするばい」

「そげんことなか」

「父さんはさっき謂うたやっかね。大切かとは、ご先祖様から受け継いだことば守ることって。イエス・キリスト様だけ信じとれば、ご先祖様も後継者も関係なかやろ。父さん達が守ってきたもんは、カトリックと別のもんたい」

核心を突かれて、父親は無言だった。

――それからである。冴子は自分なりの道を歩もうと心に決めたのは。

冴子が教会に通うようになって随分と経つ。高校生になった今、土曜日の夕方と日曜日の午前中、宮崎神父に会って話を聞くのが楽しみだった。

宮崎神父は五島の出身で、苦学して神学校に通ったことなど、少年時代や青春時代のことを楽しく話して下さった。この道に入る切っ掛けになったお母さんのことを語る時、込みあげてきたのか涙声になった。余程、お母さんのことが好きだったのだろう。

そうした或る日、冴子は宮崎神父に一大決心を伝えた。

「自分だけの意志で信者になりたかとです。どげんしたらよかでしょうか？」

「何時か謂うてくるて感じとったばってん、意外と早かったばい。ご両親は何て謂うとらすと？」

「両親には何も相談しとらんです。相談したら反対されるけん、入信してから伝えます」

「うん、そしたらこれから勉強たい。焦らんでよか。神ば信頼出来て、改めて入信する強か意志があったら、合格たい」

日曜日の午前中だけ、朝のミサが終わったあと、宮崎神父から講義を受けた。「祈り」と「秘跡」についてである。祈りにも様々な祈りがあり、生活の中にも、内面においても謙虚に祈ることによって、神の前に素直になれるような気がした。

1か月ほど経ち、自分の心身にある〝変化〟が生じているのを感じた。心には、岩清水が滾々《こんこん》と湧き出るような豊かさに溢れ、顔には凛とした輝きが満ちていた。

親しい友も、「冴子は此の頃、ますます綺麗になっとる。恋ばしとるやろ」と揶揄《から》った。冴子は笑って否定したが、なまじっか当たってなくもなかった。

丁度その頃、冴子が秘かに憧れる男性が出現した。1歳上の2年生で、同じ黒島出身だった。大野賢太と謂った。

決して目立つ男ではないが、背が高く、細身で精悍な顔付きをしていた。中学ではサッカーをしていたが、高校では何もやってなかった。家が漁師だったから、学校に行く時以外は家業の手伝いをしていた。

彼は寡黙で決して男前ではないが、彼の中にキリリと光る男の色気を感じ取った。けっこう人気があり、情報網を駆使して特定の女性が居ないことを突き止めた。

早く自分の想いを何らかの形で伝えたかった。そういうことに関しては、冴子は行動が早かった。そこで、或る〝作戦〟を思い付いた。

6月の或る日、学校帰りのフェリーで彼も一緒の便に乗り合わせた。冴子はこの時しかないと心に決めた。シミュレーションは予め考えてあった。

船が黒島の湾内に入るとスピードを緩める。客はデッキに集まって降船の準備をする。冴子は彼の視野内に入っているのを確認した。

（今だ、今しかない！）

冴子はデッキから凭《もた》れるようにしてバランスを崩し、海に落ちた。浮かび上がって溺れる〝フリ〟をした。必死に演技をした。けっこう難しかった。

後は彼が助けに来てくれるかであった。冴子が落ちるのをその時居合わせた級友が目撃し、踠《もが》いているのを見て騒ぎ出した。

「友達が落ちてしもうた。誰か助けて！」

賢太がすぐさま反応した。服を着たままデッキを乗り越えて頭から飛び込んだ。冴子は彼が飛び込むのをしっかりと確認した。

（やったあ！　大成功たい）

思わず心の中でガッツポーズをした。彼が凄い勢いで泳いでくる。近付いて来た彼に思わず抱きついて、「嬉しかあ」と謂ってしまった。抱きつかれた彼は冴子の手を振りほどき、

「落ち着け、もう大丈夫やけん」

背後に回って首から脇の下に手を架けて、片手で泳ぎながら岸壁に向かった。彼は冴子のことを知っていた。

「お前は島の者やろもん。泳げんとか？」

「うん、泳げんとよ」

冴子は彼の腕の中で、波間に沈みゆく夕陽を見ながらほくそ笑んだ。

岸壁では乗客全員と、騒ぎを聞きつけた人達が集まっていた。冴子は改めて賢太を熱い眼差しでじっと見つめて、

「助けてくれて有難う。私の命の恩人たい」

「そげん大袈裟なこつ。何でもなかばい」

と謂いながら、彼はテレた。

(こげんうまくいって、演技も満更じゃなかばい。女優になってもよかかも)

ズブ濡れの制服のまま、歩きながら冴子は気持ちが高揚していた。6月とはいえ海の水はまだ冷たい筈だが、彼女には冷たさが却って心地よかった。


夏休みに入って、司祭館で連日のように「公教要理」の問答が、宮崎神父と冴子との間で闘わされた。

「百点満点の合格ばい」

神父は司祭館中に響くような大声で太鼓判を押した。

「改めて訊くばってん、洗礼ば受くる気持ちに変わりはなかね?」

「はい、なかです」

冴子は躊躇《ためら》うことなく答えた。

「そしたら、いつにするね？」

「明日がよかです」

「明日？　えらい急やね。付き添いの人は誰かおるね？」

「おらんです。1人で駄目ですか？」

「そげんことなかばってん……しょんなか。洗礼名は何にするね？」

「マリアがよかです」

「わかった。そしたら、明日の朝8時でどげんね？」

「よかです。よろしくお願いします」

爽やかで晴ればれとした高原の風が過《よぎ》った。喜びが膨らみ、胸が熱くなった。

翌朝、外は既に真夏の太陽が照りつけて暑かった。蝉が騒々しく鳴いている。教会の扉を開けると、祭壇に明かりが灯されていた。扉を閉めると同時に宮崎神父が入って来られた。

冴子は祭壇の前に進み、宮崎神父に挨拶をした。

「お早うございます。本日は宜敷くお願いします」

冴子は神父の前に跪いた。

「父と子と聖霊との御名によって、本人の希望により谷村冴子に洗礼を授けます。洗礼名はマリアです。アーメン」
神父は冴子の頭に聖水を振りかけた。簡単だが、これで厳かに洗礼の儀式は終わった。
ここで冴子は信仰宣言というべき祈りの言葉を、声高らかに唱えた。

天地の創造主、全能の神である父よ
愛の源である父よ
わたしは、心を尽くし、力を尽くして
唯一の神であるあなたを愛します
あなたへの愛によって
隣人を自分のように愛します
迷えるわたしを正しくお導きください
また、父のひとり子、わたしたちの主
イエス・キリストを信じます
アーメン

神父は満面の笑顔で、

「おお神よ、この賢き子羊を正しくお導き下さい。最後にマリアよ、あなたへのはなむけに『ルカ伝』からの一節を贈りましょう」

求めなさい
そうすれば、与えられる
探しなさい
そうすれば、見つかる
門をたたきなさい
そうすれば、開かれる

冴子はゆっくりと復唱しながら、その言葉を噛みしめた。教会の扉を開けると、夏の日射しが容赦なく照りつけていたが、冴子には心地よかった。歓びと解放感で胸が震え、神に祝福されていると感じた。

家に帰ると、母親は冴子の尋常ならぬ表情にギクリとした。

「母さん、わたしさっき洗礼ば受けてきたと。晴ればれとしてよか気持ちばい」

「洗礼って……カトリックのね。親に何んも相談せんで、何んば考えとっとね」

母親の大きな声に、居間で寝転がって新聞を読んでいた幸市が飛び起きて声をあげた。

「姉ちゃん、カトリックになったとね。すごか」

「こん数か月、ずっと勉強しとったとさ。宮崎神父さんから洗礼ば授かって、洗礼名はマリアたい。大好きなマリア様の名前ば貰うて、嬉しか」

娘の無邪気に喜ぶ笑顔に、母親は怒気を含んだ声で呻《うめ》くように謂った。

「自分の家が何んば信じとるか知ってて、そげん裏切るようなことができるね。自分の娘とは思えん。なしてそげん早まったことば……」

「カクレも元はカトリックやろもん。元に戻っただけのことやし、本来親は親、子は子たい。関係なかやろもん」

「よくそげん勝手なこと謂えるね。父さんが何て謂うか……」

父親がどう思おうと関係ないことだと思うが、果たしてどんな反応を示すだろうか……。自分の部屋に戻った冴子は、机の上のマリア様に報告をした。

(マリア様の名前をさっき授かりました。谷村マリア冴子です。マリア様の名に恥じぬよう生きていくつもりです)

ふと……何故か賢太に話してみたくなった。〝あの時〟以来顔馴染みになり、親し気に挨拶する仲になっていた。夏休みに入って、暫く彼に会ってなかった。

日差しが和らぐ夕刻に家を出た。確か、彼の家は港の近くだと聞いていた。尋ねればすぐに分かるだろう。

案の定、彼の家は訊くまでもなくすぐに分かった。なだらかな丘の上の小さな集落に、大野という表札を見つけた。玄関で声を掛けると、母親らしい太った大柄の女性が出て来た。彼と顔立ちがそっくりだった。

「賢太なら父親と漁に出とるばい。夕方近うならんと帰ってこんやろ」

漁に出ているなら、港に帰って来るだろう。このまま会わずに帰るのは忍びなかった。港で待つことにした。岩壁の大きな岩に腰を掛け、遠くに浮かぶ船を彼が乗った船ではないかと思いを馳せたり、飛び交うカモメに見入ったりした。

港にフェリーが入って来た。つい数週間前、フェリーから意図的に落っこちて彼から助けて貰い、まんまと作戦が成功したことを思い出した。思わず笑みが漏れた。

夕陽が西の海に傾きかけて赤く海面を染める頃、漁船が次々と港に戻り始めた。8番目に幸運丸という船が入ってきた。冴子はこの船に彼が乗っているような気がした。ドクドクと心臓が騒ぎ出す。

船室から甲板に姿を現したのは、まさしく彼だった。頭にタオルを巻いた姿は、漁師が板に付いていた。舫《もや》い綱をつなぐため、両手を岸壁に着いて跳び上ろうとした時、目の前に立っている冴子に気が付いた。

「おう、サエちゃんか。何しに来た？」

と謂って跳び上がり、両手で立った時、一陣の風が冴子のスカートを吹き上げた。「キャッ」

と短い悲鳴をあげた冴子が、咄嗟《とっさ》にスカートを押さえたが遅かった。

純白のパンティが賢太の目にしっかりと焼き付いた。と同時に、彼はずっこけて落っこちた。

「見たやろ？」

「イテテテ……ああ、バッチリ見えたばい。白やった」

冴子は今日のため、新しい下着に穿き替えといてよかったと思った。賢太は岸壁に再びよじ
登って、同じことを聞いた。

「何しに来た？」

「漁師姿、よう似合うとるばい。嬉しか報告ばしようと思うて、ずっと待っとったとよ」

「嬉しか報告？　一体何んね」

「今日、教会で洗礼ば受けてきたと」

「洗礼ば？　そりゃあおめでとう。おいもカトリックばい」

「あら？　そうだったと。そしたら一緒やね。洗礼名は何んね？」

「ペテロたい」

「わたしはマリアよ」

「マリアか……よか名たい」

2人の会話を舳先で聞いていた賢太の父親が声を掛けた。日焼けした息子似の、髭面で40代半ばの長身のガッチリとした海の男である。

「賢太、お祝いに鯛ばあげんか」

「うん、そうじゃった」

荷揚げした箱の中から見事な鯛を掴みあげ、

「今日一番の鯛ばあげるけん、持って行かんね」

賢太は荒縄を包丁で切り、エラから口に通して冴子に手渡した。

「有難う。りっぱな鯛やね。こげん大きかとば貰うて申し訳なか」

父親は人のよさそうな真ん丸い目を見開き、さぞ快活そうに笑いながら、

「新しか門出ばい。マリア様ばたくさん敬うて、よかクリスチャンにならんね」

「これから一生懸命努めます」

冴子は、朝顔のような零《こぼ》れる笑顔を返して帰路についた。

鯛をぶら下げて歩きながら、さっき別れたばかりの仲のいい賢太父子のことを思い浮かべていた。坂道の途中で港の方を振り返り、幸運丸を探した。父子が忙しそうに働いているのが小

さく見えた。

夕陽が丸く赤い顔を水平線に沈めようとしていた。ふと、丸い夕陽を見ていて、賢太の父親の丸い目を思い出し、「うふ」と笑った。

家路を急ぐ冴子の足取りが重くなった。父親と話すのが億劫だったからだ。

（いい顔はせんやろね。普段から暗か性格とに、いっそう暗か顔ばするやろ。こうなったら開き直るしかなか。親は親、自分は自分たい）

冴子は勢いよく玄関の戸を開けた。

「ただいま――」

何時もより元気な声を張り上げた。母が台所から顔を出した。

「お帰り、遅かったね。父さんが話があるってよ」

「わかった。これ、今日のお祝いに友達から貰うてきたと。料理して」

居間に入ると父は晩酌をしていて顔が少し赤かった。相変わらず暗い表情で、飲めもしない酒をチビチビ飲んでいた。

「話ってなんね？」

「なして親に内緒で入信した？」

「自分の意志で入信しただけたい」

「自分の家が先祖代々カクレて知っとって、敢えて入信した理由は何んか？」

正座して、父の目を真っ直ぐ見て謂った。

「カクレとカトリックは別のもんたい。親が信じとる宗教ば、子供に押しつける権利はなか。うちは自分の信じるもんば信じる。ただ、それだけのことたい」

父はお猪口の酒を1口で呑み干して、下を俯いたままじっと動かなかった。

沈黙を破ったのは母だった。

「父さんばそげん苛めるもんじゃなか」

「苛めるって……別に苛めとらんよ」

「この際、よか機会じゃけん謂うとくばい。あんたのお祖母ちゃん、父さんのお母さんのことたい。祭壇にお祖父ちゃんと並んで写真の置いてあるやろ」

「お祖母ちゃんのことなら微かに憶えとる」

「お祖母ちゃんはほんとに優しか人じゃった。わたしにとってお義母さん、姑さんやけど、1度も叱られたことなかったとよ。キリスト様の『汝の隣人を愛せよ』ば忠実に実行した賢く、優しか人じゃった」

「どげんして、そげん優しく出来たとやろか」

「親戚の人に聞いた話ばってん、若か頃苛められて酷か目におうたとて。佐世保の女学校で、毎日毎日先生と生徒に『外道』と謂われて退学したげな。生徒だけなら我慢出来たろうばってん、先生にも謂われたげなよ」

「酷か話やね、今では考えられんばい」

「酷か扱いは、それからも3度4度と続いとっとよ」

「えっ？　3度も4度も……？　民主主義の世の中とにね」

「お義母さんの時代には、隠れキリシタンば捨てんば進学も出来ん、農業も漁業もやっていけん、ということでどんどん天主様ば捨てていったとさ」

「酷か差別ばい。人間て残酷で身勝手な生き物やね。お祖母ちゃんはどげんしたと？」

「ただ……天主様ば信じて、何時かよか世の中が来ると、じっと我慢したとげなよ」

「そげん我慢して、お祖母ちゃんは報われたとね？」

「報われたとよ。ひたすら天主様とマリア様に祈ったお陰ばい。教えば捨てんで耐え忍んどるうちに、酷か苛めも次第になくなってきたげな。そして、帳方のお義父さんに見染められて結婚したとよ」

「何時頃の話ね」

「お義母さんは明治20年（1887）生まれやっけん、大正元年（1912）頃の話やろ」

「想像出来んばい」

「お義母さんから直接聞いた話ばってん、お義母さんのお母さん、つまりあんたの曾祖母さんは、江戸時代の後期に黒島に移住して来たげな。5歳ぐらいの時で、小さか舟に乗って黒島に着いたとは夜やったたって。怖うて、母親にしがみついとったげな」

「移住したって、どこから？」

「長崎の外海たい。昔は大村藩だったたげな。そん時の苛めは凄まじかったげなよ。汚なか、貧しか、付き合いの悪か……って、人間扱いばされんやったたって。それば思えば、お義母さんはどうでんなかて、何時も謂いよんなった。曾祖母さんも優しかったらしくて、お義母さんも似たとやろね」

「母さんも見習わんば」

「何んば謂いよっとね。こげん優しか母親はおらんばい。罰かぶるよ」

「性格やろね、ちょっと荒かもんね」

2人のやりとりを黙って聞いていた父が、俯いたままますすり泣いていた。母親のことを思い出し、込み上げるものがあったのだろう。冴子と母は、それを見て「おや？」という顔をした。これまで1度たりとも父が涙を見せたことはなかったからだ。

（よっぽどお母さんが好きだったとばいね）

冴子はしんみりと思った。そして、母は夫を庇《かば》った。

「お父さんはお母さんば裏切るわけにいかんとよ。これからもずっとたい。ねえ、父さん」

父はお猪口の酒を一気に飲んで、嗚咽《おえつ》を漏らした。母親から貰った優しさが、何時までも父の心の奥底で発酵を続けているのだ。

冴子はカクレとカトリックは別のものと謂ったが、お祖母ちゃんの優しさはマリア様の優しさに通じるのではないだろうか、と思った。

「そんげん優しかお祖母ちゃんなら、『わたしのことならもうよかとよ。構わんであんた達の好きにせんね』て謂うような気がするとばってん……」

冴子は父に謂ったつもりだったが、母が口を挟んだ。

「父さんにそげんことば話したことがあるとばってん、父さんはどげんしても捨て切れんとさ。しょんなか……」

冴子は、父がカクレを捨てないでこだわっている理由が、分かったような気がした。

その時、腹を空かせた幸市が居間に入って来た。

「晩ご飯はまだね、腹が減ったばい。早よしてくれんね」

「待っとかんね、姉ちゃんが貰《もろ》うてきた鯛があるけん、刺身にしてやる」

女は現実的だ。何んで貰ったものかも深く考えず、鯛につられて単純に喜んでもう入信を容認していた。

第5章　パラダイス

冴子と賢太は高校2年と3年になった。昭和39年（1964）のことである。

2人は全校生徒が羨む仲になっていた。お互いを「サエ」「ケン」と呼び合い、フェリーでの通学の行き帰りは何時も一緒だった。

日曜日のミサには待ち合わせして毎週のように出席した。ロザリオを手にし、共に祈り、説教を無心に聴く初々しい姿は、居合わせた人達の羨望の的であり、まさに教会の華とも謂うべき存在だった。

ミサの帰りは海の見える展望台に行き、とりとめのない話をするのが常であった。そこからは東シナ海が望め、見渡す限り海また海で、地球の涯まで広がっているように思えた。

2人にとって幼い頃から見飽きた風景であったが、海は好きだった。殊に賢太は父親の漁の手伝いをすることもあって、まだ半人前の海の男だったが、特別な感情を抱いていた。

「海には嫌いじゃったら出られん。好きとか嫌いとか、そげんことば謂うておられん超越したもんたい。海は怖かし、優しゅうもある……。海にはキリスト様やマリア様とは違うた神様がおるごたる」

「わかった。海を司《つかさど》るポセイドンやろ」

「ポセイドンか何か知らんばってん、漁に出る時は海の神様に祈るとたい。荒れんやった時や大漁の時は、感謝の気持ちば捧ぐっと」

「そいやったらイエス様に祈って、感謝の気持ちば伝えればよかやろもん」

「うん、自分でも不思議かばってん、そげん時は頼みにくか。心の悩みや苦しみやったら頼めるやろばってん、うちの親父も同じことば謂いよった」

「なしてやろか？」

「おいの家もカクレやったけん、そん影響やろ。祭壇からカクレの道具がなくなっても、カクレの信仰や魂は簡単になくならんと思うばい。元々、カクレの信じとったもんはキリスト教やったばってん、仏壇や神棚、荒神様なども拝んどった」

「それはそれでよかとじゃなかと。そん海の神様もイエス様の身内ばい」

「そうか、サエがそう謂うてくれたら納得たい」

賢太は浅黒い顔に白い歯を見せてニコリと笑った。冴子は何故か、青い珊瑚礁の上空を切って飛ぶユリカモメを連想し、彼の笑顔が好きだった。

互いの進路について語り合った。賢太は卒業したら、漁師をやると謂う。

「大学に進学する道も考えたばってん、どうせやるなら早か方がよか。サエはどげんするつもりね？」

「ウチは大学に進みたか。親に負担ばかけとうなかけん、長崎の国立大学ば一応考えとる」

「大学ば出て何ばすっとね？」

「学校の先生になりたか。中学校でも高校でもよかけん」

「へえ……？　学校の先生か。サエならよか先生になるやろ。男共の人気者になるやろな」

「なんね、嫉いとると？　先のことやかね。なれるかどうかも分からんとに」

冴子は人差し指で賢太のオデコを軽く突いた。すると、彼は素早く彼女の指ごと右手を掴んで引き寄せた。その拍子に互いの顔が急接近し、賢太はチャンスを逃さなかった。強引に彼女の肩を引き寄せ、ゆっくりと唇を近づけたが小刻みに歯が震えていた。

冴子は期待感で胸が躍った。彼の唇が数センチに近づくまで、薄目を開けて観察する余裕があったし、彼の歯が小刻みに震えてるのを可笑しくも感じていた。

唇と唇が触れる瞬間、冴子は目を閉じた。と同時に、彼のやや乾いた唇が強引に押しつけられてきた。彼の歯が微かに震えているのを感じたが、遠い記憶の彼方で現実なのか夢なのか量りかねた。宙を舞っていた冴子の両手は、彼の細身ながらよく緊《しま》った筋肉質の逞しい体に巻きついた。

彼も彼女のしなるような柔らかな体を抱き締めていると、まるで自分の体に溶け込んでくるような恍惚感に酔い痴れた。彼は強く抱き締めながら、彼女の乳房の丸く柔らかな弾力を感じた。冴子は彼の下半身が怒膨しているのを感じて、思わず我に返って体を離した。

彼は「ごめん」と謝った。

「ううん……」お互い顔が、体が……まだ火照っていた。

冴子は海の方を……焦点の定まらぬまま眺めていた。賢太に対する〝好き〟という感情を飛び越えた、愛おしさを感じ始めていた。

賢太は冴子に一番魅かれるのは知性と教養であった。それは自分にないものだし、他の女性に感じたことの無いものだった。彼女こそかけがえのない存在であると、今日まざまざと認識した。

愛は惜しみなく奪う――、有島武郎の小説のタイトルにもなった言葉であるが、愛は惜しみなく与えることによって、結果、奪うことになるという意味の恋愛の至言である。2人の愛は、今まさにスタートラインに立ったと謂えるかも知れない。

夏休みに入って賢太の漁の手伝いが続き、冴子のカレンダーが無為に過ぎゆく8月の或る日曜日のことだった。

この日は運よく時化で漁が休みになった。ミサの後、何時ものように展望台に向かう時、賢太が冴子に提案をした。

「漁の帰り、綺麗かビーチのある無人島ば見つけたばい。この島から5~6キロ先ばってん行ってみんね?」

「5~6キロ先て、随分遠かね。どげんして行くと?」

「ボートたい。ボートば借りるけん」

「うん、よかよ。楽しかごたる。何時にする?」

「漁は明後日休みば貰うけん、火曜日にしよう。朝8時に港に集合たい」

「分かった」

2人は周りに誰も居ないのを確かめて、軽くキスをした。

約束の日の早暁、冴子は白のフリルのワンピースにサンダルを履き、麦藁帽子に籐のバッグを持って家を飛び出した。

夏の朝日を背に、坂道を駈け下りる白のワンピースはよく映えた。片手で麦藁帽子を押さえ、大きなストライドで軽快に駈ける様は、ニンフ(妖精)を思わせた。

約束の時間に数分遅れたが、彼はまだ来てなかった。大きく息を吐きながら、目指す海原を見遣った。港には数隻の漁船が停泊し、人影はない。波がリズミカルに岸壁に打ちつける小さな音だけが聞こえた。

賢太が息を弾ませながら駈けてきた。

「おう、待たせてごめん」

半ズボンとTシャツにナップザックをぶら下げたシンプルな出で立ちは、海の男らしく様になっていた。

「無人島に行くとに、随分とオシャレしてきたな」

揶揄い半分に彼が謂うと、可愛く拗《す》ねた。

「どげん格好すればよかか分からんやったもん」

「ズボンにTシャツで御の字たい」

分かっていたが、オシャレしたかったのだ。小さなボートが、港に停めてあった。

「小さかねえ、こげんボートで大丈夫とね」

「嵐でも来ん限り大丈夫たい。さあ、乗った乗った」

手漕ぎボートなだけに、スピードは出ない。湾外に出ると波の高さと男の面子《めんつ》と格闘し、彼は滝のような汗をかいて踠《もが》いた。目指す島影も見えない。大海原の真っ只中に小さなボートがただ一艘、不安気に波間に揺れていた。

九十九島は大小208の島でなるが、黒島もその中の1つで最大の島である。目指す島は、近付くにつれてかなり大きくなった。周囲2〜3キロはありそうだ。右方向に回り込むと、大きな入江になって小さなビーチがあった。

魚が泳いでいるのがよく見えた。ボートが陸に着くのももどかしく、冴子はワンピースを脱ぎ捨て水着姿で飛び込んだ。

鮮やかな色彩の熱帯魚や、海底にはタコやワタリガニが、岩にはサザエやウニなども見えた。魚は人を怖がらない。

彼は急いでボートを陸に揚げ、服を脱ぎ捨てて彼女を追いかけた。まるで潜水艦から放たれた魚雷のように、あっという間に彼女を捕らえた。激しく唇を求め合い、足でバランスを取りながら水中を舞う。射し込む光の中で戯れた。


昼食後、雑木林をかき分けて島内探検に出かけた。小さな山を下った岩礫地の窪みに、6畳ぐらいの広さの泉が湧き出ていた。水は澄んでいる。

彼女は足先で水面を叩いた。冷たくて気持ちいい。スラリと伸びた脚の水滴が陽の光でキラリと光った。水を掛け合い、戯れた。

遊び疲れた2人は、荒い息を吐きながら水辺に寝そべった。青い空の上には、鳶《とび》が1羽のんびりと舞っていた。

彼は、彼女の息遣いの度に上下する括《くび》れたウエストと、細目ながら丸みをおびた腰と、程好い肉付きの伸びきった両足を眺めた。視線を上に移すと、小高い山が水着の下で息づいていた。

「何んば見よっと、いやらしか顔ばして……」

そうは謂ったが、眼は拒否してなかった。いきなり覆い被さってきて、唇を奪われた。今までと違って激し過ぎる。乳房を鷲掴みにされ、「痛っ」と叫び声をあげた。思わず「優しくして……」と承諾のサインを出してしまった。

（ケンになら、あげてもよか……後悔はせんたい）

彼はキスをしながら、右手で水着の肩紐をぎこちなく外しにかかった。自ら手を抜いてやった。白桃のような乳房が恥ずかしそうに顔を出すと、震えていた。両方の手で包み込むように揉み上げると、彼女は顔を歪めるようにして唇を開き、声にならぬ声を上げた。ピンク色の葡萄の小粒を唇で挟み上げ、舌先でその先端に触れた。もうひとつの小粒も同じようにすると、彼女は「ううっ……」と微かに喘《あえ》いだ。

喘ぎ声に煽《あお》られ、さらに水着を下ろす。ヘソから下腹部へ差し掛かる時、彼女は脱ぎやすいよう腰を僅かに浮かせた。

綺麗に生え揃った少な目の若草が顔を出した。思わず手を止め、そっと若草に触れてみる。柔らかな心地いい感触が指先に伝わる。さらに両足から水着を剥ぎ取ると、皮を剥いたバナナのような白い裸身が現れた。まじまじと見蕩《みと》れた。

(ヴィーナスのごたる……。ギリシャ彫刻ば見とるような気がするばい)

彼女は真夏の太陽の下に裸身を曝《さら》していた。心構えは出来ていた。彼が覆い被さるように顔を近づけた刹那、意外な言葉が彼の口から出た。

「サエ、もうよか。これ以上は止めよう。お前ば汚すとは、罪のごたる」

――驚いた。自分の意思とは裏腹に、何故か涙が出てきた。

「そんな……」

「無理さしてすまんやった。そん時が来るまで、おいは待つけん。そん時が来たら、堂々とお前ば奪うばい」

涙が込み上げてきた。訳もなく出てくる不思議な涙だった。

(ケンなら覚悟ばしとったとに……)

「今度は何時になるか分からんけんね」

そんな性格が、賢太は気に入っていた。

「何時になってもよか。それにしてもお前の体、ヴィーナスのごと眩ゆかった」

「そげんお世辞ば謂うて、しっかり見たとやね。もう見せてやらんばい」

「お世辞じゃなか。そん時まで大事にとっとけよ」

「知らーん」

彼女は駈け出した。泉の反対側は雑草が生い繁る見通しのいい草原だった。

「転ぶなよ」

彼が追いかけながら叫んだ時だった。彼女のサンダルが「バキッ」という異様な音を立てて、何かを踏みつけた。足元を見ると、足の先に半分埋まりかけた骸骨が見えた。

「キャ――ッ」

島中に聞こえるような大絶叫が響き渡った。身を竦《すく》ませて脅《おび》えた。

「どうしたとか？」

蛇でも出たのかと彼は鷹揚に近づいたが、骸骨を見てさすがに身の毛が弥立《よだ》った。

「相当年月の経っとるばい。どげんして死んだとやろ。病気やろか、自殺やろか……」

「こん島に住んどったとやろか？」

改めて辺りを見回すと、すぐ横に雑草に埋もれるように、頭の倍くらいある石が5～6個積んであった。

「こいは墓ばい。キリシタンの墓ばい」

禁制の時代、キリシタンが死ぬと外聞を憚《はばか》って石を積んで墓碑銘も記さずに葬った。石の上には2本の朽ちかけた棒切れがあった。棒切れの中央には紐がくっついていた。

「十字架ばい。十字架ば立てたとやろ」

「家族の誰かが死んで、自分の死期が近づいた時、この墓の側で死にたかったとやろう」

周りを見回すと、草原と雑木林の境界辺りに木造の粗末な小屋らしきものが見えた。

「あそこが家やろう。あそこに住んどったとやろ」

家は全壊状態で、小さかった。かろうじて家だったと分かるのは、屋根に用いたトタン板だった。隙間から僅かに中が垣間見える。赤と青の模様の入ったフトンと、鍋や茶碗や皿が埃を被って薄ぼんやりと見えた。

「どげんして生活しとったとやろか?」

「止むに止まれず、こん島に来てまさに自給自足の生活たい」

「そん理由って、何んね?」

「禁教の時代に、いろんな島に移住した人達がおったって聞いたやろ。移住した先で苛められたり、差別されたりして住めんごとなって、こん島に来たとやなかやろか?」

「うん、うちの曾祖母さんも苦労したげな。こん人達に子供はおらんやったとやろか?」

「おったら学校のこともあるけん、ここには住めんやったやろ。2人だけやけん生活出来たと違うやろか……」

「ねえケン、あん人の墓ば造ってやらん？　あのままじゃ可哀想ばい」

「よし、おいが掘るけん、サエは墓石ば見つけてこんね」

彼女は海岸目がけて走った。茶碗のかけらで彼は墓の隣に穴を掘った。骨を埋め、土を被せて石を積んだ。十字架を作るために木を折り、蔦《つた》で括《くく》りつけた。ツユクサと月見草の花を摘んで、墓に捧げた。２人は十字を切って祈った。

主よ、みもとに召されたこの2人に
永遠の安らぎを与え、
あなたの光の中で憩わせてください　アーメン

第6章　お守り

翌年の3月、賢太は卒業式を迎えた。

卒業式後、帰りのフェリーで何時ものように2人して、春とはいえまだ肌寒い甲板の手摺りに凭《もた》れかかっていた。

賢太は卒業証書を入れた筒を小脇に抱えていた。これが2人にとって最後の通学だった。明日からは冴子だけになってしまう。

「ところでお願いがあるとばってん、聞いてくれるか？」

「お願いって？」

耳元で囁《ささや》いた。

「お前のあそこの毛が欲しか」

「えっ？　あそこって……？」

「あそこの毛ばい。あそこの毛ば1本でよか」

彼は漁師仲間から聞いた話を信じ込んでいるらしい。

「なしてあそこの毛ば欲しかと……？　いやらしか」

「安全のお守りたい。処女じゃなかと効き目はなかとげな」

「そげんこと聞いたことなか。迷信たい」

「迷信でも何でもよか。お前んとば持っとけば、効き目のあるごたる」

「仕方なか。ちょっと待っとかんね。後でなんとかするけん」

黒島港に到着し、フェリーを降りる頃は陽が落ちて薄暗くなり始めていた。

彼の家は港の近くの丘の上で、彼女と一緒の時はいつも遠回りして帰った。歩いているうちに彼女は無口になった。別れ道はもうすぐなのに、彼は〝約束〟が気が気でなかった。

彼女は立ち止まって、後ろから誰も来ないのを確認した。

「ちょっと向こうば見とかんね」

「おいが抜いてやろうか？」

「バーカ」

彼女はスカートをたくし上げ、パンティの中に手を突っ込んだ。1本だけ抜くつもりだったが、彼女の手には3本の毛が風に戦《そよ》いでいた。

「おっ、3本も。大サービスばい」

「1本でよかとやろ」

「3本とも貰うばい。効果は3倍になるやろ」

定期入れに丁寧に仕舞い込む。

「お守りに入れて、肌身離さず持っとくばい。これで安心して船に乗れる。有難うな」

彼は両肩を引き寄せ、軽くキスをする。彼女はちょっと気恥ずかしかったが、彼のために役立てたことが嬉しかった。

その年の4月、冴子は3年生に進級した。

予想はしていたものの、通学の行き帰りに賢太が居ないのは寂しかった。分かっていながらなんとなく、フェリーの甲板や客室に彼の姿を探した。

賢太は早朝の3時には起床し、4時には出漁した。早朝の4時はまだ暗闇の世界だ。東の空が白み始める頃、漁場に着いて漁が始まる。

魚は季節によって旬があるから、それに合わせて当然、漁場も違ってくる。遠く玄界灘の福岡県や五島列島周辺、南は鹿児島県辺りまで出かけた。

今はタイやヒラメの時期であった。今日はヒラメ釣りに平戸島の北方に出ていた。ヒラメ釣りは、釣りの中で難しいもののひとつだった。活きたイワシを餌に釣るのだ。

賢太は釣りの中で、このヒラメ釣りが一番好きだった。数は釣れないが、ヒラメとの駆け引きが面白かった。1回目の当たりで慌てて合わせようとしても早過ぎる。口に入れたイワシを吐き出すからだ。2回目でもまだ早い。3回目に餌のイワシを飲み込んで、ググーッと強烈な引きに大きく合わせるのだ。失敗する度に父親から笑われた。

「ほんなこつ食いついとるかどうか、見極めが肝心ばい。女と一緒たい。早合わせはいかん。じっと我慢せんば」

女性との駆け引きの例えは面白かった。

(女もヒラメも早合わせは愚策なり。食いつくまで待つが肝要なり)

賢太は座右の銘にしようと、自分で悦に入っていた。

「親父は母さんば釣り上げた時、食いつくまでじっくりと待っとったとね?」

「いや、逆たい。おいが食いつくとば、母ちゃんにじっくり待たれとった」

「なんね、あんまし信用ならんばい」

「ワハハハ……」

しかし、父親の釣果はいつも賢太の倍くらいあった。釣れる時はヒラメも10匹くらい楽に上がったが、釣れない時もあった。それがヒラメ釣りの難しさだった。

「今日は潮の流れが悪かばい。しょんなか、引き返そう」

潮の流れが悪いとは、どういう根拠なのかよく分からなかったが、釣れない時は父親がよくそう謂った。

そして、自然現象による天気の変化をあれこれ教わった。朝焼けの時は夕方雨になる、とか飛行機雲が出ると2~3日後に雨になるという具合に。その頃、レーダーも搭載していない時代で、天気の変化を感知することは漁師にとって最重要課題だった。最終的には、漁師の勘に頼るしかなかったのである。

事前に天気予報や気圧配置を調べることは勿論のこと、台風の進路予想には神経を配った。少々の風雨にはどうということはなかったが、突然の荒天にはさすがに参った。

幸運丸は漁船としては5トンの小型だが、荒れた時には木の葉のように波間に弄《もてあそ》ばれ、自然の脅威を何度も目の当たりにした。

あらゆる経験を積むことが海の男の必要条件であるが、日に日に賢太は逞しく成長していった。細目だった体にも筋肉が付き、ねじり鉢巻き姿で日焼けした姿は、もう1人前の海の男だった。

大漁の日の今日、冴子の家にお裾分けを持って行こうと思った。勿論、彼女に会いたいがための口実でもあった。

「獲った魚ば持って来た。食べてくれんね」

思いがけない彼の訪問を、冴子は素直に喜んだ。

「うわあ、大きかあ。美味しかごたる。有難うね」

オーバーに誉めると、彼は素直に嬉しそうな笑顔を見せた。

「ちょっと出て来るね」

母に気兼ねしながら外に出た。母は彼と付き合っているのを知っていて、快く思ってなかったからだ。彼の両親は元隠れキリシタンで仲間だったが、5~6年前にカトリックに改宗して以来、所謂《いわゆる》〝裏切り者《もん》〟と呼んで距離を置いていた。

父親も冴子の交際を知っていて、「裏切り者の息子と付き合うとは、断じて許さんぞ」と激しく詰《なじ》られたことがあった。「そげな時代遅れなことば謂うて」と軽く受け流し、いずれ分かってくれるものと大様に構えていた。

2人でゆっくり話すには、教会が一番だった。久し振りの再会は新鮮な喜びがあった。教会の前庭のマリア像の前できつく抱擁し合い、熱いキスを交わした。彼の体から微かな魚の臭いがした。

特別な話題などなくても、何気ない話で良かった。賢太は毎朝起きるのが辛くて、何時も父親から蹴飛ばされる話やら、ヒラメ釣りの要領を面白おかしく話した。

冴子はもうすぐ行われる中間テストや、30過ぎの英語の女性教師が、体育の先生と結婚した最新ニュースを話した。

楽しげに語り合う2人を、マリア様も微笑ましげに見ていた。空には眉月が鮮やかで、くっきりとした弧を描き、宵の明星が他の星たちを圧するようにひときわ輝いていた。

梅雨が明け、干からびた紫陽花が移りゆく季節に取り残されて、無惨にその姿を陽光に晒《さら》していた。夏の到来を待ちかねたように、数日前からヒグラシが鳴き、やがてクマゼミがけたたましく鳴いて夏本番がやって来た。

黒島は、朝夕は比較的涼しい風が吹き渡って過ごしやすかったが、昼間は暑かった。

冴子にとって夏休みは、さほど嬉しくもなかった。受験のための補習授業で、夏休み中も通学を余儀なくされた。それでも午前中に終わり、午後からは解放された。

冴子は3年生になって、同じクラスになった黒島出身の武見妙子と親しくなった。彼女とは小・中学校同じだったから、勿論名前も顔も知っていた。

切っ掛けは、冴子がフェリーでぼんやりと甲板に出て海を見ている時に、妙子が話し掛けてきたのである。冴子からすれば、賢太が居ない寂しさを妙子が紛らわせてくれた。

妙子はぽっちゃりとした丸顔で中肉中背、いかにも優等生という感じで眼鏡を架けていた。彼女の家は漁業を営み、賢太と同業ということが冴子の気を大いに引いた。

一方の妙子からすれば、小学校以来ずっと雲の上の存在だった冴子と親しくなれて、無上の喜びだった。

冴子はその妙子と補習授業後、比較的学校から近くにある佐世保の繁華街に出てみた。佐世保の街は、米軍の基地として栄えた中小地方都市だが、黒島に比べたら大都会だった。

玉屋デパートの食堂で昼食を取りながら、お喋りに興じた。妙子からすれば、冴子と賢太のカップルは興味津々だった。

「うちも恋ばしてみたかあ。どげんしたら恋が出来っとやろか、教えて」

「どげんしてって……まず好きな人ば見つけんば」

「好きな人はおるとよ。おるとばってん、どげんすればよかと？」

「自分の気持ちば打ち明けんば」

「どげんして？」

「ラブレターば書くとか、直接告白ばするとか……」

「いやあ、そげん恥ずかしかこと出来ん」

「そんならひたすら待つしかなか」

「待って、そん人が気付いてくれると思えん」

「だから謂うとろうが、求めよ、さらば与えられんたいね」

「そげんこと謂うても……」

妙子は多分、片思いで終わるだろうと冴子は思った。

妙子の家もカクレだったのに、カトリックに改宗したことを何気に知っていた。ふと、訊ねてみる気になった。

「改宗したとは黒島の教会が出来た頃からじゃなかとやろか。その頃は殆どカクレやったろうけん」

「うちの家はまだ頑なにカクレば守っとるとよ。うちだけ去年、カトリックに入信したと」

「知っとるたい」

「えっ、知っとるて……どげんして知っとると？」

「日曜日のミサでしょっちゅう見かけたばい。冴子は彼と何時も一緒やったけん、うちに気付かんとやろ」

「あらあ、そげんやったとね。それは失礼しました」

「アハハハ……」2人して大笑いするのだった。

「冴子の家はずっとカクレば続けとっとやろ。それはそれで凄かよ」

「なんが凄かね。ただ過去の遺物ば引きずっとるだけたい」

「そがんことなか。うちの先祖は多分、面倒なことば捨てて楽な方に流れたとたい。うちもこん島に育って、カクレのことば考えてみたばってん、カクレの人達は組織ばずっと維持してきたとばい。カトリックは個人ですむばってん、それがいかに大変なことか……」

妙子の意外な言動に、冴子は少したじろいだ。勉強のことしか頭になく、周りのことに頓着ないと思われた妙子の別の面を見て驚いた。

8月の初旬、夏休みも半分が過ぎた或る日曜日、低気圧が近づいてきて夜半から風雨が強く、朝方も荒れ模様で海は時化ていた。

冴子は風が激しく窓ガラスを叩く音で目を覚ますと、フトンの中で思わずガッツポーズをした。飛び起きるとマリア様に感謝の祈りを捧げた。この風雨では賢太の出漁は取り止めになる筈だ。おそらく彼は日曜ミサに来るに違いない。

母に日曜ミサに出掛け、その後夕方まで帰らない旨を伝えた。母親は今日の悪天候で、賢太とデートするであろうということを察知していた。

「遅くなったらいかんばい」

母の心情を冴子は理解した。最近は母の彼に対する心証がよくなっていることに、冴子は気付いていた。賢太が魚を時々家まで届けてくれるのだが、冴子が留守の時は母親が応対してくれていた。その時の彼の印象がよほど良かったのだろう。

さほどの風雨ではなかったが、両手で持った赤い傘が期待で膨らんでいた。きっと彼は来ている。冴子には確信があった。教会に入って彼を探した。

居た。やはり居た。賢太が背中を見せて座っていた。冴子は黙って滑るように隣の席に座ると、彼はニッコリといかにも海の男らしい太陽みたいな笑顔を見せた。彼女も向日葵《ひまわり》みたいな笑顔を返す。2人の笑顔が弾けた。

「今日は風と雨が強かけん、休みと思うちょった」

「ずっと天気続きで、久し振りの休みばい」

賢太も嬉しそうに応え、2人の視線が絡み合う。武見妙子が来てるか探した。真ん中あたりの席にいる女性が、こちらを振り返って微笑んだ。彼女だ。冴子が軽く手を上げる。

「今、こっちを向いて手を上げたやろ。彼女は武見妙子てゆうて、最近仲良うなったと」

「武見ってゆうたら恵方丸に親父さんと2人の兄貴が乗っとるたい」

「そがんこと謂うとった。知っとるとね？」

「ああ、漁師仲間たい」

ミサが終わって外に出ると、風は弱まり雨だけ降っていた。

「こん雨じゃ、展望台に行ってもつまらん。フェリーは出るやろけん、佐世保まで映画ば観に行かんか？『007／ゴールドフィンガー』ばやっとる」

「うん、よかよ」

冴子からすれば、何処でもよかった。フェリーは通常通り運航していた。

「受験勉強は順調にいっとっとか？」

「長崎の国立大学やったら大丈夫やろうって、太鼓判ば押されたばい」

「まあ、サエだったら、心配なかやろ。ばってん、油断は大敵ばい」

フェリーから降りてバスに乗り、繁華街の島瀬町で降りた。この辺りは2人の高校が比較的近いこともあり、謂わば縄張りだった。

ジェームス・ボンドは、カッコいい憧れのスーパー・ヒーローであった。冴子は初めてだったが、女性が観ても主役のショーン・コネリーはセクシーでカッコよかった。

映画が終わって外に出ると、雨は小降りになっていた。

「面白かったやろう？　ジェームス・ボンドはカッコよか」

「うん、面白かったばい。最初から最後までドキドキやった」

帰りのフェリーに乗る頃は、すっかり雨も上がり青空が覗いていた。冴子は去年の今頃に行った無人島探検のことを思い出していた。

「ねえケン、またあの無人島に行ってみたか。あの2人の墓に参りに行かんね」

「おお、なつかしか。ばってん……おいの休みは悪天候の時ばい。うーん……よし、親父に頼んでみるか」

「そうたい、思い切って頼んでみんね」

「そしたら、来週の日曜日やな。結果は後で知らせるけん」

「楽しみにしとるばい」

西の空に陽が沈もうとしていた。フェリーは黒島港に入港する手前で、「ヴォーッ」と大きな汽笛を鳴らした。

冴子はその夜、次の日曜日のことを思うと寝つけなかった。明日の補習授業の後、妙子には気付かれないように新しい水着を買いに行こうと思った。

その夜、ジェームズ・ボンドとボンドガールとの目まぐるしく絡み合う激しいラブシーンの夢を見た。何時しか2人は、賢太と自分に入れ代わっていた。

ハッとして目を覚ますと、激した心臓がパジャマの下から飛び出して来そうだった。体が火照り、汗が吹き出していた。大きな溜息をついて、寝返りを打つ。タオルケットを抱き締め、悶々と朝が来るのを待っていた。

2日後の火曜日の夕刻、西の空を鮮やかな夕焼けが染め上げ、明日の晴天を約束する頃、賢太は手土産のスズキを荒縄でぶら下げて、冴子の家の玄関の戸を叩いた。

応対に出た母親が冴子を呼ぶと、彼女は買って来たばかりの、カラフルな花柄模様の水着を着てポーズを決めていた。慌てて服を着て玄関に飛び出すと、母親は苦笑いをした。

「魚ば持って来た。食べてくれんね」

「何時も有難う。大きか魚ね、スズキね?」

「ああ、そうばい。今度の日曜日、オッケーたい。親父に頼み込んで休みば貰うた」

「そうね、よかった。楽しみばい。今日、新しか水着ば買うて来たとよ」

「水着ば？　どげん水着ね？」

「そいは内緒たい。日曜日に見せてやるけん、楽しみにしとかんね」

「ああ……楽しみにしとく。そしたら、港に8時でよかか？」

「うん、よかよ」

彼が踵を返す。暫く行って振り返った。

「今度は身軽な服装で来んばぞ」

去年、彼女がワンピース姿で来たことを謂っているのだ。

「わかっちょる。心配せんでよか――っ」

彼女は大きな声で叫び、薄暗がりの中、彼の姿が見えなくなるまで見送った。小学生の頃、遠足や運動会が来るのを待ちわびたように、日曜日が待ち遠しかった。


翌日の水曜日に南方海上に発生した台風が、木曜日には台湾に向かってゆっくり北上していた。進路はそのまま北上するか、西に向かうだろうという予報が金曜日になって覆され、東方に向きを変えた。

五島列島と九州北部を掠め、朝鮮半島に上陸するという。最大風速は40キロ、暴風雨圏はかなり広く、黒島もその中に入っていた。冴子はテレビのニュースでそのことを知った。

（まさか、こげん日に漁に出とる筈はなか……）と思いながらも、確かめずにいられなかった。

家を飛び出し、彼の家に向かった。

空にはどす黒い雲が覆い、まさに嵐が到来する前触れだ。一層不安になった。強い雨が降り出した。雨具など持って出る余裕のなかった冴子は、びしょ濡れのまま構わず走った。

彼の家の前に4~5人の人だかりが出来ていた。その中に彼の母親が居た。不安が再び鎌首をもたげ、心臓が飛び出しそうだった。

「海に出たとですか？　ケンは出漁したとですか？」

彼女の切迫した声音に、雨合羽姿の初老の男性が答えた。

「そげんたい。スルメイカば釣りに出たげな」

冴子に気付いた母親が心配気に口を開く。

「イカは夜中釣るけん、昨日の夕方に出たとばい。そん時は台風は、こっちに来るて思うとらんやった」

居合わせた人達が口を挟む。

「平戸の沖に出たごたる。台風に気付いて、どっかに避難しとったらよかばってん」

「風が強うなってきた。暴風雨圏内に入ったばい。ここにおって心配しとってもしょんなか。漁協に行って情報が入っとらんか訊かんばたい」

「そげんそげん」

港の漁協に全員急ぎ足で向かった。雨脚はますます強くなり、木の枝も左右に大きく揺れていた。冴子は彼の母親が貸してくれた雨合羽を被り、無言で彼等のあとを付いて行った。

小さなプレハブ造りの漁協には30人程の人で犇《ひし》めき合っていた。

漁には10隻が出ていた。心配する家族が情報を知りたがり、漁協の職員に詰め寄って緊迫した空気が充満していた。

当時はまだ無線機を漁船に搭載してなかった時代で、船からの連絡も、こちらからの連絡も取りようがなかった。

その時、武見妙子が母親とやって来た。彼女の父親と兄達も出漁したのだろう。妙子の眼鏡は雨粒で曇り、顔面蒼白で心配気な母親の腕を支えていた。冴子と妙子は、互いに話し掛ける余裕もなかった。虚空をぼんやりと見つめていた。

30分程経っただろうか、机の上の電話が鳴ると職員が飛びつくように受話器を取った。

父親と賢太は、出漁前に何時ものように近くの神社にお参りに行った。長年の仕来りで出漁前のお参りは教会ではなく神社だった。朝方、御神酒を供えて、漁の安全と大漁を祈願した。

今回の獲物はイカの中でも高級のスルメイカだ。イカは暗い時に集魚灯で集めて釣り上げるから、普通の漁の時と比べると早目の出漁となった。

無論、出漁決定は台風の位置と今後の進路を考えた上でのことだった。仲間の船も10隻近く出ることも知っていた。漁場は平戸島の西方沖だ。

深夜、真っ暗闇の漁場に着くと、先行した数隻の集魚灯が見え、既に操業を始めていた。賢太が父親の指示で集魚灯を点けた時、雨が激しく降り始めた。風も次第に強くなり、波もうねってきた。

海と空をジッと見つめていた父親は迫り来る危険を察知し、帰る決断をした。

「こん雨と風は尋常じゃなか。ケン、引き揚げるぞ。急げ」

「うん、分かった。台風がこっちに来よっとやろか？」

「そげんかも知れん、大至急だ」

照明灯を点けて全速力で船を走らせる。漁をしていた他の船も、帰り支度をしてフルスロットルで逃げ出した。

船は横波に弱い。だから波に対して直角になるよう操舵に慎重を期す。風雨が強くなるに従って波の高さも次第に高くなり、5〜6メートルになると5トンクラスの幸運丸にとってかなりの恐怖になる。

波に乗り上げて下降する時、まるで海底に吸い込まれて行くような恐怖を味わわされる。賢太は何度か荒天の時の波を経験しているが、今回のような凄まじいのは初めてだった。

船は木の葉のように波間を舞った。逃げ出したくなるような弱気な虫が蠢《うごめ》く。父親に教わった〝海の男は見栄を張っても弱味を見せるな〟を肝に銘じて耐えていた。

父親は海を睨みつけ、舵を両手でしっかりと掴みながら次々と襲ってくる黒い波と闘っていた。波に突っ込む度に船は水中に飲み込まれ、軋《きし》んで悲鳴をあげ、喘《あえ》いだ。

海上にやっと姿を現したと思いきや、さらに次の波に飲み込まれた。その果てしない戦いが続いた。

何分経った頃だろう。風雨はさらに激しさを増し、遥かに見上げる程の今までにない巨大な波が襲ってきた。さすがの父親が絶叫した。

「こいつは凄かぞ。賢太、しっかり掴まっとけ」

彼は取っ手にしがみつき、思わず目を瞑《つぶ》り胸のお守りに手をやった。ところが、何時も首からぶら下げている筈のお守りが無い。何度も手探ったが、お守りの感触は伝わってこない。無い、無い！

冴子から貰った〝あそこ〟の大事な毛を入れた、あのお守りが肝心な時に無いのだ。彼の顔から血の気が引いた。

（しまった。なんという不覚……）

風呂に入った時、脱衣籠にでも忘れてしまったのだろうか。己の愚かさを呪った。この時、賢太は弱音を吐いた。

（サエ…助けてくれ。お前に会いたか……）

その瞬間、海の神ポセイドンは小山のような容赦ない波を幸運丸に浴びせかけ、一瞬のうちに波間に飲み込んだ。

水中で宙返りをして、何度も回転して弄ばれているうちに、父親と賢太は次第に意識を失っていった……。


電話は緊急避難した長寿丸の船長からだった。応対に出た漁協の職員は大声を上げた。

「近藤さんかい？　おう、そりゃあ良かった。どこに避難したと？」

聞いていた家族やら関係者から響《どよ》めきが上がった。

「それで何隻ね？　船名は？」

職員がメモを取っている。固唾《かたず》を飲んで見守っている家族達の顔は硬直していた。

「残りの船の行方はどげんね？　うんうん……わかったばい」

受話器を置くと、家族らが詰め寄って来た。

「電話は長寿丸の近藤さんからで、平戸島の南端の志々伎《ししき》湾に7隻が緊急避難ばしとるそうです。そん7隻の船名ば発表します。長寿丸、太陽丸、孝徳丸、光星丸、恵方丸、福寿丸、昇龍丸……以上です」

受験発表を待つように、緊張した面持ちで待っていた冴子は、幸運丸の名前が呼び出されず言葉を失って項垂《うなだ》れた。賢太の母親も呆然としていた。

妙子の父親と兄2人が乗った恵方丸は無事だった。母子して抱き合って泣いた。他の呼び上げられた家族も感極まり、「よかったー」と絶叫して喜びを露骨に表した。

そこには悲喜交々《ひきこもごも》、残酷な程の運命の明暗が充満していた。漁協の職員は、残りの3家族に対して申し訳なさそうに付け加えた。

「幸運丸、栄光丸、日昇丸は帰途についとる筈ばってん、連絡がなかとです。どっかに緊急避難しとるかも知れんし、可能性は残されとります。もう少し待っちょって下さい」

その時、賢太の母親が悲痛な声で訴えた。

「救助の船ば出せんですか。なんとかして欲しか」

切実な声だった。漁協職員は申し訳なさそうな顔をして謂った。

「こげん天気ですけんね。すぐに救助に行きたかばってん、遭難すっとが関の山ですけん。天気が回復したらすぐに救助隊ば出しますんで……」

賢太の母親も無理なのは承知だった。ただ何か謂わねば気が済まなかったのだ。今回は出漁しないで難を逃れた漁師仲間の1人が、3家族の前に進み出た。

「明日になったら台風も行ってしまうやろうし、私ら仲間全員で救助に向かいますけん、心配せんで待っとって下さい」

もう1人の男も進み出て謂った。

「なあに、海の男は強かですけん、どっかで生きちょるばい」

3家族からしてみれば彼等の気遣いが嬉しかった。

（そうだ、ケンは海の男ばい。逞しか海の男ばい。どっかで生きとるに違いなか。うちば残して死んでたまるもんね）

緊急避難して無事が確認され、狂喜していた7家族や関係者も、落ち着くと安否不明の3家族を思いやるゆとりが生まれて、慰め役に回った。

父親と兄2人が無事だった妙子も冴子の側にやって来て、何と謂っていいかも分からず、冴子の手を握ってただ泣いていた。冴子も思わず泣きそうになったが、賢太の母親の立場を思って懸命に堪《こら》えていた。

妙子の気持は何も謂わずとも分かった。却《かえ》ってあれこれ在り来りな慰め事を謂われるより救われた。冴子は、この遣切れない気持ちの持って行き場所は、教会しかないと思い到った。こういう時こそ祈るしかない。

（マリア様に……イエス・キリストに祈ろう）

先程より激しさを増した風雨の中を外に出た。強風に行く手を阻まれ、雨粒が顔面に吹き付ける。前へ進めない。風を避けて屈み込むように1歩1歩進む。泣きたくなった。誰も見ている訳でもない。雨に紛れて涙も流され、跡形も残らないだろう。

しかし、泣いたからとて賢太が帰って来る訳ではない。泣くのは止めよう。泣くのはいつでも出来る。泣いている場合ではない。

やっとの思いで辿り着いた教会の庭に佇《たたず》むマリア像は、雨に濡れ強風に吹かれても変わらず優しく清らかな表情だった。

(マリア様、大野賢太という男が台風の中、海の何処かにさ迷っています。どうかお助け下さい。何とぞ、お慈悲をお願いします)

跪《ひざまず》き手を合わせ、何度も何度も祈りを繰り返した。

そして、教会の扉を開けた。外の猛々しい嵐の喧騒とは違い、厳かな静寂が漂っていた。ゆっくりと祭壇の前に進み出る。跪きイエス・キリストを見上げながら十字を切り、手を合わせて無心に祈った。何も謂わずともイエス様は全て分かってくれるだろう。

イエス様の懐に抱かれているようで、心安らかだった。どれくらい時間が経っただろう。冴子は徐《おもむろ》に立ち上がると、夕陽が微かにステンドグラスから差し込んで、淡い光を放っていた。

台風は過ぎ去ったのだろう。夕陽が明日の快晴を約束していた。早朝には救助隊が出動し、きっと賢太達を救い出してくれるに違いない。

教会から出ると、雲は斑《まだら》にまだ空を覆っていたが、太陽も半分は顔を出し、風も治まり雨も止んでいた。

冴子が家に帰ると、テレビのニュースで今回の遭難騒ぎを伝えていた。緊急避難で助かった7隻の船名と乗組員、依然として行方不明の3隻の船名と乗組員の名前が出ていた。賢太の名前が賢人になっていて、弟の幸市が大声で間違いを指摘したが、父と母は気を遣ってか黙っていた。母は娘を元気づけるため、

「なあに、明日になればピンピンして帰って来るばい。心配せんでよか」

と諭ってくれたが、冴子は黙って自分の部屋に消えて行った。母は父に沁々《しみじみ》とした口調で諭った。

「親子船はやっぱ怖かもんがあるばい。何かあったら、残された者《もん》は悲惨やもんねえ……」

父の和雄は何も語らず、酒を一気に飲み干して盃をジッと見つめていた。

大きな漁船では、無線機を搭載するのが常識となりつつある時代であった。彼は黒島支所に務める立場から、無線機の必要性を主張していたが、黒島の零細漁業ではまだ近代的な装備を整える余裕がなかったのだ。

貧しいが故の悲劇であった。いつかこういう事態を招くのではないか、という危惧が現実の

ものとなって、父の心は重かった。

冴子は机に座り、マリア像に見入った。マリア様を見ていることが彼女の心を紛らす唯一の手だてだった。無心に祈った。祈ることしかなかった。祈ることが賢太に通じる唯一の方法だと思えたからだ。


窓辺から朝日が射している。机でうたた寝をしている冴子の疲れ果てた顔を、カーテンの隙間から漏れた柔らかな光が、庇《かば》うみたいに優しく撫でていた。

——と、その時、彼女の微睡《まどろ》みの中に賢太が現れたのである。

「よう、サエ。悪かばってん、約束した日曜日の無人島探検は行かれんごとなった。そん代わり、今から連れて行ってやる」

「えー？　どげんしてね。そいでん、嬉しか」

彼が彼女の手を取ると、空に舞い上がった。

「わあ、気持ちのよか。鳥になったごたる」

「そうさ、おい達は鳥ばい」

2羽の白い鳥は無人島に着いた。島は色とりどりの花が咲き乱れ、墓の前で若い2人が出迎えた。

「私達はそん昔、人妻の彼女に恋ばして、村におられんごとなってこん島に来たとです」

冴子が花園で蝶々と戯れていると、賢太が何時の間にか居なくなった。キョロキョロ探していると、何処からか彼の声がした。

「サエ、おいがおらんでも元気で暮らせ。今まで楽しかったばい。有難うな」

――冴子は目が覚めた。

(夢の中にケンが現れて、あたしに礼ば謂うた……)

彼女は全てを察知した。呆然と…マリア様を見つめていた。しかし、信じる訳にはいかなかった。自分の前から彼が居なくなるなんて、考えもつかないことだった。

(なして、なしてケンは死んでしもうたとですか)

マリア像を見つめながら、静かに呟《つぶや》いた。涙が一粒流れると、とめどなく続けざまに流れてきた。拭おうともせず、マリア像を見つめていた。しかし、マリア様は何も語らず、清楚な顔で微笑みを浮かべているだけだった。

冴子は居ても立っても居られず、家族がまだ寝ている中、静かに家を出た。無機質な景色が、ただ広がっているだけだった。

気がついてみれば、海の見える展望台だった。何度も彼と来たこの丘の上も、いつもと違って感じられる。周りの景色も、ベンチも、見渡す海も違って見える。

その違いに気づくのに、時間はかからなかった。彼が、彼が居ないせいなのだ。

改めて悲しみが込み上げてきた。渇いていた涙が、またもや溢れてきた。

「ケンのバカ――ッ、なして死んでしもうたとよ。どげんしたらよかか分からんばい」

いくら叫んで毒づいたところで、悲しみは消えない。その時、ふと悪魔が耳打ちをした。

(彼の後を追えば楽になる。簡単ばい。崖の上に立つだけたい)

フラフラと崖の上に立つ冴子。下は断崖だ。

(そうたい。あと1歩踏み出すだけたい)

悪魔の真紅の眼が光る。

冴子が1歩踏み出そうとしたその時 ――、賢太が目の前に現れ、彼女の額を指でポンと押した。目が醒めた彼女は、耳元の悪魔を追い払う。

後を追ったところで彼も喜ばないだろう。しかし、悲しい。堪《たま》らなく悲しい。言葉に出来ないくらい悲しい……。なんという絶望感、寂寥《せきりょう》感……。

ベンチに座って項垂《うなだ》れる……。気がつくと隣に弟の幸市が座っていた。

「心配じゃったけん、母さんと探しとった。さっき救助隊が、行方不明じゃった7人全員の遺体ば見つけたって……連絡の入ったげな。3隻とも転覆して海に浮かんじょったらしか」

分かっていたことだが、改めて訊かされて幸市の肩にしがみついて泣いた。幸市は何も謂わず、黙って肩を貸していた。

第7章　茨の道

8月下旬になると暑さも幾分か和らぎ、夏休みもあと10日に迫ったある日、低気圧の影響で3日間連続で雨が続いた。

冴子には明るい太陽が煩わしかったから、この時ばかりは優しい雨が嬉しくて、柿の葉で遊ぶ蝸虫《かたつむり》や葉影で憩うアキアカネに癒された。「日にち薬」とはよく謂ったもので、日毎に冴子は賢太の死を受け容れられるようになっていた。

日射しが柔らぐ夕刻近く、この日は妙子から誘われて、展望台で四方山《よもやま》話に花を咲かせていた。

「ねえ冴子、とうとうラブレターば出したとよ」

はにかみながら妙子は謂った。

「へえ…そがんね。相手は誰ね?」

「隣のクラスの錦戸正和という人たい。吹奏楽部の部長ばやっとる……」

「ああ、分かった。背の低うて、太っとる人やろ？」

「そうそう、そん人。トランペットば吹いとると」

「そん彼のどこがようて好きになったとね？」

「女の子にモテんごたるし、誠実な人のごたるけん」

「誠実さは分かるばってん、モテん人がよかとね？」

「モテる人はすぐ浮気するごたるし、競争率が高かもん」

「何んね、競争率で選ぶとね。そん人は何倍くらいあると？」

「限りなく1・0に近かと思う」

「ハハハハ……、1・0て競争率は0ということやなかね。合格間違いなかばい」

冴子は久し振りに口を開けて笑った。妙子の気遣いに友達の有難さを沁々《しみじみ》と感じた。

「ばってん、競争率は0でも彼が私を選ぶかどうかは別問題たい」

「ああ……そげんたいね。そげんそげん……ハハハハ……」

冴子はまたもや愉快そうに笑った。妙子も笑った。2人は暫くの間笑い転げていた。陽が西の空に傾きかけたころ、2人は腰を上げた。

冴子の家は直進、妙子の家は左に別れるのだが、妙子は冴子に付き合った。道端の至る所に月見草の可憐な黄色の花が微笑んでいた。

　2人はのんびりとした歩調で、畑が広がる坂道を上がって行った。冴子が雑草の中からネジバナを見つけ、摘み取ってクルクルと廻しながら呟《つぶや》くように謂った。

「よか返事がくればよかね」

　すると妙子は、ちょっと間を置いて答えた。

「うん……ばってん、彼が受験勉強で迷惑に思わんやったらよかとけど」

「そげん細かことば……。受験も恋も両立させんば」

「そげんよね」

　妙子は真面目そうな彼からすると、煩わしい問題を提起されて困惑してるのじゃないかと思った。妙子とて同じ受験生だが、止むにやまれぬ衝動を吐き出したかったのだ。

　妙子は自らを鼓舞するように謂った。

「返事はこんごたる気のする。ばってん、よか。気持ちば打ち明けたけん、例え返事のこんでもよか。期待せんで、これから受験勉強に精を出すばい」

　冴子は意外そうな顔をして、妙子の顔を沁々と見た。

「妙子は強かね。見かけはおっとりしとるばってん、芯の強か。2人の兄さんから鍛えられとるとやね」

「そげんことなか。冴子こそ強かやかね」

「うちは見かけだけ。今回のことでも自分がこげん弱かて思わんやった」

「所詮、人間は迷うたり、傷つけられたりする弱か生き物やなかろうか……」

「うん、そげんそげん」

冴子は相槌を打った。

何時の間にか、島で集落が一番集中する十字路に着いた。公民館や小学校、郵便局、雑貨屋があるいわば黒島の繁華街だ。冴子の家は十字路を北に数百メートル先にある。妙子の家は港の方に下って行く。

冴子は妙子を見送りながら礼を謂った。

「今日は有難うね。彼からよか返事が来るよう祈っとるばい」

「うちこそ有難う。受験勉強頑張ろうね」

既に夕陽は沈もうとしていた。冴子はふと、教会のマリア様に会いたくなった。あの日以来、マリア様には毎日会いに行き、今日はまだ行ってなかった。

教会の前庭のマリア像は、沈みゆく夕陽に照らされて薄い朱色に染まっていた。清楚でにこやかなマリア様は、自分とさほど年齢は変わらないのではないか。それなのに、見る者を魅了するあの優しい眼差しは一体何だろう……。

冴子は敬愛の気持ちを込め、両手を合わせて無心に祈った。

（マリア様、何時もわたしを照らし、見守り、導いて下さい）

——どれくらい時間が経ったろう……。

何時の間にか、暗闇が夕焼けの名残りの明りをも覆い尽くそうとしていた。帰ろうと振り返って歩き出した時、３人の若い男達が通りかかるのと出喰わした。

足取りからして何処かで酒を飲んだ帰りだろう。冴子は咄嗟《とっさ》に庭の方に戻ろうとした。それが彼らを却って刺激したのか追いかけて来た。彼等は冴子であることを知っていた。

「カクレのくせしやがって」

低くくぐもったその一言には、憎悪と偏見があった。

——長身の男が冴子の肩を掴んだ。

「なんばすっとね」

反射的に男の手を撥ね除けた。それでも男は怯むことなく、羽交締めにした。戦慄が走った。すぐ近くに民家もなければ、この時間には人通りも殆どない。

「警察ば呼ぶ……」

彼女が叫ぼうとした時、坊主頭の男からタオルで口を塞がれた。タオルからは汗が染みついた男の体臭と、微かに魚の臭いがした。

この3人は賢太と同じ漁師仲間だろう。その仲間が信じ難かった。

冴子は坊主頭の腹を蹴り上げた。男は「うぐっ」と呻き声を上げたが、タオルを離さなかった。口の中に強引に突っ込み、力ずくで奥深く押し込んだ。

なんとか腕を振り解《ほど》こうと体を揺すって暴れたが、男は屈強だった。

彼女は自分の身に何が起きているのか信じ難かった。どうか夢であって欲しいと願いながら、マリア様に救いを求めた。

(マリア様、お願い、助けて下さい。縋《すが》れるのはマリア様だけです)

羽交締《はがいじ》めしていた長身の男は彼女の両手を押さえつけ、坊主頭の男が片足を押さえつけた。

小太りの男が彼女のスカートの中に手を突っ込み、パンティを引き千切った。

「おいが最初たい。暴れんごとしっかり押さえとけよ」

小太りの男は勝ち誇ったように謂い放った。男がズボンを下ろしている隙に、冴子は空いた片足で男の胸板を蹴り飛ばした。吹っ飛んだ男は怒りにまかせて、冴子の顔面を平手打ちした。

パシ――ッ!

マリア様も驚くような乾いた鋭い音が、教会の尖塔に突き刺さった。

「ふざけやがって。存分に可愛がってやるけん、覚悟しとけ」

冴子は薄れゆく意識の中で、このまま気を失ってしまえば楽になるかも知れないと思ったが、気丈にも最後まで見届けようと自らに鞭を打った。

薄れゆく意識の中でボンヤリとマリア像が見えた。手を合わせ俯き加減のマリア様と目が合った。冴子は絶叫した。

（マリア様、お願いです。助けて下さい、助けて下さい。お願いします、マリア様、マリア様……マリア様――っ）

しかし、マリア様は何も応えてはくれず、変わらぬ清楚な笑顔を振りまいていた。

冴子に絶望感が広がった。全身の力が抜け、抵抗する術を失くして男達の為すがままになった。

――どれくらいの時間が経っただろう。冴子は寝そべったまま、呆然としていた。我に返り、たった今起きた現実が理解出来ずにいた。

願わくば、全てが夢であって欲しい……。

冴子は体を起こし、股間に手をやった。男達の精液でまみれた鮮血が手にべっとりと付いた。

――やはり、夢ではなかった。

改めてマリア様を見上げた。相も変わらずマリア様は優しく微笑んでいた。あれほど敬慕してきたマリア様なのに、あれほど救いを求めたのに何もしてくれなかった……。

賢太の遭難の時もそうだった……。

冴子は恨めし気にマリア様を見つめた。男達に辱《はずかし》められた行為より、マリア様に裏切られたことの方が絶望的で悲しかった。

彼女はゆっくりと立ち上がった。そして、月明りに照らされたマリア像を見上げながら、マリア様の純白の裾裳《すそも》に血と精液でまみれた手を擦《こす》りつけたのだった。


帰宅すると居間のテレビは点けっ放しになっていた。幸か不幸か母親は居なかった。買物に出たのか、近所に用ででも出たのだろう。父親もとっくに帰っている時間なのに、仕事から帰ってなかった。弟の幸市は自分の部屋だろう。

母親が冴子の服の乱れを見れば一目瞭然、何があったかすぐに理解するだろう。父親が見ても分かる筈だ。

風呂は沸いていた。風呂に入って身を清めようと思った。体を洗い清め、湯船に漬かった。どう処理しようかと思案した。警察沙汰にするか、そのまま黙っているか……。

勿論、彼ら3人は憎かった。死刑にしても足りないと思うほど、あの卑劣漢達は許し難かった。

しかし、この狭い島で好奇の目に曝されるのは辛いことだった。調書を取られ、裁判に出頭するのも面倒だった。彼らを一生罪の意識に嘖《さいな》ませて苦しめるのも、ひとつの方法かも知れない。

母親が帰って来て、冴子に声を掛けた。

「冴子、帰っとったとね。買物に行っとったとばい」

彼女はただ「うん」とだけ小さな声で返事をした。賢太が事故に遭って以来、母親は随分と優しくなったような気がする……。

そして——、冴子は両手で乳房を掴むと、

（この体をケンにあげとけばよかった……）

悲しみと悔しさが改めて込み上げ、涙が止めどなく溢れてくるのだった。


冴子はその夜、机の上のマリア像とまんじりともせず対峙していた。このマリア像は、入信した時に宮崎神父様から頂いた大切なものだ。以来、彼女は朝な夕なにマリア像に祈りを捧げてきた。教会前のマリア像には失望した。この特別思い入れのあるマリア像には何とか応えて欲しかった。

（聖母マリア様、悪魔の襲撃からあれほどご加護を仰ぎました。全ての危険から守って下さるようお願いをしてきました。何度もお助けを求めたのに、何も応えて頂けませんでした。何故なのでしょうか？　祈りが足りなかったのでしょうか？　教えて下さい、お願いします。マリ

ア様……アーメン）

冴子は両手を組み、じっとマリア様を見つめた。両手を広げ、俯《うつむ》き加減に微笑んでいるマリア様は、何時もと変わらぬ清楚な顔立ちだった。

マリア様からのお印《しるし》が欲しかった。何らかのメッセージがなければ、納得出来ない切羽詰った心境だった。目を瞑《つぶ》り、マリア様の名を呼び続けた。

（マリア様……マリア様……マリア様……）

雑念を払い、無心になるように努めた。さらに連呼し続けた。しかし、日付けが変わっても、朝日が昇ってもお印は無かった。それでも冴子は諦めなかった。もう少し待ってみよう……。何らかのお印があるまでは……。

数日が経った――。

期待も虚しくお印は何も無かった。夏休みは残りあと2日だ。あと1日だけ待ってみよう。それでも何もなければ、或る〝決心〟をするつもりだった。

最後の1日、朝から張りつめた思いで待っていた。リミットは夜中の0時だ。心を穏やかに保つには、祈るしかない。マリア様を慕い続けていた初《うぶ》な頃を思い浮かべると、感傷が先に立った。涙が溢れそうになったが堪《こら》えた。

しかし――、無情にも時計の針は午前0時をオーバーした。冴子は眩暈《めまい》を感じた。マリア様は、清楚な笑顔を振りまいていた。相も変わらず――。

彼女は決心をした。この島を出て行くことを――。

学歴とか、見栄や世間体などどうでもよかった。まずはこの島から逃れたい。あの卑劣漢3人とこの島で一緒に息をするのは耐え難かった。何の未練もなかった。

そうしなければ自分が壊れそうで、居たたまれなくて窒息しそうだった。とにかくこの島を出よう。それ以外に生きる道はない。


8月31日――。

明日から2学期が始まる。島を出るには今日しかなかった。必要最少限度のものをバッグに詰め込んだ。そして、父と母宛に手紙を書いた。

事情があって家を出るが、探さないで欲しいこと、高校は辞めるので学校に連絡して欲しいこと、行き先は決めてないが落ち着いたら連絡するので心配しないで欲しいこと、我儘を許して欲しいこと、友人の武見妙子が訪ねて来たら、宜敷く伝えて欲しいことなどを記した。

父と母がこれを読んだら卒倒するだろう。

早暁、空が白み始めると静かに家を出た。夏でも朝の空気は冷気を含んでいた。玄関横の立て垣の朝顔が、無垢な顔を覗かせて冴子を見送った。

彼女の右手にはバッグが、左手にはマリア像があった。遠回りをして展望台に寄った。崖の上から見下ろすと、尖《とが》った岩に白い波が打ち寄せていた。

冴子はマリア像を頭上高く差し上げ、無表情で思い切り放り投げた。マリア像は小さな放物線を描き、切り立った岩の先端に当たり、カツーンと鋭い音を立てて砕け散り、破片は白い波間に吸い込まれていった。

海に向かって賢太に別れを告げた。彼との思い出は永遠に消え去ることはないと思いながらも、島を出ることは彼を置き去りにするようで、それが辛かった。

フェリーの始発は6時30分だ。港から外洋に出る時、改めて生まれ育った黒島に別れを告げた。

冴子は2度とこの島には帰ることはないだろうと思うと、さすがに目頭が熱くなった。島が小さくなって見えなくなるまでずっと見つめていた。船の跡を尾いて来ていたカモメも、何時の間にか居なくなっていた。

冴子は自ら大きな十字架を背負い、茨の道を歩んで行くことになるのである。かつて、イエス・キリストがそうであったように――。

第8章　ド・ロ神父とコルベ神父

昭和40年（1965）7月初旬──。

2年前に起きた吉展ちゃん誘拐事件が、容疑者・小原保の自供でやっと解決し、国中がその話題でもちきりだった。

ヒグラシが鳴き始めて夏の到来を告げた頃だった。高1の幸市に同じクラスの親しい友達が出来たのだ。今まで気さくに話せる友人は数人いたが、互いに切磋琢磨し合える友達は初めてであった。

辻山純一郎と謂い、平戸の中部にある根獅子《ねしこ》の出身だった。佐世保市内の知り合いの家に下宿していた。

根獅子と謂えば多数の殉教者を出した根獅子の浜を聖地とする、平戸のキリシタンのシンボル的集落である。

彼は小柄で痩身、涼し気な顔立ちはいかにも秀才という雰囲気を醸《かも》し、成績も学年で断トツだった。

　或る日の昼休み、今まで1度も話したことのない彼が、意外にも人なつっこい笑顔を見せて、机で読書している幸市に話し掛けてきた。

「ほう……キルケゴールの『死に至る病』か、面白かやろ。黒島の出身てね……。隠れキリシタンばいね。組織はまだ存在しとっと？」

　唐突に懐に飛び込んできた。こういう男は幸市も嫌いではない。

「存在はしとっとけど、息絶えだえばい」

「そうやろ。おいは平戸の根獅子出身で、同じカクレばい。父親が頑張っとるばってん、やっぱり先が見えとる」

　彼の表情や言動からは〝カクレ〟の陰湿さは微塵も窺《うかが》えず、眉根にはむしろ爽やかな風が吹いていた。幸市の意地悪根性がふと頭をもたげた。

「辻山が継がんとね？」

「冗談じゃなか。あげん懐古趣味のもんは破壊せんば新しかもんは生まれん。谷村にとってカクレはどげん存在ね」

「毎日オラショば唱える条件で下宿生活ばさせてもろうとるばってん、オラショも悪うなか。この間外海の出津に行って、バスチャン様とド・ロ神父の存在ば知った。それからカクレも悪うなかて思うようになってきた」

「へえ……カクレば礼賛するヤツに初めて会うた。面白か。谷村は継ぐとね？」

「そいとは別問題たい。継ぐ気もなかし、親父もその気はなかごたる。カクレはそんうち消滅するやろ。そげん運命たい」

「うん……谷村とはよか友人になれるごたるばい」

辻山はニッコリと笑って手を差し出した。

「バスチャン様とド・ロ神父のことば詳しゅう聞きたか。今度おいの下宿に遊びに来んね」

「ああ……そんうち寄らして貰うばい。辻山は美術部やろ。どげん絵ば描くとね？」

「抽象画たい」

「抽象画か……。抽象画はよう分からんばい」

「当然たい。描いとる本人もよう分かっとらんけん」

と謂うなり、「アッハッハハ……」と乾いた声で愉快そうに笑い出した。


幸市が辻山の下宿を訪ねたのは、次の日曜日の午後だった。梅雨休みの朝からよく晴れた爽やかな日で、紫陽花があちこちの家の庭先に色とりどりの顔を覗かせていた。

辻山の地図を頼りに、目印の郵便局はすぐに分かった。角の雑貨店でコカコーラ2本とえびせんを買った。地図は正確で、山崎という比較的見栄えのする2階建ての家は雑貨店から3軒先にあった。

呼び鈴を押すと、30代後半の品のいい女性が出て来た。辻山の友人であることを告げると、2階から何時もの爽やかな顔が下りて来て、「やあ」と手を上げた。

彼の部屋に入るなり、幸市は「あっ……」と短い声を上げた。

6畳の和室だったが、部屋の中には何も無かった。幸市が呆気にとられていると、辻山は笑いながら幸市の肩を押して中に請《しょう》じた。

「古来から日本の住居は、簡素を旨とするもんたい。壁にも何も飾らず、部屋には何も置かないというのが建前で、究極のところこうなった」

「ばってん、机や本棚は要るやろ?」

「そがんもん要らん。必要かとはみんな押入れたい」

押入れを開けて見せると、洋服とか教科書、本、日用品、フトンが全て整然と整頓されて入っていた。辻山は小さい折畳み式のテーブルを押入れから出した。

「こればっかしは本を読んだり、書いたりする時に必要でね」

幸市が持って来たコーラとえびせんをテーブルに置くと、

「おっ、コーラか。貰うばい」

辻山は歯で栓をスポンと抜いて、一気に半分ほど飲むとゲップをした。

「失礼。コーラはやっぱしコカコーラばい」

幸市も真似をして歯で栓を抜き、一口飲んで、「うん、コカコーラが旨か」と通ぶった口を利《き》いた。コーラは黒島にはなく、佐世保に来て初めて口にした飲み物だった。その時、先程の小母さんがケーキとお茶を運んできた。日活映画に出ている渡辺美佐子似の感じのいい女性だった。

「驚きなさったでしょう。こげん殺風景な部屋で。純一郎さんにシャレたもんでも飾ったらって謂うとですけどね」

辻山は無言だったので、幸市はただ「はあ…」と返事するしかなかった。彼は小母さんが去ると小声で、

「最近、旦那さんが構ってやらんせいか、やたらとおいば構いたがる」

「えっ？　あの小母さんが？　まさか……」

「谷村は女ば知らんとやろ」

辻山はそう謂ってニヤリと笑った。幸市は、まだ少年ぽい雰囲気が漂う彼の真逆な言動にドキリとした。何と返答していいものか戸惑い、ケーキを一口食べて鉾先を変えた。

「そういえば絵ば見せて貰えんね」

「他人に見せるとは憚《はばか》るばってん、特別たい」

押入れから取り出した10号程の油絵を壁に立て掛けた。ムンクの『叫び』を思わせる黒を基調にした心象画だった。魂が地獄で踠《もが》いているようにも見えるし、孤独の叫びのようにも見える。

若者にありがちな観念だけが先走って小手先だけで描いたものでなく、彼の心の懊悩が垣間見えるようだった。自分とは別の世界を彷徨《さまよ》う彼の凄さを思った。

「そげん真面目に見られると照れるばい」

辻山は笑いながら絵を押入れに仕舞い込んだ。

「いや、なかなかのもんたい」

「冗談ば謂わんでくれ。本当は演劇ばやりたかと。演劇部のなかけん、一時凌ぎで美術部に入っとるだけたい」

「演劇の何がよかとね?」

「仮面ば被って、欺けるとが痛快か。絵は生き様がモロに出るけんね、怖か」

「しかし、絵の才能があるばい。勿体なか」

「そげんことなか。絵には限界ば感じとる」

「そしたら、大学に行って演劇部に入るとね」

「うん……そしてどっかの劇団に入って勉強たい。チャップリンば知っとるやろが？」

「知っとる。作品は2〜3作しか観とらんばってん……」

「おいは殆どの作品ば観た。笑いの中にペーソスが溢れ、思想が詰まっとる」

「辻山のイメージとチャップリンは合わんごたる……」

「そげんことなか。彼の反骨精神は、小さか頃貧しゅうて虐げられた生活ば送ったことにある。カクレの中で生きてきたおいと似たところのあるごたる」

辻山は遠くを見るように、今までとは違った暗い表情で窓の外を見ていた。幸市はカクレという言葉を聞いて本題に入るべく、唐突に切り出した。

「今の隠れキリシタンから学ぶことは何ね？」

辻山は窓から目を移して、幸市を睨みつけるようにして謂い放った。

「学ぶこと？　学ぶことなんかなか。閉鎖的で陰湿なイメージば壊していかんば。我々の努めは現状の打破たい」

辻山は最近勃発している学生運動の口調を真似た。幸市もそれに同調した。

「先祖達は生き延びるために棄教ば装うて、いわば転び者の子孫たい。仲間内だけで惰性で信仰ば伝えて、何のエネルギーも魅力もなかごとなっとる。確かに閉鎖的で陰湿たい」

辻山の家も平戸の根獅子で決まった役職名はないが、累代惣頭とも謂うべき最高指導者を務めていた。小さい頃からカクレの集落で、祖父や親の背中を見てカクレの風習の中で育ったから身に沁みていた。

「そうたい、そのとおりたい。黙っとっても自然消滅するやろうばってん、おいの代で徹底的に壊したか」

幸市も小さい時からカトリックとの対立やら、一般の人の蔑視やら差別も数多く経験していた。

「おいも親に継がされそうになって反発してきたばってん、出津でバスチャン様の潜伏しとった小屋ば見てきて、ちょっとカクレに対するニュアンスが違うてきた」

「初期の頃のキリシタンは詮索の目ば逃れながら、バスチャン様や宣教師達の教えば聞いて、なんとか信仰ば守ってきたとたい。だけん、彼らはそれなりに根性があった。それに比べてそれ以降のキリシタンは――」

辻山がさらに続けようとするのを、幸市は遮《さえぎ》った。

「バスチャン様達が捕まって、教えるもんがおらんごとなったキリシタンは、確かに転びもんで根性のなか、いわば挫折もんの集団たい。それでキリストが見離すならしょんなか。ばってん、そげん人間でも見離さんとがキリストやろ」

「おおーっ、開き直ったばい。カクレに肩入れすっとか?」

辻山は手を叩きながら囃《はや》し立てた。

「そげん取られてもしょんなか。今のカクレは根性なしで、本来のキリスト教とはかけ離れてしもうて、土俗信仰になり下ってしもうとる。みんなから馬鹿にされてきたばってん、逆に愛おしさが募ってきた。先祖ば崇拝し敬うその心情は、思いやりに溢れて優しか。何よりの美徳は、自分達は先祖のお陰で生かされているという謙譲の心ばい」

辻山は俯いたままジッと聞き入っていた。幸市が謂い終わっても暫く動かなかった。俄《にわか》に顔を上げて口を開いた。

「所詮、おい達の体にはカクレの血が流れとったい。破棄しようとしても、逃げても追っかけてくる」

「自然にまかせて付きおうていけばようなかと？」

「谷村は大らかでよかねえ。おいはそいが我慢出来んでイライラすっとばい。地元の平戸の高校に行かんでこっちの高校に通うとは、家から離れるためたい」

辻山は感情が昂ぶり呼吸が荒くなった。幸市は間を置いて話題を逸《そら》した。

「ひょっとして、さっきの絵はカクレの〝叫び〟ね？」

辻山は黙っていた。沈黙が全てを語っていた。幸市はニンマリとほくそ笑んだ。ニュアンスの違いはあれ、〝同志〟が居たことが殊の外嬉しかった。

辻山がポツリと謂った。

「バスチャン様とド・ロ神父の話ば聞きたか」

幸市は、数週間前に外海の出津を訪れた時の話をした。

「フランス出身のド・ロ神父は明治12年に出津に赴任し、村民があまりに貧しかけん私財ば擲《なげう》って医療、建設、土木、製造、社会福祉などに尽力されて、村人からド・ロ様と呼ばれて慕われた偉大な人たい」

「うん、聞いたことがあるばい」

「偶然、ド・ロ神父の晩年の肖像写真ば目にした際、優しか表情やったばってん、彼の目が寂し気だったとが気になったと。あんだけ村民に敬われて人生を全うした人やのに、なしてやろうか……ってね」

辻山はジッと考えていた。

「彼のことは詳しゅうは知らんばってん、神と人との愛のつながりを生きた、まさに幸せな人と謂えるやろうに、なしてやろうかね。谷村は面白かことに着目するばい」

「未だもって解けん、ド・ロ様からもろうた宿題ばい」

「バスチャン様は、日本人の伝道師やろ?」

「うん、迫害の厳しゅうなった17世紀の中頃に潜伏しながら外海一帯の伝道ば続けとって、出津で密告により捕まり、長崎の牢に3年3か月も入れられて、78回の拷問ば受けて斬首されたげな」

「3年3か月の間に78回も拷問ばね、凄まじか……」

「そげん拷問に耐えられるとは何やろ……？　信仰の篤さ、如何なる弾圧と迫害におうても屈しない意志の強靭さ、天国に行けるという希望やろか……？」

「彼にはその3拍子が揃っとったとやろ。おいなら1日ももたん。すぐ転ぶやろ」

辻山が自嘲気味に謂うと、幸市も笑いながら続けた。

「おいも似たり寄ったりたい。ばってん、どげんして転んだらいけんとかよう分からん。愛する家族や恋人がおるとに、死か転びかの二者択一ば迫られた時、一時的に神ば捨てても許されるべきだと思うばい。バスチャン様はイエスの受難と死を理想の姿と仰ぎ、拷問や処刑の苦難におうても棄教せんで、永遠の命ば勝ち獲ることを自ら実践して見せたと思うばい。ばってん、バスチャン様のごと強うなか」

「それは己の良心の問題やろ。信念があれば一時的に神ば捨てても構わんたい。神は知ってくれている筈たい。谷村は来世より現世での幸せば求むるとやね」

「ああ……現世で精一杯生きてこその来世たい。いくら現世が辛かろうが、安易に放棄して来世に幸せば求むるとは間違うとる。来世に逃避したらいけん」

「ロマンチストやな……谷村は」

「いや、ヒューマニストって謂って欲しか」

と自分で謂っておいて幸市はテレた。さらに、

「一時的に神ば裏切って転宗させられたって、神はそん人間の心情ば知っとる筈たい。だけん、疚《やま》しさば感じることはなか」

「転びもんたちの子孫は、キリシタン類族として幕府から末代まで厳しか監視下におかれたげなたい」

「監視されたってよか。仏様ば拝んどったって、天神様ば拝んどったって心はキリシタンならよかたい。絵踏の時、聖画やメダイば踏まされても、キリストは『私はそこには居ない。それは私ではない。だから踏みつけなさい』と謂って欲しか」

「要するに偶像の中には神はおらんと……」

「そげんたい。信者達がそれらを心の拠所《よりどころ》にしとったから、逆に利用されて悲劇が生まれたとたい。神は心の中に感じとったらそいでよか」

「ばってん、絵踏のときキリストに問いかけてもキリストは何も謂わんやろ？」

「うん、恐らく何も謂わんで沈黙ば通すやろ。踏んだ本人の辛か立場も分かっとる筈やけん、

何か謂うて欲しか。キリストは弟子達に『全てを捨てて付き随え』て謂うとるばい。家族も地位も財産も全て捨てて付いて行かんばいかんとよ。信者達も同じたい。拷問ば受けとる時も、恐らく神は沈黙ば通すやろ。厳しか……」

「その判断は本人に任せるということやろ。例え転んだとしても本人の辛か立場もよう分かっとる筈やけん、キリストは赦したと思うばい。ばってん、本人は良心ば泥まみれにしてしもうたと思うて、罪の意識に苛《さいな》まれたやろうね。周りの人間も蔑んだやろうし……」

幸市はコーラをチビチビ舐めながら耳を傾けていたが、突如コーラの瓶をテーブルにドンと置いて声を荒げた。

「――そげん時たい。そげん時こそ宣教師や神父の出番たい。転びもんばフォローして慰めてあげんば。転んだらお仕舞いじゃのうて、そっからが再スタートたい」

「そうたい。そげん人ば救うて欲しか。教えば広むるだけが任務じゃなか。そげん苦しむ人にこそ手を差し伸べて欲しか」

幸市は大きく頷いて、「それこそがキリストの愛たい」と謂うと、溜息をひとつついてさらに付け加えた。

「宣教師や神父達がもっと柔軟な対応ば取っとったら、無駄な死は防げたし、心の傷も少のうてすんだ筈たい」

「成程……よか考えたい」と辻山は頷いた。幸市はバスチャン屋敷を去る時、バスチャン様の声にならぬ声を思い出していた。

(我々の流した血や涙ば感じて欲しか……)

幸市は改まって問いかけた。

「殉教したり迫害された人達が流した血や涙から、今の我々が学ぶことって何やろか？」

辻山は暫く考え込んでいた。

「うーん……、キリストやマリア様ばよりいっそう身近に感じることやなかろうか……？」

幸市は我が意を得たりとばかりに、

「そうか、辻山もそう思うか。彼らは揺るぎなき信仰心ば持つことによって、キリストやマリア様ばより身近に感じていたに違いなか」

「ばってん、おいはカクレの家に生まれ育って、さっき謂うたごと宿命ば感じるとけど、キリストやマリア様も肌に合わんごたる。身近に感じたことのなか」

幸市は辻山の意外な告白に、内に秘む得体の知れない虚無的な陰を感じた。彼は幸市の顔色の変化を察知し、話題を変えるため腕組みをして天井を見ながら謂った。

「それよりか殉教ということで思いついたとやけど、コルベ神父のことたい」

気を取り直したように、幸市は目を輝かせた。気になっていた存在の名前が、彼の口から発せられたからだ。

「コルベ神父ならよう知っとる。アウシュビッツの強制収容所で、身代りになって殉教した人やろ。それがどげんしたと？」

「ちょっとケチばつけてみたかとさ」

と謂って辻山はニヤリと不敵な笑いを見せた。

「コルベ神父にケチばつけるって、一体どげんことね？」

幸市は驚きながらも興味を示した。

「コルベ神父ならずとも、聖職者は誰しもキリストの受難に倣《なろ》うて殉死するとば理想としとったやろ」

「うん、そんとおりたい」

「コルベ神父も小さか時から殉教にあこがれとったげな。アウシュビッツに収容されとる時、脱走者が出て見せしめのために10人の処刑者が選ばれたとさ。コルベ神父は、その中の妻子持ちの男に代わって身代わりば申し出たとたい」

「そうばい。〝友のために命を捨てるよりも大きな愛はない〟という聖書の言葉を、まさに実践したとたい」

「おいもその犠牲的精神に賞賛はするばってん、打算的なもんば感じるとよ」

「打算的……？　もう少し詳しゅう話してくれんね」

幸市は思わず身を乗りだした。

「コルベ神父は長崎に赴任しとる時から病ば患うてて、死期が近かとば感じとったフシがある。だけん、殉教ば焦っとったところにチャンスが訪れたとたい。まさに千載一隅のチャンスたい。喜んで……て謂うたら語弊があるばってん、内心は喜んで手を上げたと思うばい。そこに打算があったと思う」

「そいでん、コルベ神父は1人の命だけでなく、多くの人の心も救うたとよ」

「そいは事実やろ。結果、多くの人に感動ば与えたと思うばい。誰でん出来ることじゃなか。万人が認めることとたい」

「じゃあ、なして打算的て謂うとね。もうひとつ分からんばい」

「一般人が身代わりになったとと違うとよ。聖職者ばい。もし、一般人だったら打算なんてありようがなか。殉死ば理想とする聖職者だけん〝打算〟があって然るべきたい。それによって神の国に召されたやろうけど、本人の願いも成就されたわけたい」

「うん……辻山が謂うとることがなんとなく分かるようになった。コルベ神父も自分がやったことが、これほど評価されるとは思うとらんやったろ」

「こん話はこんぐらいにして、谷村がド・ロ神父の寂し気な表情が気になるて謂うたやろ。ド・

ロ神父とコルベ神父の生きた時代は明治と昭和で異なるばってん、コルベ神父の生き方にヒントはなかやろか？」

「成程なあ……。辻山はよかとこに着目するばい。考えてみるたい」

昼間の強い日射しはようやく和らぎ、西陽が障子戸を開け放たれた窓から部屋の中を眩しく照らしていた。

下宿を辞去する時、渡辺美佐子似の小母さんは幸市に手造りのクッキーを持たせてくれた。改めて見ても自分の母親とは違い、垢抜けた町の匂いがした。

「また遊びに来てちょうだいね。純一郎さんは友達がおらんみたいで、寂しそうにしとりますけん」

小母さんは飛びっきりの笑顔で玄関先まで送り、辻山は近くの郵便局まで送ってくれた。

「愛想に騙されちゃいかんばい。女は裏腹だけんね」

大人っぽい笑みを見せながらの言動に、幸市は驚いた。女性にモテそうもない彼が女性の話をすることすら奇異に感じられたからだ。

（不可思議な男だ——）

幸市は彼に対する好奇心がますます膨らむのを感じた。

辻山は手をあげて別れを告げる時も、まだ可笑しそうに笑っていた。幸市は無理矢理笑いを作って、手を上げて背を向けた。

第9章　ド・ロ神父の手紙

幸市は久美子に、辻山純一郎という面白い友達が出来たことを早速手紙に認《したた》めた。平戸の根獅子出身の同じカクレで、美術部に所属しながら演劇を目指し、秀才な上考え方がユニーク故、話していて興味が尽きないのだと力説した。

彼女が興味を示すと困ると思い、背は低く痩せていて、顔は映画の「若大将シリーズ」で青大将役の田中邦衛に似ていると書いた。

手紙のテーマは、コルベ神父のことだった。強制収容所でのコルベ神父の殉教には打算があったという辻山の説と、コルベ神父の生き方がド・ロ神父の寂しさと関連があるかも知れないと付け加えた。

久美子からの返事は3日後に届いた。随分と早かった。

コウちゃんに親しか友達が出来たそうで、よかったですね。頭が良くてユニークで、しかも同じカクレで何でも話せる友人は貴重だから大事にして下さい。

私も以前話した島原出身の朝長順子さんと、ずっと親しくして貰っています。彼女とは寮で同部屋ということもあって、コウちゃんのことも話して羨ましがられています。とても初《うぶ》な子で（自分で謂うのも可笑《おか》しいけど）、育ちが良かせいか男の人と付き合《お》うたことがなかし、興味はある反面怖からしく、歌手の三田明みたいな男性が好みらしかです。

「理想が高かねえ。もっとハードルば下げんば見つからんよ」と謂うても、「理想は高かほうがよか。そんうちクミのボーイフレンドより数倍よか人ば見つけてやるけん」と謂うだけ。決して自分では見つける努力はせんで、ひたすら待っているだけです。

肝心な話が後になってしもうたけど、コルベ神父に打算があったんじゃないかという指摘、すっごくユニークな発想で面白いと思います。確かに聖職者は殉教を理想としていたし、コルベ神父も憧れていたに違いありません。

絶好のチャンスが訪れた時、まさに純粋と打算が行き交っていたことでしょう。身代わりのために手を上げた時、どっちが勝っていたか実に興味のあるところです。純粋と打算の間で揺れるコルベ神父の心情を思うと、ある評論家が「殉教とは消極的な自殺だ」と謂っていたのを思い出します。

確かにコルベ神父の取った行為は至高のものです。至高のものでも純粋度百パーセントという訳ではないでしょう。多少打算という不純物が混じっていてもいいのでは……と思いますが、如何です？

それから、コルベ神父の殉教がド・ロ神父の宿題と繋がりがあるんじゃないかということですが、ド・ロ神父のことを調べていて、長崎で倒れて病床にある時に、旧友サロモン師という人に宛てた手紙と解説が載っていたのでそのまま抜粋します。

〈この世でもう一度相見《まみ》ゆることが出来ましょうか。知るものはただ神のみであります。天国では勝れた位置でお目にかかりたいものです。ですから、あなたとあなたさまのお知り合いの方々にお祈りをお願いして下さい。私のような憐むべき僕《しもべ》には、神の尊い御血の功徳によらねばならないことが沢山あります。死ぬ前にどれほど苦しまねばならないのか、それは私が知り得るところではございませんが、マリア様の御とりなしによって私の罪が許されますよう、一切を神のみ旨におまかせします〉

〈ド・ロ神父は長崎の大浦の司教館にあって静養に努められましたが、ついに大正3年11月7日、その全てを捧げ尽くして永遠の旅路につかれました。逝年74歳でした。ご遺体はド・ロ神父の遺言により、出津の丘に埋葬されています。出津をこよなく愛されたド・ロ神父は、天国

から私達村人を今日も見守って下さいます〉

参考になったでしょうか？　ド・ロ神父も死ぬ前に随分と苦しんでいる様子が窺えます。この間、コウちゃんと訪ねた出津が昨日のことのように鮮明に思い出されます。あの時に見たり聞いたりした経験は、私の一生の宝物です。

一気に読み終えた幸市の体に戦慄が走った。

（分かったばい。ド・ロ神父から与えられた宿題がやっと解けたばい。クミのやつ、素晴らしかことば書いてきた。ド・ロ神父もコルベ神父のごと、殉教に憧れとったとたい。「天国では勝れた位置でお目にかかりたいものです」とか、「死ぬ前にどれほど苦しまねばならないか」という言葉がそれを証明しとる。いくら出津の村人に恵みば与えても、本来の目的である〝殉教〟には所詮叶わないのだ。天国で勝れた位置につけない寂しさを、ド・ロ神父は死ぬ間際に感じていたのだろう）

居ても立ってもいられなくなった幸市は、下宿を飛び出した。久美子に電話をするためだった。角のタバコ屋に赤電話があるのを知っていた。

ポケットの十円玉を探すと3個しかなかった。店のおじさんに百円札を両替して貰った。久美子の寮に電話して呼び出して貰うが、なかなか出てこない。十円玉が既に2個落ちた。

電話口から人の出入りする賑やかな話し声がする。電話は玄関口にあるらしい。

そのうち、バタバタと走って来る足音が聞こえたかと思うと、久美子の息せき切った声がした。

「コウちゃん？　どげんしたと？」

「おお、クミ。さっき手紙ば読んだ。お陰で宿題が解けたばい。ド・ロ神父の宿題たい」

「そうね、それはよかったばい。それで、どげん答えね」

「殉教たい。ド・ロ神父もコルベ神父のごと殉教に憧れとったとたい。いくら出津の村民に恵みば与えて尊敬されとっても、死ぬ間際に神の国で勝れた位置につけんとば知っとったとたい」

「そいで、寂し気な表情ばしとったとやろか。村人にあげん尽くして満足した人生やったやろうに……」

「それとは別たい。ド・ロ神父は聖職者やけん、理想があったとたい。いくら村人に尽くして感謝されとっても、心のどこかに孤独ば感じとったとやろ」

「そげんね。ド・ロ神父といいコルベ神父といい、聖職者の宿命やろか……。なんか憐れっぽか」

「うん、そげんとこあるかも知れん」

「コルベ神父の打算のことやけど……手紙に書いたばってん、鋭か指摘やと思うばい。辻山という人、同じカクレらしかけど一度会うてみたか」

久美子の思わぬ要望に、幸市は嫉妬の炎がチラリと頭をもたげ、心とは裏腹な言葉が思わず出てしまった。

「会いたかなら、そんうち会わしてやるたい」

幸市の語気を強めたもの謂いに、彼女はすぐさま自分の軽薄さを後悔した。

「そげん……せんでもよか。軽か気持ちで謂うたとたい。それよか、近かうちに長崎の深堀というとこの善長谷《ぜんちょうだに》に行ってみんね？」

デートの誘いに幸市は矛先をすぐさま収めた。

「善長谷ってどげんとこね？」

「隠れキリシタンの里らしか」

「日曜日ならなんとかなるかも知れん。今月の……」

と謂おうとして電話が切れてしまった。十円玉が無くなったのだ。深堀の善長谷は初めて聞くが、隠れキリシタンの里なら行ってみたい。夏休み前に期末テストがあるから、出来るだけ早い方がいい。

下宿の老夫婦と狭いダイニングで食事をしている時、リビングの電話が鳴った。幸市は久美子からの電話だと、ふとそんな気がした。

電話に出たおばさんがニタリと笑って、幸市に受話器を差し出した。

「もしもし……、おお、さっきはごめん。十円玉が切れてしもうた。うんうん……出来るだけ早か方がよか。今度の日曜はどうね？　うん……長崎駅前のバスターミナルで……10時頃ね……分かった」

小母さんが揶揄い半分で、

「またデートね？　今度は長崎まで行くと？　そりゃあ大変ばい」

幸市は黙っていると、小父さんが宥《なだ》めてくれた。

「やめんか。幸市君もサッカーをやって勉強も頑張っとるし、女の子とも付き合うて青春真っ盛りたい。よかよか、やりたかことばやらんば」

小父さんの青春時代を訊こうと思ったが、長くなりそうで笑顔だけを返した。

「長崎まで特急バスでも2時間はかかるばい。早う出んば」

小母さんはお節介を焼きたがった。

翌日、幸市は学校の校門でバッタリ行きあった辻山に声を掛けた。

「例のド・ロ神父の宿題、解けたばい」

「ほう……どげん答えね？」

「ド・ロ神父も聖職者やけん、コルベ神父のごと殉教に憧れとったごたる。殉教して天国で高か地位につきたかったとばってん、そん機会ば失うて長崎で病床に就いたとたい。そん時に旧友に出した手紙ば見つけたと。手紙にそげん無念な気持ちが書いてあった」

「へえ……あげん村民に尽くして、充実した人生ば送ったと思われたド・ロ神父に、そげん孤独があったとばいね」

「だけん、寂し気な表情ばしとったとやろ」

「うん……確かに説得力のあるばってん、解答としては80点ぐらいばい。それだけやのうて、もう少し何か足りん」

「足りんて……、他にどげんことが考えられる……？」

「そうやね……、自分が一生懸命やってきたことが組織に評価されんで、疎外感ば感じとったとか……」

「どげん根拠で、ド・ロ神父のやってきたことが評価されんて謂うとね？」

幸市は詰《なじ》るような口調でまくしたてた。

「ド・ロ神父の本来の目的は布教や伝道やろ。決して怠けとった訳じゃなかばってん、組織からすれば余計なことばっかりやって、肝心なことばやっとらんて見られとったとじゃなかやろか」

「村民に尽くしたことが余計なこと……？　分からんばい」

「悪かことじゃなかけど、余計なことたい。管区の長も信者ば増やして成果ば上げて、上部組織に報告せんばいかんやろ。そいが出世する道たい。部下がチンタラやっとったら苦々しく思うやろ」

「そいで、ド・ロ神父は組織に幻滅しとったと謂うとね？」

「そげんたい。自分で良かれと思うてやったことが、評価されんどころか否定されればどげん思うね？」

「そりゃあ辛かやろ。まさに絶望たい」

「そうたい。そげんなるやろ。ド・ロ神父は殉教の機会もなかし、信念もってやっていたことが評価されんで苦しんどった気がするばい」

2人の議論は下駄箱から教室まで続いた。幸市は辻山の深い洞察力に改めて感じ入った。幸市は辻山の隣の席に座って力説した。

「コルベ神父に比べたらド・ロ神父の評価は低かごたる。知名度も低かし、雲泥の差たい。ばってん、出津の人達は勿論のこと、長崎のためにこげん尽くしてくれた人はおらん」

始業のベルが鳴り、幸市は自分の席に着いた。1時間目の授業が始まっても、ド・ロ神父のことが頭から離れなかった。

（きっと生きるとが不器用で、これだと思うたら真実一路の熱血神父さんだったに違いなか。布教や伝道のことなんか二の次で、宗派の区別なくひたすら貧しか村民に生きる糧と夢や希望を与えるために、自分ば犠牲にして惜しみなく尽力したに違いなか。これほど愛に生きた人はおらんばい）

幸市はふと窓の外に目を遣った。ド・ロ神父の優しそうだが、寂し気な顔が浮かんだ。幸市はド・ロ神父に話し掛けた。

（ド・ロ神父様、与えられた宿題が解けました。これでよかでしょうか？）

ド・ロ神父の表情が一変、にこやかな顔でコクンと頷いたのだった。

幸市もありったけの笑顔をド・ロ神父に返し、頭をちょっとだけ下げた。

（有難うございます）

その時――、数学教師の皮肉を込めた叱責が飛んだ。

「谷村っ、外ば見て何んば笑いよっとか。窓の外に恋人でもおっとか？」

幸市は頭を掻きながら照れ笑いをして誤魔化した。クラス中の者が冷笑を浴びせたが、辻山だけはニコリともせず、幸市が眺めていた窓の外をジッと見遣っていた。

第10章　善長谷《ぜんちょうだに》

当日の天気予報は雨のち晴れで、幸市が下宿を出る7時過ぎは土砂降りの雨だった。果たして、天気予報通り晴れるのだろうかと疑心暗鬼ながら下宿を出た。

佐世保駅前のバスターミナルから、8時ちょうど発の長崎駅行きの特急バスに乗ると、いつもより早く起きたせいで眠気が襲い、バスの心地よい振動に揺られながらひたすら眠った。

終着の長崎駅前のバスターミナルに着くと、幸市は無意識に目が覚めた。寝呆け眼《まなこ》でバスを降り、久美子を探すと目の前に制服姿の爽やか笑顔が立っていた。

「約束の時間通りやったね。バスの中で寝とったと？」

「うん、よか気持ちで寝とった」

「深堀行きは長崎バスよ。表に出んば」

バス停に出ると、タイミング良く「深堀」行きはやって来た。幸市はバスの中で隣に座る久美子の横顔を、外の景色を見るフリをして眺めた。1か月ちょい前に会ったばかりだが、その間にさらに可憐さを増したようで、朱色がかったやや厚めの苺のような唇が、微かに動く度にドキリとした。

また、額の中央から分けたショートヘアの襟脚が、清潔そうな項《うなじ》に流れ、その涼やかな色香が幸市の欲情を誘った。彼は項にキスをしたい衝動にかられ、軽い眩暈《めまい》を覚えて目を瞑《つぶ》った。

彼女は怪訝《けげん》そうな笑顔を彼に向けた。彼は誤魔化すように、

「善長谷はどげんして知ったとね？」

「うちの学校はミッション・スクールやけん、情報は入ってくるとよ」

「善長谷って、地名が面白か。ゼンチョて、異端者とか異教徒て意味やろが。隠れキリシタンが移り住んで、自分達が付けた地名じゃなかか。そこに異端者達が住みついとるちゅうて、地下《じげ》者《もん》が面白がって付けた地名やろ」

「考えた人も勿論、ゼンチョの意味ば知ってて付けたとやろけん、何か馬鹿にした差別的な臭いがするばい。さぞかし苦労してきたとやろね……」

バスは繁華街の浜ノ町を抜け、南山手を海岸沿いに走り、30分程で終点の深堀に着いた。一緒に降りた人の良さそうな中年の男性に、善長谷への行き方を教えて貰った。歩くと40分は楽にかかると謂う。タクシーに乗る余裕などなかったから、歩くことにした。

深堀は、かつて長崎の地にありながら佐賀の鍋島藩が直轄し、家老の深堀氏が長崎港警備の重責を担って赴任したのが由来である。天領長崎とは趣を異にする佐賀の文化圏に位置していた。

街中を抜けて山林の坂道を上り、十字路を左に折れ、さらに城山《じょうやま》を目指して登ろうとする時、中腹の丘の上に教会の尖塔の十字架が見えた。

教会を目印にひたすら登って行く。2人ともさすがに口数も少なくなり、息が弾み、ハンカチが汗にまみれた。

幸市が右手を差し出した。彼女は少し躊躇《ためら》ったが、ニッコリと笑顔を返して左手を差し出し、彼に甘えた。

やがて疎《まばら》に人家が見えた。この辺りがカクレの集落だったのだろう。今でも家は小じんまりとして出来るだけ人目につかぬよう、庭木や垣で隠してひっそりと建っている。

或る家の竹垣に巻きついて紫と青の花を咲かせている朝顔を目にし、足を止めた。

「もう、朝顔が咲いとるばい。夏やね」

「うん、7月やし、夏は来とる」

振り返ると、右手の眼下に小振りの深堀漁港が見えた。風は凪いで蒸し暑かった。その時、朝顔の家から小学生低学年の男の子がいきなり飛び出してきた。思わずどちらからともなくパッと手を離し、しばし男の子と睨み合った。男の子は「何だ？」という顔をして走り去ってしまった。

呆気にとられた2人は、見つめ合って苦笑いし、繋《つな》いでいた手の平に滲んだ汗をハンカチで拭った。

坂を登り切ると、目の前に小じんまりとしたシンプルな木造の教会が現れた。狭い前庭の木陰のベンチには、ミサを終えて寛《くつろ》いでいる70代位の3人の小母さん達が、四方山《よもやま》話に興じていた。

彼女達の背後に、タブの古木に吊り下げられたアンジェラスの鐘が目に止まった。見知らぬ若い2人の出現に、彼女達はピタリと話を止め、笑顔を消した。両者に緊張感が漂い、2人は戸惑った。

「今日は……」

幸市が小さな声で挨拶すると、左端に座った小肥りの小母さんが、

「あんた達、何んしに来たと？」

よそ者が何の変哲もないこの集落に、訪ねて来るのが不思議だと謂わんばかりだった。彼は右手に広がる光る海を見ながら、

「別に……教会ば見に来たとです。ここからの眺めは素晴らしかですね。あの島は何ていう島ですか？」

自慢の眺望を誉められて、ちょっと機嫌よくした真ん中の人の良さそうな小母さんが、

「右の大きかとが高島で、左の小さかとが軍艦島たい」

久美子も長閑で光り輝く鏡のような水面に見とれていた。

「波が静かで湖のごたる。この海は長崎の港外ですばいね」

「そげんたい」

小肥りの小母さんが無愛想に答えた。色の浅黒い痩せて少し険《けん》のある小母さんが、探るような目付きで尋ねた。

「あんた達、何処から来たとね？」

「黒島です」

「黒島から来たとね」

彼女達は、昔の仲間ということを知ってか少しは警戒を解いて、愛想笑いを浮かべた。しかし、2人は彼女達の微笑みの陰には、他者を受け入れない排他的な空気が漂っていることを感じ取った。

幸市は3人を見較べながら、少なくとも浅黒い痩せた険のある小母さんは、まだ心の中にカ

クレを守っているのではないかという気がした。

生きていた頃の祖父母や、両親と同じ臭いを感じた。浅黒い顔の皺と皺の間には、長い間先祖達が虐げられてきた辛い歴史を隠し持っているのではないのか……。

彼は無躾《ぶしつけ》を承知で質問を試みた。

「ゼンチョはまだおらすとですか？」

険のある痩せた浅黒い小母さんが声を荒げた。

「ゼンチョはおらん。みんなカトリックたい」

さらに小肥りの小母さんが、さっきと同じ質問を再び発した。

「あんた達、何んしに来たと？」

「ただ……教会ば見に……」

幸市も同じ答えを返した。

「そんなら見てこんね」

2人は追い立てられるように小じんまりとした教会に入って行った。聖堂内に入って椅子に座り、幸市は祭壇のマリア像を見遣りながら、

(やっぱり、あの小母さん達は3人とも、まだ心の中にマリア観音ば持っとる。先祖や自分達の無念さを未だ引きずっとる。せめてものレジスタンスやろか……)

幸市は隣の久美子の顔を覗き込んだ。彼女も同じことを考えていたのだろう。彼の方を向いて、軽い笑みを返した。

それから、2人が教会の扉を開けると、外庭に3人の小母さん達が待ち構えるように立っていた。そして、次々に口にした。

「信じるとは、イエス様でもマリア観音でも一緒やもんね」

「今の世の中に迎合せんば、生きていけんやったとたい」

「ばってん、ずっと守ってきた誇りだけは、墓まで持って行くつもりたい」

幸市は彼女達の心意気が嬉しかった。

「ウチのお祖父ちゃんやお祖母ちゃんはずっと改宗せんやったし、両親も未だに改宗しとらん。ばってん、多分皆さんと同じような気持ちに違いなか」

痩せた険のある小母さんがすまなそうに謂った。

「ウチ達も、子供や孫達のことば考えたらしょんなかとたい」

「うん、しょんなか……」

残りの2人も寂し気に頷き合った。久美子が顔を上げ、自信に満ちた表情で謂った。

「ウチの家もカクレば守っとって、どげん引け目ば感じてきたか分からん。ばってん、最近はカクレも悪うなかて思うようになってきたとです」

幸市は久美子のこういうはっきりとした物謂いを、初めて耳にした。

「忌み嫌われてきたカクレに、ボクも最近は愛おしささえ感じるようになって、引き継ごうとは思わんばってん、何らかの形で受け継がんばて思うとります」

するとと人の良さそうな小母さんが、

「あんた達は良か若者やね」

と謂うと、他の2人も満面の笑みを浮かべた。もはや、両者の間に言葉は不要だった。

幸市と久美子は、タブの太い幹に吊り下げてあるアンジェラスの鐘の下まで行き、再び眼下の海を間近に眺めた。年代物のタブが広く繁らせた枝先が、青い空と光る海面に伸びて両者の仲を取りもっていた。

幸市はこの3者のコントラストの妙を例えて、

「この景色は、父と子と聖霊の三位一体のごたる。1つでも欠けたら成り立たんばい」

「三位一体ね……。素晴らしかことば謂いよんなさる。やっぱり、あんた達は良か人ばい」

小太りの小母さんが謂うと、人の良さそうな小母さんが、

「こん景色は、何時間見とっても飽かんとよ。ウチ達はここに来て、何時も見とる」

痩せた険のある小母さんは、眉間にさらに皺を寄せ、昔を偲んで語った。

「ウチの5つ違いの死んだ姉が、こん景色ば見ながらよう泣いとった。なして泣くとか分から

んやったばってん、後になって分かったとよ。ウチもそんうち、こん景色ば見ながら泣くごとなったと……」

小太りの小母さんが、さらに言葉を継いだ。

「先祖達が流れ流れて、最後にどげんしてここに移り住んだか分かる気がすっとばい」

すると、人の良さそうな小母さんが、

「ここには何の土産も無かばってん、こん景色が唯一の土産ばい。よう見ていかんね」

幸市と久美子は促されて、改めて心ゆくまで景色に見入っていた。

彼女達に別れを告げ、坂道を下りながら幸市は久美子に語った。

「カクレの人達は……カクレに限らんやろばってん、長崎の人間は海から慰めば受けとるとやろね。黒島も出津も……多分五島や平戸のカクレもそうやろうし、海があったけん信仰ば続けられたごたる気のするばい」

「うん……そげん気のする。海は母親ばい。何でも優しく包み込んでくれる、母なる海たい。マリア様のごたる……」

「善長谷に来て良かったばい。あの小母さん達にも会えて良かった……」

「うん……良かったね……」

坂の曲がり角で立ち止まり、改めて穏やかに光り輝く海を眺めているその時だった。往きに出会った少年が、またもや突如、野性の動物のように飛び出してきた。互いにびっくりして相方睨み合った。少年は悪びれもなく、

「教会に行ったとね？」

「ああ……」

「今度は手ば繋《つな》がんとね？」

それだけ謂ってニヤリと笑うと、少年は瞬く間に走り去った。2人は顔を見合わせて、「ハハ……」と笑った。

すると、頭の上から正午を告げるアンジェラスの鐘の音が聞こえてきた。谷中に響き渡る快い音色だった。

変哲もない小さな教会を見上げると、庭先から3人の小母さん達が手を振っているのが小さく見えた。まだ見送ってくれていたのだ。

2人は慌てて手を大きく振って応えた。

第11章　大事件

梅雨明けを告げる激しい雷雨とともに、夏休みに入った。幸市はサッカー部の2週間の地獄の強化練習に参加した後、開放感に浸りながら黒島に帰省した。

母親はまっ黒に日焼けし、少年から精悍《せいかん》さ溢れる青年に成長した我が子を、眩しそうに見つめて歓喜の声をあげた。弟が帰って来たことを知った姉の冴子が、自分の部屋から出て来た。Tシャツにショートパンツ姿の姉も、彼が暫く見ぬ間にすっかり大人びた女に変身し、眩しく映った。

「おっ、帰って来たな。少しは男らしゅうなったごたるね。昨日、クミちゃんに会うたばい。10日前に帰って来とるって、あんたに謂うとってて」

久美子のことは手紙で知っていた。とにかく、眠りたかった。連日の炎天下の練習の疲れを取るには、ひたすら眠りたかった。夕飯に1度起こされて、たらふく食べたあと、我家の有難さをかみしめながら、翌日の昼近くまで再び夢の世界を貪った。

14〜5時間眠った勘定になる。朝昼兼用の食事は母親と2人だけだった。ゴーヤの豚肉炒めと冷麦を啜っていると、母親が絡みついてきた。

「どげんね、下宿生活は？　食事はちゃんと食べとるとね？」

「うん、小母さんはちょっとお節介ばってん、食事は美味しか」

「そうね……そりゃあよか。父ちゃんは何も謂わんばってん、気にしとっとよ。オラショは毎日唱えとっとね」

「ああ……。あんまし、うるさかこと謂わんでくれんね」

親の心配は分からぬでもないが、鬱陶しかった。食事後、自分の部屋で寝っ転がっていた幸市は、疲れがフッ飛んでスッキリしたせいか、久美子の顔を見たくなった。

玄関を出ると、カッとした真夏の日差しに、強化練習のしごき半分の無意味な3年生の怒声を思い出し、少し厭な気分になった。

裏庭の楠にクマゼミがけたたましい声で鳴きわめき、百日紅《さるすべり》が薄紫のにこやかな笑顔を幸市に向けた。

久美子の家は、中学校へ向かう左側の丘の集落の中にあった。幸市の家から5分もかからない。集落の途中には畑が広がり、黒島の土は赤土のため根菜類がよく育った。イモ類やタマネギ、ニンジン等は美味しくて、佐世保市内にも出荷しているほどだった。

玄関を開けて来意を告げると、彼女の母親が（おや？）という顔をして出て来た。幸市の母親より1つ若く、40を少し過ぎたくらいだった。躰つきも久美子似で、まだ十分色香を漂わせていた。

「あら、コウちゃん。帰っとったとね？」

「ええ、昨日。クミちゃんは居ますか？」

「クミーッ、コウちゃんが来とるばい」

いつもはタンポポのような性格で、島中の明るさを背負ったような彼女の母親が、笑顔を消して沈んだ口調で奥に向かって叫んだ。居間から彼女の弟の雅之が坊主頭だけを出して、ペコリと挨拶した。中1でサッカー部に入っていると、久美子から聞いていた。

久美子が、ブルーのショートパンツとカラフルなTシャツ姿で駆け出して来た。制服姿もいいが、ラフな格好も様になっている。

「いつ帰ったとね。待っとったとよ」

「昨日たい。手紙で知らせとったやろが」

「ホントに帰って来るか心配しとったとよ。ちょっと出てくるばい」

久美子は母親に叫んでそそくさと玄関を出て行った。1日のうちでいちばん暑い時間帯だった。時折吹く風も、蒸し暑い熱風だった。

彼女は彼と2人で、こうして故郷の野道を仲良く並んで歩く姿をずっと夢見ていた。この道は小学校、中学校と通い慣れた道だった。いつもこの道で彼の姿を探していた。得も謂われぬ高揚感があった。近くの小学校の校庭に足が向いた。

校庭は小さい時から遊び慣れた所だった。子供らの姿はなかった。代わりにセミが騒々しい声で鳴いていた。夏休みには、1日中校庭で野球をやって遊んでいたものだが、今の子供達は何をしているのだろう……。久美子とそんな当たり障りのない話題を、ブランコに乗りながら交わしていた。

ふと、話が途切れた時、彼女が思い切り全身を躍動させて、すんなりと伸びた脚を空中に蹴り上げた。何度も空中に舞い上がり、その度、彼は横目で久米の仙人も眩《くら》みそうな彼女の大腿を眩《まぶ》しそうに見遣った。

何度目か空中に舞い上がった時、彼女が空に向かって叫んだ。

「コウちゃんのこと、好き……」

か細い声は震えていたが、確実に彼の耳に届いた。彼は立ち上がると、彼女のブランコを停めて叫んだ。

「おいも好きばい」

ガバッと彼女を抱き寄せた。鼻腔にシャンプーの香りが漂った。胸の膨らみが彼の胸で弾け、理性を吹き飛ばした。

ゆっくりと唇を近づけていくと、彼女は既に両目を閉じ、歓喜の瞬間を震えながら待っていた。

唇がゆっくりと合わさった。彼女の苺のような紅くて厚みのある唇は柔らかで蕩《とろ》けそうだった。最初はゆっくりと、次第に激しく吸い合った。

息継ぎで互いの唇を離した時、彼女の口から微かに漏れる切ない吐息を彼は吸い込んで、さらに力を込めて再び唇を強く押しつけた。彼女も応じて、激しい吐息が漏れてきた。堪らず彼女は唇を離し、しがみついた。

その時、幸市の股間が異様に膨らんでいるのを感知した久美子は、「いやっ」と反射的に体を離した。気まずい空気が漂った。

2人は、来た道をゆっくりと歩いて行く。落ち着きを取りもどした彼女は、顔を合わせず口を開いた。

「コウちゃんは嫌らしか」

「しょんなかやろ。男の本能たい」

「ワタシを嫌らしか目で見とっとやろ」

「そげんことなか。自然とそうなっただけたい」

「どげんやろか……」

そうは謂いながらも、満更でもなさそうにサツマイモ畑に目を遣っていたが、頭の中にはまるで入っていなかった。幸市の家の近くまで来た時、久美子は急に振り向いた。

「コウちゃん、ワタシが欲しゅうなったら何時でも謂うて。コウちゃんにならあげてもよかよ」

「バ……バカ。クミとそげん関係になりとうなか」

「なしてね、ワタシが好きじゃなかとね？」

「そげんことじゃなか。クミとはもっと大事に付き合いたか。そん時が来たら、力づくでも奪うけん、待っとけ」

彼女は稲妻に打たれたような衝撃を受け、暫く動けないでいた。自然と涙が頬を伝った。

「こげん愚かなワタシばってん、永いこと付き合うてね」

「おいこそたい。クミと居ると楽しかばい」

(自分と居ると楽しか……)

これほどの誉め言葉があろうか……。

久美子は俯いたまま嬉しさを噛みしめ、獲物の虫を運んでいる蟻の行列をうすぼんやりと眺めていた。

大事件が起きたのは、夏休みが終わろうとする8月の末だった。

幸市が2学期に備えて、厭々ながら下宿に戻る準備をしている頃だった。何時までも朝食に起きて来ない冴子を、怒りを込めて部屋に入った母親の絶叫が事の発端だった。

「大変ばい。冴子が家出した」

遅い朝食を独りで取っていた幸市は、何事か理解出来なかった。母親は書置きを握りしめ、血の気を失いガックリと膝を突いてヘタリ込んだ。

「どげんして、こげん大それたことば……。訳の分からんばい」

頭を抱え込んだが思い直し、

「幸市、まだ間に合うかも知れん。港まで走って姉ちゃんば探してこんね。母さんは父さんに知らせに行く」

幸市は事の重大さを理解し、箸を放り出して港に突っ走った。母親はうろたえながら、夫の勤める支所へ急いだ。5分もかからない。扉を勢いよく開けると、職員全員が振り向いた。血相を変えた訪問者が自分の女房だと知って、夫の和雄はドキリとした。

「何事ね？」

「冴子が……家ば出てしもうた」

「えっ……？　冴子が……？　なしてね？」

「よう分からんと」

書置きを見せると夫は動転し、眩暈がした。

「幸市に港に行って貰うたばってん、間に合うたかどうか……」

気を取り直した和雄は、時計を見た。10時を回っていたが、第2便には間に合う。しかし、本気で家を出たのならとっくに居ないだろうと思った。

「とにかく港まで行ってみよう」

2人は無言で足早に坂を下って行った。港には幸市が呆然と立っていた。

「一番のフェリーで出たとやろ。姉ちゃん、なしてやろか？　賢太さんが死んだとがショックやったとやろか……？」

父親は無言で海を見ていた。顔は蒼ざめ唇が微かに震えていた。

母親は悄然として謂った。今にも泣き出さんばかりに、

「ばってん……立ち直ったごたったとに……」

幸市は母親が手に持つ書置きを読んだ。親も家族も故郷も、学校も友人も打ち捨てて、密かに実行した底知れぬ苦悩を察知した。利発で溌剌とした優等生の姉からは、とうてい想像出来なかった。

母親は楽観的に、願望を込めて呟いた。

「なあに、すぐに後悔して戻って来るたい」

幸市にはそうは思えなかった。決断し、実行した姉のことだ。もう島には戻って来ないだろう……と。


冴子の家出は、当然のことながら谷村家に暗い陰を落とした。幸市が下宿に戻ると、夫婦2人きりの生活になり、火が消えたようになった。

暗い性格の父親はいっそう暗くなり、家では殆ど口を利かなかった。妻が話し掛けても短い返事をするだけで、晩酌の量も増え、酩酊してその場で寝込むことが多くなった。また、早朝のマリア観音の前でオラショを唱える時間が長くなった。

明るい性格だった母親も、娘のことを思い出すにつれ溜息を漏らし、次第に暗い世界へ引きずられていった。

――そんな折、冴子の友人の武見妙子が突如訪ねて来たのは、新学期が始まった1週間後だった。

既に学校中の噂になり、妙子も概《おおむ》ね知っていたが、冴子が家出した数日前の夕刻まで共に過ごしていただけに、まるで信じられなかった。

明日になればきっと元気な姿を見せると、1週間待ってみた。いたたまれず、学校帰りに寄ってみたのだった。

母親から書置きを見せられたが、はっきりとした理由は掴めなかった。自分の名前があり、「宜敷く伝えて欲しい」とあるのを見て、妙子はむせび泣いた。

——そして、2人で置き去りにされた恨《うら》み辛《つら》みを謂い合って、玄関口で泣き崩れた。


冴子から1通の葉書きが届いたのは、秋も深まった11月の中旬だった。改めて黙って家出した詫びと、電器会社に勤めて元気に働いている旨が簡略に認《したた》めてあった。住所は示してなかったが、消印に門真とあり、大阪に居ることは分かった。

両親はもはや涙は涸れ果て、溜息の毎日だったが、娘が元気にしているのを知ってひとまず安堵した。

それまで高校には休学扱いにして貰っていたが、両親はついに諦めて退学届を出す決心をした。母親が高校の教務課に退学届を出して、職員室に入って行った。担任の名前は知っていたが、顔は知らなかった。入口近くの教諭に尋ねると、向かいの席の30位の男性がそうだった。

先程退学届を提出し、冴子から葉書がきて大阪で元気に働いている旨を話すと、担任はガックリと肩を落とした。

「そうですか……、残念ですばい。優秀な子やったとに、何があったとですかね？」

「分からんとです。情けなかばってん、それで苦しかとですよ」

先程尋ねた向かい側の中年教諭も、

「あと数か月で卒業やし、将来ば嘱望されとったとに……。我々教師も遣り切れんですよ」

慰めの言葉を掛けられても詮ないことで、娘が帰って来る訳でもなかった。

「お世話になりました」

母親は周りの教師達にも深々と頭を下げて、職員室を辞去したのだった。

校門で校舎を振り返ると、涸れ果てた筈の涙がツーと一筋、頬を伝って流れ落ちた。まるで自分が退学したような、悲しい涙だった。

第12章　根獅子《ねしこ》

——昭和41年（1966）の春、幸市は2年に進級した。10月にはビートルズが初来日し、熱狂的歓迎を受けた年である。

辻山とは別クラスになったが親交は続き、休日には互いの下宿を訪問し合い、時が経つのを忘れて語り合った。その頃であった。久美子と付き合っているのを打ち明けたのは……。するど、辻山はことある度に久美子の話題を持ち出し、聞きたがった。幸市はあくまで最少限に止めておいた。

しかし、それが逆効果だったのか、辻山はますます興味を示し、是非会わせろと迫った。そして遂に夏休みに久美子を連れて、彼の故郷である平戸の根獅子を訪ねる約束をさせられてしまった。

早速、彼女に手紙を書くと、快諾の返事がすぐにあった。根獅子行きは、8月5日に決定した。

夏の強烈な日射しが石垣を灼き、芙蓉の花が太陽の絞り染めを誇らし気に夏空に向けている時、2人は朝一番のフェリーに乗るため港で落ち合った。

久美子は半ズボンにTシャツという身軽な服装で、頭には赤いリボンが付いた麦藁帽子が乗っていた。幸市が見惚れていると、「どう？　似おうとるね」、ズボンの裾を両手で摘まんでお道化て見せた。

平戸へ行くには、相浦《あいのうら》から松浦線の列車が都合が良かった。平戸口で降り、そこからフェリーで平戸に向かう。目と鼻の先だ。

平戸は黒島の近くにありながら2人とも初めてで、心が弾んだ。フェリーが大きく左に折れながら湾口に入ると、左手の丘の上に平戸城が迎えてくれた。中央部の丘の上には教会の尖塔が見える。あれが聖ザビエル記念聖堂だろう。右手の丘には旧松浦藩邸が見える。

その昔、南蛮船が錨を下す時、異人達はやはりこうやって美しい平戸の街を仰ぎ見たことだろう。久美子は風で飛ばされないよう、左手で麦藁帽子を押さえながら、

「平戸の街が歓迎してくれとるばい」と無邪気にはしゃいで喜んだ。

フェリーから降り立つと、観光客目当てのアゴ売りの小母さん達が威勢のいい声を掛けてくる。街を見渡す。かつて阿蘭陀人や英吉利人が街を往来し、異国情緒を醸し出していたことだろう。

「平戸はクミんごたるばい」

「どげん意味ね？」

「親しみが持てて可愛いかていう意味たい。お城のある街は落ち着くばい」

「可愛かていうとは正解ばってん、魅力的っていうとが足らんばい」

「こんのぼせ者《もん》が」

「アッハハハ……」大笑いすると、道行く人が呆れたように振り返った。

根獅子へ行くためのバスの案内所へ行こうとした時、2人の前に軽自動車が停まった。助手席の窓から辻山の上気した素頓狂《すっとんきょう》な顔が飛び出してきた。

「やあ、丁度良かったごたるね」

何時もと調子が違うのは、久美子が居るせいだと合点した。

「おお、迎えに来てくれたとね」

運転席から彼の母親と思《おぼ》しき小柄な女性が降り立った。幸市の母親と同年代だろう。決して美人ではないが、優しそうな顔立ちを彼は受け継いでいた。

「純一郎がいつもお世話になって。こんな遠いとこによくおいでなさいました」

「この度、根獅子の訪問ば楽しみにやって来ました。谷村幸市です。こちらが幼友達の内田久美子さんです」

「内田久美子です。今日は宜敷くお願いします」

「谷村からよう聞いとるばい。ボクが辻山です」

彼のテンションが何時もより上がっている。幸市は彼の性格からして訝《いぶか》しく思った。

彼の母親の運転は、性格を表すように至極安全、且つ慎重だった。

「どうね、途中宝亀《ほうき》教会や紐差《ひもさし》教会があるばってん、寄って行くね？」

「いや、興味あるばってん、根獅子だけでよかよ」

「根獅子は辺鄙《へんぴ》なとこで、バスは紐差までしか通っとらんけん、途中で歩くかタクシーばい」

東側の海岸線の千里ヶ浜、川内港を通り、紐差教会を見ながら山側へ右折し、西側の海岸線に出た所が根獅子だった。

「着いたばい。下に見えとる海が根獅子の浜で、手前が集落たい」

根獅子の浜に寄り添うよう、変哲もない小さな集落が広がり、ここが隠れキリシタンの里だと謂われないと分からないだろう。

「お疲れさま。ゆっくりしていかんですか」

母親が玄関横の庭に車を停め、後ろを振り向いて涼やかな声で謂った。

辻山の家は集落の真ん中辺りにあり、他の家より敷地も広く家も大きかった。庭はよく手入れしてあり、父親の趣味なのか盆栽がいくつも並べてあった。

庭の隅には夾竹桃と百日紅の紅い花と、槿《むくげ》の白い花が今を盛りとばかりに咲き誇っていた。その花々の向こうには、コバルトブルーの根獅子の浜が幸市と久美子を呼んでいた。

辻山が幸市に寄って来て、さり気なく囁《ささや》いた。

「ようあげんブスと付き合うとるな」

汚辱されてムッとした。幸市の心情を斟酌《しんしゃく》するように、

「まあまあ……、おいの許嫁《いいなずけ》ば紹介するけん」

「許嫁?」

意味を謀りかねた。辻山は足早に出て行くと、暫くして女性を伴って帰って来た。

「紹介するばい。オイの許嫁たい」

彼女は大柄で辻山より背が高く、ショートパンツにブラウスというラフな格好で、長い髪を結び前に垂らしていた。太めの長い脚と厚い唇が肉感的で、焦点が定まらないような眼付きが印象的だった。

「中野亜希です」

か細い声でそう謂って、頭をペコリと下げた。彼女は、水方《みずかた》を長いこと務めた長老の孫に当たった。辻山が2人の疑念を解くように、

「カクレは、仲間内だけしか結婚は認められとらん。小さか時に親同士が決めたとたい。おいより1つ上で、平戸の高校に行っとる」

幸市の頭はまだ宙を舞っていた。辻山が2人を促し、浜へ向かった。亜希は感情を表すのが苦手なのか、無表情で3人の跡をトボトボと付いて来た。

海水浴客で賑わっていた。1キロはあるだろうか、白い砂浜が広がり、波は静かで水は澄んでいた。沖の鮮やかなコバルトブルーは南国の海を思わせ、砂浜の背後には集落への風と砂の侵入を防ぐため、松が生い繁っていた。

「綺麗《きれ》かやろ。根獅子の自慢ばい」

「黒島には海水浴場のなかけんね。こげん綺麗《きれ》かとこで泳いでみたか」

久美子はサンダルを脱いで波打ち際で戯れ、無邪気にはしゃいだ。辻山はそんな彼女の明るさを、眩しそうに見入っていた。

「こん浜で、たくさんの殉教者が出たとたい」

辻山が浜の右奥の海面から顔を出している大きな岩を指差した。

「こいが昇天石ばい。こん岩でおろくにん様が処刑されたとたい」

「へえ……おろくにん様て誰ね？」

「キリシタンの6人の家族たい」

「それでおろくにん様か……」

その岩に子供らが乗っかって遊んでいる。

「昔はそん岩に乗ったら祟りがあると謂われて、絶対乗らんやったもんたい。そんおろくにん様ば葬ってあるとが、あの大石脇《ウシワキ》の森ばい」

ここからは見えないが、右後方を指差した。浜から上がり、大石脇の森に歩いて行く。亜希だけ遅れてだるそうについて来る。

「他にも〝麦穂のマリア伝説〟もあるばってん、こいは伝説で真実味のなか」

大石脇の森の入口に差し掛かった時、辻山が、

「この先は靴ば脱がんば」

「えっ……？　どげんしてね」

「小さか時からの習わしばい。小学生の時、こん森の掃除当番になったら竹箒で石の祠の周りば掃除しよったとたい。そん時も裸足やった。冬の寒か時もよ。昼間でも薄暗く不気味やったばってん、親しみば感じる所やったとばい」

「へえ…おろくにん様ば敬うて、よか習慣ばい」

久美子がサンダルを脱ぐと、辻山は笑いながら、

「冗談ばい。昔の話たい。今はそげん必要なか」

小さな林を、1歩ずつ噛みしめながら歩いていく。森閑《しんかん》として、厳かな空気が流れていた。

幸市は霊気が漂っているのではないかと思った。

その時、久美子が突如両手を抱え込み、こめかみに指を当てて辛そうにした。

「寒気がして、頭がキュンと痛うなった」

「急にどげんしたと？」

幸市が心配そうに声を掛けた。

「分からんばってん、大したことなか」

おろくにん様を祭ってある石の祠に辿り着いた時、振り返ると辻山と亜希が抱擁し、キスをしていた。

幸市は目の前の出来事が信じ難かった。久美子も気付いて、気恥かし気に目を逸らした。背の高い亜希がやや首を傾《かし》げ、長いこと唇を離さない。さらに彼は右手で亜希の豊満な乳房を鷲掴《わしづか》みにし、激しく揉みしだいた。彼女は顔を左右に振りながら、堪らず唇を離し、切ない吐息を大きく放った。

彼は亜希の体を離し、幸市と久美子に向かってニヤリと不敵な笑いを投げかけた。亜希は呆けたように、官能の渦の中に未だに彷徨《さまよ》い、定まらぬ視線が空中を泳いでいた。

「亜希はおいの謂うことは何でも聞く。裸になれて謂うたら、裸になるとも厭わん」

彼はうそぶいた。それに対して亜希は否定も肯定もしなかった。

何故に彼は見せつけるような行為に及んだのか？　２人に対する敵愾心《てきがいしん》だろうか？　それとも彼のコンプレックスの証左だろうか……。

幸市は彼の内に潜む得体の知れなさを知っていたが、それにしても不可解だった。

森の出口に差し掛かる時、風も無いのに森の木々が突如ザワザワと騒ぐのを、幸市だけが気付いて見上げていた。何かを語り掛けているようだった。

森から出ると、久美子は何時もの元気さと明るさを取り戻した。

「さっきは何やったとやろ？　不思議やったばい」

「この森にはおろくにん様がまだおるごたる気のする。クミに何か訴えたかったとかも知れん」

「どげんことば？」

「さあ……」

幸市はそう謂いながら、もう1度大石脇の森を振り返った。家へ帰る道すがら、辻山が幸市に近づいて耳打ちした。

「谷村は女ば知っとるとね？」

この質問は、彼の下宿に初めて訪れた時にも発せられた。その時は笑って誤魔化したが、今回は「いや」とだけ答えた。

「そうか……。彼女と出来んとなら、あいつば貸してもよかばい」

と謂ってニヤリと笑った。幸市はその笑いが悍《おぞま》しかった。

辻山は家の前まで来ると、亜希にもう用済みとばかりに手を振った。彼女も幸市と久美子にニコリと笑いながら、頭をペコリと下げた。彼女が見せた初めての笑顔だった。笑うと可愛いのに、損な性格だなと久美子は思うのだった。

久美子は亜希の後姿を見送っていた。泰山木《たいざんぼく》の白い花を何故か思い浮かべた。憂いを秘めたゆるりとした歩調は、生きるのを億劫《おっくう》がっているように見えた。

久美子が少し遅れて家の中に入ると、辻山の父親が外出先から帰っていた。五十路《いそぢ》に届くか届かない位だろうか、白髪混じりで厳めしそうな四角張った顔付きだった。畑仕事で鍛えた小柄ながらガッチリとした体格で、目付きの鋭さが意志の強さを物語っていた。

「ようくおいでなさった。純一郎がお世話になって、恐縮ですばい。口に合わんやろばってん、昼ば用意してますけん、さあ……遠慮のう」

にこやかに笑うと、顔付きは好々爺に豹変した。無意識のうち2つの顔を使い分けているのだろう。

ソーメンと天婦羅に川内《かわち》蒲鉾で、ソーメンのツユは、アゴ出しだった。

「アゴの出しは旨かですね」

幸市がソーメンを啜りながら謂うと、

「出しはアゴが一番ばい。味噌汁にも使うとる」

父親はアゴ出しが自慢らしかった。食事後、幸市は質問をぶつけた。

「小父さんは惣代《そうだい》らしかけど、神様て謂われとるとですか？」

「ワシは神様じゃなか。ウチにカクレの神様が置いてあるけんそう呼ばれとるとやろ。どこにでも居る小父さんたい」

「ウチの父は帳方ばってん、どう違うとですか？」

「基本的には同じやろ。ただ……外の者《もん》が神様視するけん、変なことは出来んとたい。根獅子の誇りば守るために辻山家が代々、惣代職ば継いできたと」

辻山は俯いたまま一言も発せず、顔面を紅潮させて聞いていた。父親が畳みかけた。

「純一郎は遅くしてやっと授かった独り息子たい。辻山家だけじゃのうて、こん町の将来ば背負っとると。カクレの行事の費用は、全て町費で賄うとるくらいやけんね。４００年伝承のこん信仰ば、どげんして先祖本来の宗教性に高めて位値づけるか、当面する課題たい。ワシの後継の純一郎に期待がかかっとると」

険のある止《とど》めの一撃が、辻山の胸を貫いた。

気まずい沈黙が流れた。父親だけは何も気付かず、煙草に火を点け大きく煙を吐いた。幸市は嵐の予感がした。身震いしながら待っていた。

――すると、

「父さんの期待に添うよう、出来るだけ頑張るけん」

幸市は突如、闇討ちにあったような衝撃を受け、眩暈《めまい》を覚えた。

(現状打破だ、過去の遺物は破壊せんばいかんと、声を荒げて叫んでいたのは何処のどいつだ？)

父親は満足そうに大きく頷いた。久美子は幸市の気配を察し、話題を変えた。

「先程、大石脇の森ば通った時、霊気ば感じたとばってん、おろくにん様が何か訴えとったとでしょうか？　家族はどげん構成やったとでしょうか？」

父親が身を乗り出すようにして答えた。

「夫婦と娘3人で、長女のお腹に子供がおったげな。合わせて6人たい」

「長女のお腹に子供が？　旦那さんは？」

「男はどっからか流れ着いて、働き者じゃったけん長女を娶《めと》らせたげな。ところが結婚した翌日に男は居《お》らんごとなって、気が付いたら役人に取り囲まれて昇天石で処刑されたとたい」

「薄情か男ばい。賞金に目が瞠《くら》んだとやろか？」

「そげんやろ……」

「そしたら、長女の霊やろか？」

「さあ……キリシタンやけん、男ば何時までも恨んどるなんて考えられんし、なんやろうかね？」

「ところで、オラショば聴かせて貰えませんか？　どげんとか聴きたかです」

久美子が頼むと、小父さんはちょっと考えて、

「本来なら、人には聞かせちゃいかんとばってん、ちょっとだけ特別に唱えてみようかね」

すると、炊事場に居た小母さんが飛び出して来て、

「あんた、それだけは絶対に止めてくれんね」

今にも泣き出さんばかりに哀願した。あまりのことに幸市と久美子は驚いたが、小父さんは奥さんの肩を叩いて謂った。

「分かった分かった。唱えんけん、安心せんね。こいつは、オラショば声に出して唱えたら、祟りや神の怒りがあるて心配しとっとですばい」

「そうでしたか……。迷惑ばかけてすみませんでした」

久美子は恐縮した。辻山は両膝を抱え込み、別の次元を彷徨っているようで目は虚ろだった。

午後から小父さんは畑仕事に出掛け、小母さんは庭で花木の手入れを始めた。

幸市と辻山の間には沈黙が続いていた。久美子がトイレに立つのを待っていたかのように、辻山が突如口を開いた。

「いいもんば見せてやる」

「えっ？　いいもんて……？」

「神様たい」

幸市の好奇心が騒いだ。辻山は仏壇の横の小さな納戸を慎重に開けた。正面に幼子イエスを抱いた「納戸の御前様」と呼ばれるカクレの聖画像が架けられ、その前に小さな木製のマリア像が立っていた。

木製ゆえ、顔の細かな表情など分からなかったが、胸の前で合わされた両手と、身に纏《まと》った着衣はまさにマリア様だった。

仏壇に祀ってあるのは仏教を装うための表神であり、納戸に隠したのはキリシタン信仰を秘匿するための隠し神だった。

（——これが、カクレの神なのか……）

幸市は胸が震えた。思わず両手を合わせた。

「大晦日の時だけ父が開けて拝むとたい。長男のおいだけは一緒に拝むことが許されるけん、何度も見たことがある。ばってん、他人に見せるとは絶対にタブーたい」

「敢えておいだけに見せたとね。そんタブーば犯せば——、」

その時、久美子が戻ってくる物音が聞こえた。辻山が慌てて扉を閉じようとした時、マリア像の両目が微かに光を放ったのを幸市は確かに見て、ハッとした。辻山はまるで気付いてなかった。

「彼女には内緒ばい」

「ああ……分かった」

根獅子の人達が恐れる祟りや神の怒りとは、何だろうか……。黒島にも祟りを恐れる信仰はなくはないが、何故に自分にだけカクレの神を見せたのだろう。彼の得体の知れなさをまたも見せつけられて、幸市は困惑した。

久美子が戻ってくると辻山は、

「平戸への帰り道やけん、送りがてらに安満岳《やすまんだけ》に登らんね。安満岳は神道や仏教、キリシタンの習合した霊地たい。こん山にはキリシタンの神様が鎮座しとる」

「へえ……そげん山なら登ってみたか。ねえ、コウちゃん？」

「ああ…登ってみたか。どんくらい時間のかかるとね？」

「登って下りて、1時間もかからん。500メーターちょっとしかなかけんね」

「丁度よか、そん位の山なら。早速行こう」

幸市のやる気に促されて、辻山は庭に居る母親を呼んで車の運転を頼んだ。

「あらそうね、安満岳に行くとね。平戸は観るとこがなかけんね」

小母さんはすまなさそうに言い訳した。地元の人間は地元の良さを得てして分からぬものだ。

安満岳は島の中央部にあり、海岸沿いに走って山道を北上すると、丸味を帯びたなだらかな山容を現した。30分程で登山口に着くと、小母さんは、

「待っとるけん、ゆっくり行って来んね。気を付けんばよ」

「わかっとる。1時間ぐらいで帰って来るけん」

歩きやすく整備された参道だった。10分ほど行くと鳥居があり、それをくぐると今度は石を積みあげた参道が続いた。

難なく山頂に着くと、鳥居があり、その先に拝殿があった。その裏の奥まった林の中に、石の祠があった。

「ここに隠れキリシタンの神様がおらすとよ」

彼はいつもと違った厳かな声音で幸市と久美子を誘《いざな》った。2人は緊張した面持ちで石の祠の裏に回った。彼が指差した先には、十字が刻まれた印《しるし》があった。そこにはロウソクを立てた跡が残っていた。

「こいが安満岳の奥の院様たい」

彼は意外にも、奥の院様の前に片膝を立て、十字を切って手を合わせた。

「父親に否応なしに連れられて、もう何遍もここに来た。ばってん、来る度信心しとるしとらんは別にして、何か感じるもんがあるとたい」

「確かに、平戸の人達が信心しとるとが分かる気がするばい」

幸市はしんみりと返答した。山頂から横の岩場に出ると切り立った崖になり、そこから眼下に生月島がくっきりと見えた。

「生月や根獅子の漁師も、ここの奥の院様に向かって祈るとばい」

幸市と久美子は黙って頷いた。暫く間を置いて、辻山が切り出した。

「いつか問い糺《ただ》されるやろけん、先に答えとく。親父の後継ば否定せんやった理由たい。おいの放埒《ほうらつ》なもの謂いも、親に逆らえんで古い家の因習に縛られとる情けなか男も自分たい。両者が未だ悶えとる」

幸市はまだ理解出来なかった。彼の描いた絵を思い出した。

「あの絵の〝叫び〟は、己の心の叫びやったとやね」

「そうかも知れん……」

「亜希さんはどげん存在ね？」

「おいの弱さたい」

彼はポツリとそう謂って、生月島の遙か彼方の海を見遣った。

第13章　檸檬《れもん》の詩

夏休みが終わり、2学期が始まって数日経った頃――。

休みボケもなんとか解消し、何時もの日常が戻り久美子がクラブ活動を終えて寮に帰った時だった。

玄関横のカウンターに郵便物は並べてあるのだが、自分宛の封書があるのに気が付いた。幸市の字ならすぐに分かった。見慣れない筆跡だった。

差出人を見て「あっ」と思わず小さな声をあげた。辻山純一郎とあったからだ。彼女はドギマギとして落ち着かなかった。どういう手紙だろう。すぐに開封するのを躊躇《ためら》い、机の上に放った。何故か嫌な予感がした。出来ることなら見なかったことにして、破って捨ててしまいたかった。

その時、同室で仲良しの朝長順子が入って来た。咄嗟《とっさ》に手紙を抽斗《ひきだし》にしまい、2人して食堂に行った。

それから抽斗は開けずじまいで、開封したのは3日後だった。内容は、恐れていたことが的中した。

突然の便りに驚きのことでしょうが、平戸の港で初めて貴女に会った時から、理性を喪失し、倫理観や道徳観も何処かに捨て去ってしまいました。あの日、自分をコントロールするのが大変だったのです。

恥を忍んで、この便りを認めているのです。自分には許嫁がいる身、それも承知の上。貴女も谷村と付き合っている身、無論それも承知の上。

――結果、義理も友情も壊れても詮無いこと。覚悟を決めてのことです。大石脇《ウシワキ》の森で亜希とキスして見せたのは、貴方達2人に対してのコンプレックスです。所詮、彼女は親同士が決めた相手。愛情なんてありません。彼女だって同じこと。カクレは既に過去の遺物と否定する考えと、捨て切れん何かがあるような気もするし……。他愛もない伝承かも知れない「オロクニン様」や「麦穂のマリア様」など、心の何処かで根獅子の者《もん》はこだわっているのです。同じカクレの貴女なら、この辺の心の葛藤は分かって貰えるでしょう。

――かと謂って、親の謂いなりになる自分も情けないし、遮二無二新しいものを創り出そうという情熱に欠ける自分も情けない。逃げ出す勇気もない。まるで袋小路で踠《もが》く憐れな小ネズミです。

どうして生きていけばいいのか、貴女に教えて欲しい。貴女となら見つけられるような気がするのです。貴女がいれば、古い因習から脱け出して新しい道が見つかるような気がするのです。どうか憐れな子ネズミを救うため、お情けを下さい。

貴女を想い、一篇の詩を書きました。

檸檬の詩

嗚呼、檸檬レモン
手の平でスッポリと遊ぶ
無垢なる楕円のボール
世間離れした陰々たる此の里の
庭先に咲かせてみよう
真白い甘い香りの其の花を
やがて撓《たわ》わに実った
黄色い其の実を
陽光に向かってかじると
歯の間から虹色の飛沫が
飛び散るだろう
其の虹が里の空を七色に染めるのだ
彼《か》のファンタジックな光景を思う度
焦がれた夜は果てなく過ぎてゆく

内田久美子様

辻山純一郎

久美子は大きな溜息を洩し、困惑した。返事は決まっていたが、幸市にどのように報告しようか迷った。すぐさま報告すると告げ口するようで、2人の仲は破綻するだろう。幸市には後々報告しようと思った。

返事は中途半端な書き方はせず、はっきり断りの意思表示をした。付き合うつもりはない旨と、亜希さんの立場を慮《おもんばか》るよう付け加えた。久美子の精一杯の思いやりであり、最後通牒のつもりであった。

――しかし、投函して1週間後には2通目が届いた。同じような文面で、彼女は迷った末、返事は出さず無視することに決めた。

それにも拘わらず、3通目が届いたのは秋の気配が漂う10月の初め頃だった。付き合って欲しいという心情が切々と伝わってきたが、やはり無視した。

幸市への報告は、この頃にすれば一番良かったのかも知れないが、辻山純一郎の真心を反故にするみたいで憚られ、ついつい先延ばしにしてしまった。彼女の優しい性格故だった。

4通目が来たのは10月の終わり頃だった。読むのも億劫だった。今回の内容は趣が少し違い、カクレの神の祟りについて延々と書いていた。それを恐れているのか、逃れるには貴女の助けが必要だと、切実な願いが込められていた。

5通目はそれから1か月ほど経って忘れかけている時で、さすがに疎ましく読む気にもなれず、机の抽斗に入れっ放しだった。数日して封を切らず、破り捨ててしまった。

それ以来、彼からの手紙は途絶えて、やっと解放された気分になり安堵したのだった。

昭和42年（1967）の正月――。

東京都知事に美濃部亮吉が当選し、初の革新都政が誕生した年だ。

幸市は高校2年の冬休みを黒島の実家で迎えていた。黒島の冬は比較的温暖で、めったに雪が降ることもなく、炬燵《こたつ》だけで過ごすことが出来た。

姉の冴子が1昨年の夏休み終盤に家出して以来、2度目の正月だった。家族の傷はまだ癒えてなかったから、なんとなく家の空気も重苦しく、落ち着きがなかった。だから、両親は幸市の帰省を素直に喜んだ。

その後、冴子からの音信は不通で、大阪の電器会社で働いている以外何も分からなかった。だから、なんとなく冴子の話題を出すことは憚られた。

幸市は父親が唱える大晦日と元旦のオラショを、後ろに座って聴いていた。

帳方を勤める谷村家で1月3日に「初穂開き」が行われ、各戸主が訪れて新年の挨拶をした。幸市の小さい頃は祝いの膳を設け賑やかに行われていたが、今は簡素化し御神酒とお初穂を捧げ、オラショをあげた。次いで、茶碗の御神酒を全員で廻し飲みして、初穂開きは終了した。

その後、気のおけない数人が残って飲み会が始まった。お水方の久美子の父親も酒が好きで、幸市の父親と同じ支所勤めということもあって、四方山話に花を咲かせていた。

幸市は受験が控えてることもあって、部屋に籠り勉学に励んでいた。息抜きに部屋を出ると、飲み会はまだ続いていた。居間のテレビは点けっ放しになって、地元局のニュースが流れていた。

「本日午前10時頃、平戸発平戸口行きのフェリーから高校生の男女が身を投げ、救助されましたが2人とも死亡が確認されました。身元は身分証明書から、平戸市根獅子町のA君17歳と、同じくB子さん18歳と判明しました。詳しい動機は分かっておりません……」

幸市は目の前が真っ暗になった。名前は伏せていたが、辻山と亜希さんだと確信した。青天の霹靂《へきれき》とは正にこのことだ。そんな素振りは一切見せなかったし、相談もなかった。何故……死を選んだのか。亜希さんまで伴なって……。

ガックリと膝をつき、動けなかった。酔客達も幸市の異変に気付き、声を掛けた。父親が耳元で叫ぶ大声にやっと我に返った。

そう謂えば、思い当たることがあった。冬休みに入った夜、突如、貸していた本を彼が下宿先まで返却にやって来たことがあった。それが別れのつもりだったのか……。

——その時、久美子が息せき切って駈け込んできた。


翌日の新聞を開くと、地方版に小さく「高校生が心中」という見出しで出ていた。動機は不明で、名前はやはり伏せてあった。

カクレの葬儀は亡くなってから2日後で、明日行われる筈だ。久美子に相談すると、彼女も一緒に行きたいと謂う。

朝一番のフェリーで出た。心は重く、無言だった。平戸へ向かうフェリーでは、2人が入水したと思しき海に自然と目が行った。小さな渦が逆巻き、揺れ動く心を泡の底に誘っていた。

ふと、久美子が呟いた。

「なして2人は安易な道ば選んだとやろか?」

「おいにも分からん」

幸市はぼんやりと、聖ザビエル記念聖堂の尖塔を見ていた。

バスで紐差まで行き、そこからタクシーを拾った。辻山家に着くと、葬儀の手伝いの人達が忙《せわ》し気に動き回り、家の中から坊さんの読経が聞こえてきた。庭には花輪が飾ってあり、見た目にはごくありふれた仏式の葬儀だった。

幸市と久美子は記帳をすませ、庭先で読経を聞いていた。これはカクレの葬儀のカムフラージュで、近所の何処かで経消《きょうけ》しのオラショを唱えている者が居る筈だ。

読経が終わると坊さんが出て行き、やがてお水方がオラショを唱えた。そして家祓《いえはら》いの儀式が行われた。死者が出た家を清める意味である。

イズッポという枝で十字を印しながら聖水を振りかけ、家祓いのオラショを唱えた。呪文みたいで意味は不明だったが、「サンタマリアサマニ、モウシアゲタテマツル……」だけは分かった。

儀式が終わると、幸市と久美子は棺の前に通された。両親は独り息子で大切な跡取りを失い、悲嘆に暮れて生気を失くしていた。2人を見つけると、

「よう来て下さった。顔ば見てやってくれんね」

「こんたびは、何て謂うたらよかか分からんです」

顔は安らかで、眠っているようだった。胸の上に死者へのお土産として、オマブリ（お守り）が乗せてあった。オマブリとは、半紙を小さく十字の形に切ったもので、悪霊祓いの護符であった。

2人が辞去しようとすると父親に呼び止められ、

「純一郎がどげんしてこげんことになったとか、思い当たらんですか？」

「一昨日からずっと考えとっとですけど、分からんとです。一言も喋ってくれんで、おいも悲しかです」

「そげんね……。子供に理由も分からんで死なれることほど、辛かもんはなか……」

父親の絞り出すような嘆きに、2人は思わずむせび泣いた。


平戸口へ向かう帰りのフェリーの中で、久美子は喉元まで出かかったものを吐き出したくて、思い詰めた表情で幸市の目と対峙した。

「コウちゃんに、謝らんばいけんことがあると」

「何んね？」

「実は、去年の夏休みに根獅子ば訪れた後、彼から手紙ば貰うたと」

「えっ……？　辻山から手紙ば？　どげんことね？」

頭に血が上がり、語気を荒げた。

「ウチもよう分からん。コウちゃんとの友情も、亜希さんとの関係もどうなったって構わんけん、付き合うてくれて……」

「信じられんばい。そんしても、なして直ぐに謂わんやったとね」

「ゴメン。2人が仲違いすると思うて……、謂いそびれてしもうた」

「返事は出したとね？」

「最初の1通だけ。はっきり断ったとばってん、そのあと4通も……。最後の手紙は読む気にならんで、破って捨ててしもうた」

「最後の手紙はいつ頃ね？」

「12月ぐらいやったと思うばってん……」

「クミに失恋した痛手も、原因のひとつかも知れん」

彼の自殺の動機が意外なことに、久美子が関わっていたという事実に幸市は仰天した。

「そげんこと……。情けをかけとったら、自殺ば思い止まったかも知れんばってん、出来んやった」

「うん……」

「4通目の手紙に、神の祟りから逃れるためウチに助けて欲しかて……。ちょっと気色の悪かったとば憶えとる」

「祟り……？　彼の性格からして、祟りなんか信じん男やのに……」

幸市はふと、納戸の中のカクレの神様の目が光を放ち、大石脇の森で風もないのに木の枝がざわめき立つシーンを思い出した。

「祟りも関係あるかも知れんし、惣代の後継問題も……。クミが破った最後の手紙に、その辺の胸の内ば吐露しとったかも知れん」

「うん、今になってそう思うばってん、しょんなか。亜希さんも道連れにしたとは、なしてやろか？」

「分からん…。彼の弱さやろか……女々しさやろか……？」

「彼は亜希さんのこと愛してたとやろか？」

「……いや。彼女も愛しとらんやったやろ……」

フェリーが再び潮流が激しい渦の逆巻く箇所を通った。辻山は飛び込む瞬間、何を思ったのだろう。幸市はジッと渦に見入っていた。

この世の苦界におさらばして、来世に亜希さんと夢を馳せたのだろうか。最後まで得体の知れない男だったが、渦の中に謎を巻き込んだまま逝ってしまった。

第14章　卒業旅行

昭和43年（1968）3月――。

前年からミニスカートがブームになり、この年にはすっかり定着して世の男性の目を楽しませていた。また、12月には3億円事件が起きた年である。

幸市は熊本の国立大と、関西・東京の私立大を受験したがいずれも失敗し、浪人を余儀なくされた。今後のことを父親と相談したかった。

「受験は全部駄目やった。浪人ばさせてくれんね」

「浪人はよかばってん、予備校にちゃんと通わんばぞ」

「うん、予備校は東京に行きたたか。来年は私立1本に絞るけん」

「佐世保じゃ駄目とか？」

「東京の方が有利たい。経費はかかるばってん、バイトして頑張るけん」

バイトして頑張るという前向きさが効いたのか、意外とあっさり容認してくれた。とりあえず進路が決まり、ひと安心だった。

久美子はエスカレーター式で短大入学が決まった。正月休みに会って以来、彼女のヘアスタイルが変わっていた。髪を伸ばすつもりか、襟脚が隠れ、短めだった前髪も伸ばしていた。

「髪ば伸ばすとね。ショートカットでも悪うなかったとに」

「短こうしとったとは、バレーボールばやっとったけんよ。これからちょっとは大人っぽくせんば」

彼女は気取って、右手で襟髪を持ち上げた。

「東京の予備校に行くことにした。親には全面的に甘えられんけん、バイトばやりながら頑張る」

「そげんね。応援するけんね」

3月ともなると島はすっかり春めいて、梅は既に終わり、桃が咲き始めていた。時折、鶯が未熟な鳴き声を披露していた。

2人は島のあちこちを漫《そぞ》ろ歩き、彼女の家の近くの中学校に寄ってみた。中学校も春休みに入って、サッカー部がグラウンドを駈け回っていた。その中に彼女の弟の雅之がいた。2人に気付いて手を上げた。

久美子が提案をした。

「コウちゃんが東京に行ったら会えんごとなるけん、長崎に行かんね？」

「よかばってん、クミの大学は長崎やろが。何時でも行けるたい」

「コウちゃんと思い出ば作っておきたかと」

翌日出掛ける約束をしたが、久美子は母親に猛反対された。

「冗談じゃなか。フェリーの最終は5時ばい。長崎まで行ったら帰って来れんごとなる」

「長崎ば2時に発てば充分間にあうばい。心配せんでよか」

「男と2人きりで行くもんじゃなか。コウちゃんと付き合うとは止めんねって、前から謂うとろうが」

「訳の分からんことば謂わんで。ウチはもう大学生ばい。自分のことは責任をもって行動するたい」

そこまで謂われて、母親は引き下がるしかなかった。


翌朝、幸市はフェリー乗り場で久美子を待っていた。出航5分前に息せき切って駆けて来る彼女が見えた。赤を基調にしたチェック模様のプリーツスカートに、薄手の赤いセーターが躍動していた。靴は太目の踵の高いパンプスで、大人の雰囲気を醸していた。

今までとは違ったキャンパスファッションに、幸市は目を瞠《みは》った。自分の変哲もない地味な服装が見窄《みすぼ》らしく見えた。

「ごめん、遅うなってしもうて」

彼女は息を弾ませながら謂い訳した。遅くなった理由が、今日のために初めて試した化粧のせいだとは謂わなかった。アイシャドウとアイラインを薄っすらと引き、眉もほんの少しカットして僅かに眉墨で描いていた。彼はまるで気付いてなかった。

フェリーの中で、久美子は出掛けにまたもや母親と口論して、振り切るようにして出て来たのを苦々しく思い出した。父は母を窘《たしな》めるように、「もう大人やけん、信用してやらんね」と謂ってくれたが、母は執拗《しつよう》だった。娘のことを思ってのことだろうが、嫌な気分だった。

しかし、彼とこうして、いわば卒業旅行が出来ることが嬉しく、笑顔を交わすうちに嫌なことを忘れてしまった。

長崎に着くと、早速市電でオランダ坂へと向かった。久美子が4月から通う大学を見るためである。オランダ坂の上にある東山手の洒落た学舎《まなびや》は、周りの異人館に溶け込み異国情緒をいっそう醸していた。

「この学校に通うとよ。ちょっと中ば見て行こう」

校門には厳めしい守衛が立っていて、怪しい男の闖入《ちんにゅう》を見張っていた。4月からの新入生同伴ということで、特別許可を貰った。

カトリック系の女子大らしく洋風で清楚な校舎の庭には、シンボル的存在の大きな楠が、女学生達を見守るように枝葉を広げていた。

幸市が木漏れ日の眩しさを、目を瞠って顔に受けていると、

「こん楠に登ったら、良か事があるて言い伝えがあるとげな。コウちゃん、手伝うて」

「スカートで登る気ね。無茶ばい。止めたがよか」

彼女は構わず片足を掛けて登ろうとしたが、弾みが足りなかったせいで、中途で止まったまま動かない。

「助けてっ!」

彼は慌てて、丸味を帯びたやや固めの小さなお尻を肩で担ぐように、勢いをつけて持ち上げると、樹の二股まで一気に登った。

「わあっ、すごか。登れたばい。けっこう高かあ……。良か事があるばい」

「重かったばい。ギックリ腰になるて思うた」

「失礼か、48キロしかなかとに。飛び降りるけん、男やったら受け止めてみんね。よかね、それっ!」

久美子はいきなり飛んだ。心の準備が出来てなかった幸市は、慌てて身構えた。思いもよらず遠くへ飛んだ彼女が、被《かぶ》さるように倒れ込んできた。彼女の胸に顔を埋めて、腰を抱いたま

ま仰向けに倒れた。

「キャーッ、何んね、だらしんなか」

そう謂いながらも彼女は暫く、彼の顔面から胸を離さないでいた。彼は彼女の胸がさらに豊かになったのを感じながら、悪戯心を起こし、顔で胸をグリグリと擦りつけた。直に弾力が伝わり、心地よかった。

彼女の口から、「はあ……」と小さな切ない吐息が漏れた。

「何んばすっとね」

と謂ったが、言葉に力がなかった。自分から胸を離さなかった。彼も出来ることなら、このままずっと居たかった。

ゆっくりと、どちらからとなく立ち上がり、

「あんまりのんびり出来んばい」

幸市は久美子を促した。楠の大木は2人を見守るように、静かに枝葉を揺らしていた。

石畳のオランダ坂を下りながら、幸市が尋ねた。

「次は何処ば回るつもりね？」

「浦上天主堂と如己堂にも行きたかとばってん、時間がなかごたる。十字架山だけはどげんしても登りたか」

「十字架山？　山に登るとね？」

「山て謂うても、丘らしか。10分位しかかからんて。高校の同級生で、浦上から通うとる人が教えてくれたとよ」

浜ノ町からバスに乗り、浦上天主堂の下を通って本原町で降りた。そこから坂を少し上がると、聖フランシスコ病院があった。その向かい側の住宅地の間を縫って、急な坂道を一気に登り切ると頂上だった。

3段の礎石の上に、大きな十字架が建っていた。頂上から浦上の町が見渡せた。春霞がうっすらとかかり、何処かで犬の鳴き声が小さく聞こえた。

「長閑《のどか》やねえ……。時間が経つとば忘れるばい」

ふーっ、と大きく息を吐いて、幸市は草叢《くさむら》に寝そべった。彼の横に座って久美子がしんみりとした面持ちで謂った。

「こん浦上は、ずっと辛か目におうてきたとげな」

浦上の友達から聞いたのだろう。

この十字架は、明治14年（1881）、浦上の村人全員の結束のもとに、禁教時代の絵踏みの罪の償いと苛酷な拷問に耐え、信仰を守り通し信仰の自由を得させてくださった神の加護への感謝の気持ちで建立された。

キリシタン村の浦上では、250年以上にわたる信仰弾圧のもと、教会の保護もなく弾圧を忍びながら、親から子に信仰を守り伝えたのである。そしてついに、1865年3月17日、大浦天主堂でプチジャン神父に信仰告白をしたのが、浦上村の杉本ゆりだった。


鳶《とび》が1羽、上空をのんびりと同じ場所を何度も旋回していた。

幸市は身を起こして謂った。

「苛酷な迫害ば受けたこん町に、さらに試練が待っとったとやろ。原爆ば落とされたとたい。浦上の人達は辛かったやろうな。試練の連続で……」

「ばってん、辛か目におうて平和の有難味がよう分かるとじゃなかと？ 迫害の時代ば経て、信仰の自由も克ち取って、原爆に負けんで立ち直って……、浦上は前ば向いて生きとるばい」

「うん、浦上ん人達は強か。へこたれん根性ば持っとる」

それに比き較べて自分は……と謂いかけたが、幸市は口を噤《つぐ》んだ。

鳶が何時の間にか番《つがい》になり、ピーヒョロロー……と、長閑な声で鳴きながら仲睦まじげに2つの輪を描いていた。

2時発の佐世保行き特急バスに慌《あわ》てて飛び乗り、2人は荒い息を吐きながら顔を見合せて笑った。なんとか最終フェリーに間に合うだろう。

昼食に思わぬ時間を取られ、慌ただしい日程だったが楽しかった。浦上に行けたことは収穫だった。久美子は大学に通うようになったら、もう1度ゆっくりと浦上を回ろうと思った。思い出しながら回れば、それも楽しいだろう。

諫早の街に入り、事故でもあったのか渋滞が始まった。多少の時間の余裕があったから、気にも止めなかった。ところが、大村の市街地でも渋滞があり、気が気でなくなった。

終着の佐世保には、30分遅れの4時半着だった。すぐさま相浦港行きのバスに乗り換えた。5時の最終フェリーに間に合うか微妙だ。非情にも夕刻のラッシュに差し掛かり、港に着いた時には既にフェリーは桟橋を出たあとだった。

幸市はしゃがみ込み、過ごすべき夜の到来に罰が悪そうに、小さく消えゆくフェリーに目を遣っていた。

久美子は残念な気持ちと喜びが拮抗し、来たるべき時の到来を潔く運命と受け止めた。幸市に男らしい決断が迫られた。岸壁に波がぶつかり、白い波頭が飛沫となって彼の足元を濡らした。

幸市は無言で歩き出す。久美子も後に従う。押し黙ったままバスに乗り、佐世保市街地へ舞い戻る。

「しょんなか。今日は泊まって行こう」

幸市は吊り革に掴まったまま、小声で久美子に囁いた。彼女は恥ずかし気に小さく頷いただけだったが、内心ではガッツポーズをして躍り上がった。

駅前のビジネスホテルにチェックインして部屋に入った。久美子は背中を見せてベッドに座り、運命の時を待った。

彼はこういう時にこそ男の真価が問われるのだと己に謂い聞かせ、彼女の背後から肩に手を置いた。彼女が振り向いた瞬間、押し倒して唇を奪った。

何度も唇を求め合っているうち、幸市は彼女が微かに震えているのを感じ取った。彼女は自らこうなることを望みながら、乙女の無意識的な……本能的な恐怖と戦っていた。

久美子が身を捩《よじ》り切ない吐息を漏らした時、僅かに口が開いた瞬間に彼は舌を差し入れた。舌と舌を搦《から》め合うと、蕩《とろ》けるような感触に彼の下半身は一気に反応した。

初めての体験にしては幸市はクールだった。一旦体を離し、互いに衣服を脱ぎ全裸になった。彼女はベッドカバーを剥がし、スルリと掛け布団の下に滑り込んだ。

幸市は掛け布団を引っ剥がし、彼女を剥《む》き出しにした。雄々しく振る舞うのが、男の美学だと謂わんばかりに。

彼女は恥じらって身をくねらせた。幸市は彼女を袴ぐように両膝立ちし、観察した。形のいい乳房が双子の山を形成し、括《くび》れたウエストの下には短か目の若芝が生え揃っていた。

彼は屈みこんで双子の山を掴んだ。弾力のあるゴム毬は手の平から抗《あらが》うように逃げようとしたが、蕾ごとかぶりついた。音を立てて吸い込み、舌で蕾を転がした。そして両手で揉みしだいた。

久美子は声にならぬ声を発して、蛇のように左右にくねった。

己を収めるべく茂みを指先で探ると、濡れそぼった湿地が滑《ぬめ》っていた。指先を僅かばかり差し入れると、得も言われぬ感触が指先に伝わり、彼女は両脚を妖しくくねらせ、またもや声にならぬ声を発した。

幸市は身も心も弾けた。一気に己を貫くと、彼女もトンネルから抜け出た列車のように、晴れやかな青空を見た。さらに天空の花園を何度も旋回し、急上昇と急降下を繰り返しながら燃え尽きた。

翌朝、久美子が目を覚ますと横に幸市が寝ていた。不思議で夢みたいな光景だった。昨夜のことをあれこれ思い出して、彼女は顔が赤くなった。ソッと起きて洗面所に行き、鏡を見た。以前の自分とは違う気がした。どこが違う……？　分からない。でも、何かが違う。

ベッドに戻ると幸市も起きていた。改めて顔を合わせるのが何となく気恥ずかしい。つい、視線を外してしまった。

ホテルを出るのも恥ずかしかった。従業員に全て悟られているようで気まずい。精算を彼に任せ、足早にホテルを出た。陽は既に高く昇っていたが、いつも見る太陽とは何故か違って見えた。

（そげんしても、ビルも街路樹も、昨日とは違うて見える。あの店もこの店も洒落て見える。パリば歩いとるごたる。なしてやろか……？）

ショーウインドウに映った自分の姿を品定めする。昨日よりちょっと大人になったようで、しかも女っぽくなっている。――なんて、悦に入っていた。

バスの中では吊り革に掴まっていると、前の席の同年代の女性がチラチラと久美子を見ていた。気が気でなかった。

フェリーの中で思い出し笑いをしていると、思わず幸市と目が合ってしまった。

「何んば笑いよっとね？」

「別に……。何でんなか」

恥ずかしさで赤面して、顔を伏せてしまった。外に出て手摺りに頬杖を突き、母親にどんな弁解をしようか考えた。

（最終フェリーに間に合いそうになかったけん、長崎で自分だけは高校の寮に泊めてもろう

た。コウちゃんは独りでホテルに泊まったげな)

これが一番だと思い、幸市に辻褄《つじつま》を合わせるためその旨を伝えた。

「分かった。おいはよかけど、クミのお母さんは鋭かごたるけんね。表情に出さんごと演技せんば」

「うん、アカデミー賞の主演女優賞んごたる名演技ばしてみせるけん」

久美子は大見栄を切ってみせた。

自宅に帰ったのはお昼を既に回っていた。幸市は「ただいま」と小さな声で玄関を開けると、母親が胡散臭《うさんくさ》い顔をして出て来た。

「今まで何処に行っとったとね?」

「友達んとこたい。お昼食べとらんけん、頼むばい」

一方、久美子は緊張気味に玄関を開けた。——と同時に、母親が鬼のような形相で立ち塞がっていた。

「今まで何ばしよったとね。あんだけ駄目て謂うたとに、謂うこと聞かんで!」

あまりの剣幕に久美子は冷静さを失い、しどろもどろの言い訳をしてあっさりと白状してしまった。主演女優賞どころか大根役者だった。

母親はペタリとお尻を落とし、頭を抱えて嘆いた。

「なんてことば……。あんだけコウちゃんと付き合うたらいかんて謂うたとに」

「ばってん、ウチは後悔しとらん。コウちゃんが好きやし、コウちゃんもウチのこと大事に思うてくれとる」

母親は暫く動かなかった。久美子は不安にかられた。

――すると、母親は意を決したように俄《にわか》に立ち上がり、

「こっちに来んね」

久美子を奥の部屋に呼び入れた。


昼食をすませた幸市は、自分の部屋で本を読みながら微睡《まどろ》んでいた。母親の呼ぶ声で目を覚ました。

「クミちゃんが来とるばい」

玄関に出ると、怪訝《けげん》そうな顔をした久美子が立っていた。先程とは明らかに違う。

「ちょっと話があると。外に来て」

外に出た幸市は、全てを察知した。

「アカデミー賞の演技が通じんやったとね?」

「そうばってん……、母が話のあるけん教会まで来てって」

「教会に……？」

ただならぬものを感じて、幸市に緊張が走った。

2人が教会の扉を開けると、中にポツンと彼女の母親が座っていた。2人は母親の前の長椅子に座った。すると、母親は徐《おもむろ》に話し始めた。

「あんた達に予め話しとけばよかったとばってん、ワタシだけの秘密やけん話す訳にいかんやった。話せば周りの全てがおかしなことになるけんね。墓まで持って行くつもりやったばってん、話さんばいけんごとなった」

2人は固唾《かたず》を飲んだ。母親の口は重く、なかなか開かなかった。キリスト像を見据えて縋《すが》るように、大きく深呼吸をしてやっと口を開いた。

「あんた達は兄妹たい」

あまりに衝撃的な言葉に2人は口を開けたまま顔を見合わせ、意味が分からず呆けていた。

「そうたい、実の兄妹たい。今からあんた達だけに話すけん、口外は厳禁ばい。わかっとるね？」

2人は「うん」と頷いたが、頭の中は渦が巻いて祭壇の上に鎮座するキリスト像が歪んで見えた。

第15章　秘密の出来事

秘密の話とは――。

久美子の母親・安江が内田家に嫁いだ翌年、終戦後の昭和23年のことだった。安江は21歳で5歳上の内田修造と結婚した。内田家は水方を勤め、安江の実家は聞役という末端の信徒を統括する役職を担っていた。

カクレの世界の婚姻は、概《おおむ》ね組織内だけで親同士が決めて、当人同士の同意は形式だけだった。

安江は佐世保の女学校を卒業以来、専業農家だった両親の手伝いをしていた孝行娘だった。独り娘で、母親が40近くになってやっと授かった子だったから、可愛がられて育った。気立てのいい娘だったから引く手数多《あまた》で、7歳年上の幸市の父親・谷村和雄もその中の1人だった。彼女も和雄に好意を抱いていたから相思相愛と思われたが、彼女の1つ先輩の吉田寿々が和雄を誘惑し、既成事実を作ってしまった。

仕方なく安江は、親の決めた内田修造との縁談に従った経緯があった。修造も和雄も黒島支所に勤めていた。

安江の実家にはかなりの畑があり、両親だけでは手が足りなかった。だから、嫁ぎ先の両親の了解の下、時間が許す限り手伝っていた。

嫁いで1年足らずが経ち、結婚生活にも落ち着きが出た頃だった。9月に入っても秋の気配さえなく、依然灼熱の太陽が我が物顔に照りつけていた。

安江は実家のサトイモ畑の草取りに精を出していた。暑さで両親は畑に出るのが辛かったからである。

支所勤めの谷村和雄が、仕事で中学校に足を運んでいる時であった。

丘陵地にあるサトイモ畑に、草取りをしている安江の姿を見つけた。彼女は屈んで作業をし、時々背伸びするため立ち上がった。和雄は悪戯心を起こし、威すつもりでサトイモの葉に隠れながら近づいて行った。

あと数メートルまで近づいた時、安江はふと立ち上がり辺りを見回した。和雄は慌てて葉陰に身を潜めた。すると、用を足そうと思ったのかモンペの紐を解いて脱ぎ出した。彼はドギマギとして、唾をゴクリと飲み込んだ。

サトイモの茎の間から、白くふっくらとした黒島名物のふくれ饅頭が2つ現れた。饅頭の間から、噴水が勢いよく吹き出るのが見えた。

自分でも心臓の鼓動が高鳴るのが分かった。男らしさに欠ける和雄に火が点いた。行動力の無さが安江と一緒になれなかった要因であることを、彼自身がよく知っていた。

這いつくばって近づいた。彼女は気配を察して、慌ててモンペを上げようとしたが、彼の手が早かった。饅頭を鷲掴みにした。

「あわわっ」彼女は声にならぬ声を発して怯《ひる》んだ。

「しーっ、おいたい。お前の白かふくれ饅頭ば見て、我慢出来んごとなった」

手にさらに力を込めると、指の間から饅頭がはみ出しそうだった。

「なんばすっとね。ウチはもう人妻ばい。そげんことしたら……」

「わかっとる。おいはお前が好きやった。声ば出すな」

「ばってん、ばってん……」

畑の横は雑木林だ。嫌がる彼女の手を強引に引っ張って連れ込んだ。大きめの木に片手を掴ませた。

和雄は背後から上着の下に手を突っ込み、乳房を探すとスルリと手の平に弾力のあるゴム毬が収まった。自分の妻にはないふくよかさだった。安江の夫の修造に嫉妬を憶えた。

双手で毬の弾力を確かめるよう揉みしだく。手の平に毬から吹き出した汗がじっとりと伝わった。彼女は喘ぎ声を抑えていたが、堪らず低く切ない声を漏らした。

彼女は片手で辛うじて掴んでいたモンペを堪らず放すと、ずり落ちて下半身は剥き出しになった。両手で木に掴まり、彼の愛撫に必死に耐えていた。

和雄は己自身を安江の背後から奥深くに仕舞い込んだ。

「和雄さん……もう……こげんことせんで……。これっきりばい」

「ああ……わかっとる。もうせん、誓うばい」

彼の律動に合わせて、彼女も応える。夫にはない荒々しさに彼女は恍惚となり、妻にはない艶めかしさに彼は陶然と酔った。

林の中に妖しい閲《せ》めぎ合いの声が響き、やがて2人が達する時、彼女は天に向かって細くて長い淫靡《いんび》な声をあげた。

数週間後、安江は身籠ったことを感知した。あの時に身籠ったという女としての直感があった。あの後、夫の修造はどちらかと謂えば淡白な方だったから、何日も求めてこなかった。

数か月後、それが確信になった。夫と義理の両親は単純に喜んだが、お腹が大きくなるに従って安江の罪の意識も次第に膨らんでいった。

（過ちば犯してしもうて……、あの時敢然と拒絶する強か意志があったならば……。つい、和雄さんだからと受け入れてしもうた自分が浅はかだったばい……）

安江より数か月前に和雄の妻の寿々も身籠っていて、寿々が先に男の子を出産し、次いで安江が女の子を産んだ。

幸市と久美子という名前だったが、安江は産まれた久美子を見て幸市そっくりなのに愕然とした。舅と姑は修造似だと単純に喜んだが、何時バレるか安江は気が気でなかった。

久美子が成長するにつれ、目元と口元は和雄にますます似てきた。和雄も久美子を見て、あの時の自分の子じゃないかと謂い出しはしないか気が気でなかった。鈍感なのか気づく気配はなかった。

血液型は自分がA型、夫はB型で生まれる子はオールラウンドだから、血液型でバレることはない。この秘密は、自分だけしか知らない。自分さえ黙っていれば何事もなく、皆が平穏無事に暮らせていけた筈なのだ。

——しかし、心配していたことが起きてしまった。

幸市と久美子が、越えてはならぬ一線を越えてしまった。断じてあってはならぬことだった。黙っている訳にはいられない。神の怒りを買ってしまう。今こそ、2人だけに全てを話す機会がやってきた。

2人は腹違いであれ、れっきとした兄妹だ。恋愛もセックスもタブーだし、ましてや結婚などとんでもないことだ。

近親相姦は大罪なのだ――。

話のあらましを聞いた幸市と久美子は、近親相姦という4文字に雷に打たれたような衝撃を受けた。腹違いであれ、2人は兄妹だと謂う。なんということだ。あまりのことに震えが止まらず、言葉すら出なかった。母親が釘を刺した。

「ワタシ以外誰も知らんことたい。他言は無用ばい。よかね、口が裂けても喋っちゃならんばい」

改めて念を押した。久美子の瞼から涙が1粒零れ落ちた。それを合図に滂沱《ぼうだ》の涙となった。

幸市は涙も出なかった。言葉も発せず両拳を握りしめ、突っ伏して声にならぬ声を発した。

奈落の底に突き落とされ、絶望の淵に沈んだ。

久美子とは、興味本位で結ばれた訳ではなかった。互いに魅かれ合い、愛し合ってのことだっただけに、余計に罪深いのだ。

彼女と兄妹だったという事実も驚愕であるが、近親相姦という人間としてあるまじき行為に恥じた。いくら知らなかったとはいえ、罪の意識に嘖《さいな》まれて気が狂いそうだった。

彼女とて同じだった。今までの人生が全否定されたようで、どうすればいいのか見当がつかず、涙の後呆然としていた。

祭壇のキリスト像は、何も知らぬ気にただ涼し気な眼差で見下ろしていた。

それ以後、幸市は部屋に閉じ籠った。心配した母親は父親に相談した。

「年頃やけん、いろんなことあるたい。放っとかんね、心配せんでよか」

自分が蒔いた種が原因だとは露知らず、おおらかな態度を見せた。母親は娘の冴子のこともあって神経質になり、気懸りだった。

「そげんこと謂うても、男ん子の考えることはよう分からんけんね。冴子の時のこともあるけん、心配かとよ。クミちゃんと仲違いしたとやろか……。あんた、訊いてみてくれんね」

母親は息子が自分の知らない世界に迷い込み、力になれないことに焦りを感じていた。

「いい加減にせんか。いちいち干渉されとったら、幸市もたまらんばい」

珍しく父親は語気を荒げた。仕方なく母親は矛先を収めた。

爾来《じらい》、幸市は両親が寝静まった頃を見計らって祭壇の前に座り、オラショを唱えた。神の前に顔向け出来なかったが、縋《すが》るのはここしかなかった。

——そして、決心をした。

数日振りに部屋から出てきた息子を見て、母親はただならぬものを感じた。

「我ままかも知れんばってん、東京で独りでやっていくことにした。仕送りは要らんけん」

「仕送りはするて謂うたやろが」

「甘えたら自分が駄目になる。試練ば与えて生きていかんば」

明らかに10日前の幸市とは違っていた。母親にも息子にただならぬ事態が発生していることは理解できた。自分は経験したことがなかった青春時代の懊悩が、かつて冴子の前にも立ち塞がっていたのだろう。今、幸市の前にも……。

母親はそんな子供達が自分の知らない世界へ旅立ち、置き去りにされる寂しさを感じた。

「父さんが帰って来たら相談するけん」

それだけ謂うのが精一杯だった。

幸市は久美子に会うため外に出た。1週間振りの世界は春真っ盛りで、庭の片隅の沈丁花《じんちょうげ》が放つ芳香と陽気とが融け合って、眩暈《めまい》を覚えた。

出て来た久美子もやつれていた。顔を合わせるのが気恥ずかしくもあった。外に誘い、漫歩《そぞろ》いた。

「まさかこげん運命が待っとるとは、想像も出来んやった。今さら兄妹て謂われても……。2人とも重か十字架ば背負わされた。逃げたかばってん、何処までも追いかけてくるやろ」

「うん、ウチもそう思う。どげんすればよかとか分からん。コウちゃん、これからも教えてくれんね」

「いや……冷たかばってん、会わん方がよか。手紙も出さんけん、元気で頑張らんね」

「そげん……、そげんこと謂わんで、ずっとウチの身近におって」

「辛かばってん未練ば断ち切らんば、おい達は救われんごたる。親の世話にならんで、東京でバイトしながら予備校に通うことにした」

「そしたら、ウチはどげんすればよかとね」

声高に叫ぶと、それまで懸命に堪えていた涙と激情が、堰《せき》を切ったように噴き出した。

「うわ——っ……」

幸市の胸に縋《すが》る久美子が愛おしく、抱きしめたい衝動にかられた。とことん、彼女と堕ちるとこまで堕ちてみようかと思わぬでもないが、とても出来ぬ相談だった。

久美子を引き離すと、彼女は道端にしゃがみ込んでさらに泣きじゃくった。

彼は踵《きびす》を返すと、トボトボと家に向かいながら、自分に言い聞かせるように呟いた。

「所詮、カクレとして一生生きていくしかなかやろね……」

2人の関係は、カクレの閉鎖的社会から生じた淫靡な世界と謂えるかも知れない。幸市は久美子を捨て、島も捨てる覚悟であった。

昭和43年（1968）3月下旬——。桜の固い蕾がやっと膨らみ始めた頃だった。

２月には在日朝鮮人の金嬉老が、ライフル銃を乱射し２人を射殺して旅館に籠城した事件が起きた。

幸市が東京に発つ日、数日前から尋常ならざるものを感じていた母親は、祭壇のマリア観音を手渡した。高さ20センチ程で、幼子イエスを抱いた白磁の像だった。

「こいは家の守り神様やけんね。冴子に譲るつもりやったばってん、アンタしかおらん。お守り代わりに大事にせんね」

邪魔臭いと思ったが、無造作にバッグに詰め込んだ。東京で自活することに関し、父親は意外と理解を示した。

「男は少々回り道したって構わんたい。自分の人生ばい、精一杯頑張らんば。辛うなったら、いつでも連絡ば寄越せ。なんとかしてやるけん」

嬉しかったが頼るつもりはなかった。新聞広告で見た新聞配達奨学金の制度があることを知っていた。それが頼りだった。

フェリーがゆっくりと島を離れて行く時、久美子との思い出が木っ端微塵に砕け散った絶望感が改めて甦り、幸市をセンチにさせた。

生まれ育ったこの島から、逃げるように出て行く自分が惨めで情けなく、目頭を押さえ隠すようにデッキに伏せた。

――もう、この島には帰ることはないだろう。

頬を打つ海風はまだ冷たく、顔面が強張った。ポケットに手を突っ込んで体を縮めたまま、黒い島影が見えなくなるまで震えながら佇《たたず》んでいた。

第16章　背中の十字架

Y新聞の笹塚専売所を選んだのは、東京駅で買ったアルバイトニュースで配達員を募集しているのを知ったからだ。京王線の笹塚駅前のすぐ近くだった。

父親と同世代の所長と面談し、浪人生は奨学金を受けられないが、住み込みの給料制ということで採用が決まった。

夕刊を配り終えた若者が次々と帰って来る。夕食の時、全員が揃ったところで所長は幸市を紹介してくれた。奨学生は10人程で、別棟のアパートで生活をしていた。

その夜、部屋で寛ぐと、両親に落ち着き先が決まったことを葉書に認めた。

奨学金制度は、学費と生活費は出して貰える代わりに、条件として卒業まで仕事を全うしなければならない。その制度を来年度から受けるとして、卒業するまで5年間この専売所に束縛される勘定になる。

十字架を背負った身には好都合な環境であるが、とにもかくにも耐え忍ぶしかない。予備校も入学試験が行われ、翌日、お茶の水の予備校に入学試験の願書を取りに行った。

都心で人波に揉まれていると、魔物に巨大ケージの中で飼い慣らされている子羊を連想した。擦れ違う人の波の中から、久美子の姿を探している自分に驚いた。

(今、何をしているだろう。長崎の大学に通っているのだろうか。まだ、泣いているのだろうか……)

専売所の家族構成は、所長が45歳、奥さんは43歳、長女は21歳、高1の長男は15歳の4人家族だった。夫婦と長女で専売所を切り盛りしていた。

しっかり者の奥さんと長女のトモちゃんは、食事の支度や掃除など雑用が担当だ。家族の協力がなければやっていけない仕事だった。

トモちゃんは小柄だがグラマラスな体をして、西野バレエ団の由美かおるに似ていた。奨学生達の人気者で、高校時代はソフトボール部だった。暇を見ては彼らや弟を摑まえ、キャッチボールをしている姿を見かけた。

幸市は予備校の入学試験も合格し、新聞配達の仕事も慣れてきた。朝4時起床で、配り終えて帰って来るのが7時頃、それから食事して予備校に通った。夕刊は4時頃スタートして6時過ぎには終わった。

1日のリズムに慣れるに従い、時間の使い方もうまくなった。夜の短い時間も有効に使って勉強に充てた。

奨学生達は毎晩のように酒盛をやっていたが、幸市は浪人の身ということもあって、誘われても固辞した。彼らも幸市の立場が分かっていたから、無理強いはしなかった。

トモちゃんは、その酒宴の席に時々付き合い、巨人の長嶋のファンらしくテレビのナイター放送を観ながら歓声を上げていた。そんな明るく無邪気な性格が人気の要因なのだろう。彼らの中で誰が彼女をものにするか賭ける者もいた。しかし、彼女の眼鏡に叶う者が居ないのか、彼らには関心を示さなかった。

幸市はそんな雑念からなるだけ遠ざかるよう、部屋に籠った。とにかく、大学に合格するという目標があったから、勉強に時間を費やした。勉強に没頭していさえすれば、あの忌まわしい過去を忘れることが出来た。

それでもふと、夜の窓の外に目を遣る時、暗闇から甦って彼を苦しめた。それはいつも同じシーンだった。イエス・キリストが重い十字架を背負って茨の道を歩いていたのが、いつしか自分に代わっていた。

慌てて眼を逸らし、机の上のマリア観音に目を遣った。母親から家を出る時に渡されたものだった。邪魔臭いと思って持って来たものが、今は一番の友になっていた。

マリア観音の作りは大雑把で、顔や抱いている幼子イエスの表情にも繊細さに欠けていた。素人が作ったと思われる素朴なものだ。それが却《かえ》って幸市を魅きつけた。

じっと見ていると亡くなったお祖母ちゃんにも、母親にも、そして久美子にも見えた。夜が感傷的にさせるのか、最近彼がそうなったのか、久美子を思うと心が昂《たかぶ》った。

彼女は今、何を思い、背負った十字架とどう向き合っているのだろう。せめて、兄妹として手紙で語り合おうかと思い惑うことがあった。しかし、逸《はや》る気持ちを抑え込み、オラショを唱えた。

時間に束縛され、己を律する修道院みたいな生活が彼には相応《ふさわ》しかった。自由気ままな生活ではどうなっていたか……。

新聞配達にとって一番辛い、梅雨や真夏の暑い時期をなんとか凌《しの》ぎ切った。

そして翌春――。

幸市は志望校のW大学の文学部に難なく合格した。1年間、十字架を背負わされた苦しみから逃れるために、遮二無二打ち込んだ結果であった。

これで奨学金の適用を受けられるだろう。親に負担をかけないで大学を卒業できる見通しがついたことに安堵した。

夕刊の配達が無い日曜日の夕刻、皆が合格祝いのパーティを催してくれた。幸市には初めての酒だった。解放感もあって無理して飲んだのがいけなかった。1時間も経たないうちに目が回り、ひっくり返った。皆は笑い転げ、誰かが怒鳴るのが微《かす》かに聞こえた。

「水を飲ませて吐かせろ」

薬罐《やかん》の水を飲まされ、トイレで吐いた。成程、少し楽になった。

「何度か経験すれば強うなる」

皆はまたもや笑い転げた。合格祝いと謂うより、酒の肴にされてしまった。幸市は部屋に戻って寝ていた。突如、扉をノックして入って来る者がいた。

(誰だろう……?)

体を起こし、暗闇の中から薄明かりを頼りに見る。トモちゃんだった。

「大丈夫? 胃薬を持って来てあげたわ」

「え? ああ……有難う」

彼女はコップの水を飲ませ、薬を口に入れてくれた。

「飲めないくせに、無理するからよ」

「酒は初めてやったけん」

「ふふ……ねえ、合格祝いをあげるわ」

いきなりキスをしてきた。厚ぼったい唇に吸い付かれた。呆気に取られ、なすがままになっていると、自らジャージーに手を入れてブラジャーからずらした乳房に、幸市の手を持っていった。

固くて大きな乳房は、片手で掴んでも余りがあった。

「今日はこれだけよ。今度またね」

乳房をブラジャーに収め、軽くキスをして出て行った。

夢か現《うつつ》か……量りかねていたが、柔らかな唇と温かい乳房の感触がまだ手の平に鮮明に残っていた。

年上女性の積極果敢な先制攻撃に圧倒され、まだドキドキしていた。

(戯れて、揶揄《からこ》うとっとやろか……?)

いずれにせよ、厄介なことに巻き込まれたくないし、余計なことを背負いたくなかった。久美子にも申し訳が立たない気がした。

幸市は身を起こし、机の上のマリア観音を見た。故郷を捨てた憐れな男に都会に連れられて来たが、今は唯一、心の拠所となっていた。彼は蒲団の中でオラショを唱え、眠りについた。暗がりの中の仄白《ほのじろ》いその姿は儚《はかな》さそうに見えた。静かに……ただ静かに彼を優しげな眼差しで見守っていた。

――4月から大学生活が始まった。

学生運動華やかりし頃で、校内の至る所に「安保粉砕」「大学闘争勝利」、「帝国主義内閣打倒」などといった立看やビラが貼ってあり、ヘルメットを被った男が、マイク片手に革命家気取りでアジ演説をぶっていた。

果たして彼らは、アメリカや日本政府と本気で闘っているのだろうか？　自分自身に向かって、やるせない青春に牙を剥《む》いているだけのように見えた。彼らの背中には十字架も侠気《おとこぎ》も見えなかった。決して、彼自身に侠気が備わっているという訳ではなかったが……。

幸市は学生運動には懐疑的で、それよりサークル活動に参加したかったが、夕刊の配達が足《あし》枷《かせ》となって諦めざるを得なかった。

学生運動が激化するに従い、講義中に教授が吊し上げに遭ったり、校舎が封鎖され、たびたびの休講が続出した。

今日も教務課に貼り出された休講の掲示を見て、幸市は所在なげに古本屋街を回った。数冊買い求め、アパートで寝転がって読んでいると、ドアをノックして入って来たのは、満面笑みのトモちゃんだった。

「休講だったのね」

いつもはジーンズなのに、ミニスカートの白い太腿が眩しかった。薄っすらと化粧もしている。幸市は身を退いた。

四つん這いで顔を近づけてきた。微かな香水の匂いが彼の情欲を擽《くすぐ》った。久美子にはない21歳の年上の女の匂いだった。

「この間の続き……しよう」

覆い被さって、当然のようにキスを求めてきた。最初は軽く、そして強く押し付けてきたかと思う間もなく滑《ぬめ》った舌が侵入してきた。搦《から》め合っているうちに、背中の十字架や久美子のことも消し飛んだ。

久美子との経験が幸市を大胆にさせ、プルンと音がしそうな富士山型の乳房にむしゃぶりつき、腰の括《くび》れに手の平を這わせ、たおやかな双臀《そうでん》に歯を立てた。

背骨に沿ってゆっくりと舐め上げると、彼女は蛇のようにのたうって呻き声を漏らした。

「もう……きて」

切ない声をあげて幸市を促した。昂まりを鎮めるよう、ゆっくりと彼女の中に埋没していった。蕩《とろ》けるような快感が脳天を貫いた。

――爾来《じらい》、彼女は度々幸市の部屋を訪れた。彼は心で拒絶しながらも、体は溺れていった。次第に幸市は彼女の訪問を待ち望むようになり、間隔が開くとまるで飢えた狼のように彼女にサインを送った。彼女は薄笑いを浮かべて、故意に焦《じ》らすだけ焦らせて餌を与えた。

その度毎、幸市はオラショを唱えてマリア観音に己の弱さを詫び、久美子に許しを乞うて心で泣いた。

或る日、大学の教務課の掲示板前でゼミで顔見知りになった3人と行き合った。講義は休講で、誘われるまま新宿の歌声喫茶に流れ込んだ。

そこは行きつけらしく、彼らは客と気安く挨拶を交わしていた。フォークソングや反戦歌を我が物顔に歌い、空虚な充足感を見出すかのような彼らに、馴染めなかった。新聞配達の仕事を理由に店を出ようとすると、夜にコンパで落ち合う約束をさせられた。

仕事を終えて約束の店に入ると、彼らは既に酒が入りかなり酩酊していた。コンパは円形のカウンター席で、いわば大規模な洋風大衆居酒屋だ。おおっぴらな男女交際の場として人気を博していた。

彼らは目の色を変えて隣のカウンター席まで物色した。獲物を見つけると勝手に消えてゆき、幸市は独り残された。初めて飲むジンフィズは口当たりがよく、何杯か飲むうちに酔いが回った。

ふと、久美子のことを思い出した。今頃どうしているのだろう……と思いながら、何気なく対面の席の女性に目を遣ると、彼女は泣いている。

よく見ると、久美子ではないか。幸市は千鳥足で彼女に近づき、肩に手を掛けて叫んだ。

「クミ」

しかし、振り向いた女性は久美子とは似ても似つかない顔だった。彼女は怪訝《けげん》そうな顔をして、侮蔑の目で睨んだ。連れの男が大声で威嚇《いかく》した。

「何だテメー」

「す……すいません。人違いで……」

居たたまれず店を出た。とっくに10時を回っているというのに、新宿の街は昼間のような明るさで、多くの人で溢れていた。

先程見た女性は、確かに久美子だった。泣いて助けを求めていた。彼女に何かあったのだろうか……。例えあったとしても、手を差し伸べる手立てがなかった。

虚しさに涙が零れそうになった。懸命に堪えて背中を丸めながら、人の波を掻き分けるようにトボトボと家路についた。

帰って来た幸市の異様さに気付いたトモちゃんは、彼の部屋を訪れた。彼は寂しさを紛らわすため、何時もより激しく欲情をぶつけた。彼女は歓びのあまり、何度も昇天し、口の端から微かに涎《よだれ》を垂らした。

幸市は激しい自己嫌悪で泣き崩れ、何度も何度もオラショを唱えながら眠りについた。

しかし、数日後――、

配達仲間の先輩2人に誘われて懲りもせず出掛けたのは、新宿のゴーゴークラブだった。広いフロアで大勢の若者が踊り興じていた。ここも男女交際の場で、先輩2人は幸市そっち退けで女性に血道をあげた。

幸市は場内の熱気と騒音に呆気に取られ、天井に吊るされたミラーボールから放たれる光の矢に見蕩《みと》れていた。

先輩2人が3人連れの若い女の子を伴って戻って来た。まだあどけない感じの高校生らしかった。既に先輩2人は、お気に入りの娘とカップルになっていて、残りの1人を幸市に押し付けるためだった。

「綾よ」

そう自己紹介し、ロングヘアでミニスカートが似合うちょっと肉感的な、何処にでも居そうな感じの娘だった。積極的な性格らしく、幸市を気に入ったようで、「ねえ、踊ろうよ」と手を取って、踊りの輪の中に引き入れた。

先輩の1人が幸市の耳元で、「上手くやれよ」と囁いて肩をポンと叩いた。

彼女の見真似でぎごちなく踊った。

「名前は何ていうの?」

「幸市」

「コウちゃんでいい? 大学生なんでしょ?」

「ああ……1回生。綾ちゃんは高校生?」

「うん、2年よ。さっきの2人も同級生。踊るの初めてなの?」

「初めて。難しいね」

「ふふ……曲に合わせて体を自由に表現すればいいのよ」

夢中で踊っているうちに様になってきた。

「そうそう、上手くなったじゃない」

幸市に合わせて踊ってくれた。彼女の腰の動きは艶かしかった。小柳ルミ子を地味にしたような顔立ちで、汗ばんでくると色香を発散し、男心を刺激した。

「そろそろ出ようか」

幸市が促すと、彼女は素直に従った。店を出ると、汗ばんだ体に外の空気が心地いい。

「家は何処?」

「笹塚。綾ちゃんは？」

「浜田山よ」

「井の頭線か。近くだから送るよ」

電車の中で、彼女は女子校で東京育ちだと知った。電話番号を教えて貰ったが、自分はアパート住まいで電話はないと断った。秘密にした。

浜田山の駅前の小さな商店街を抜けると、住宅街が広がり、人通りはなくなった。

「3軒目の家がそうよ。有難う」

駈け出そうとした時、幸市は手を取って引き寄せた。彼女の目は脅えていた。構わずキスをした。抵抗して顔を引こうとしたが、彼が強く抱き寄せると彼女も応じてきた。

長いキスだった。幸市が舌を差し入れようとすると、躊躇《ためら》っていたが少しだけ搦めてきて、思い止まったように体を離した。

「おやすみ」

そう謂って、彼女は家へ駈け込んだ。彼女を見送りながら幸市はニヤリと笑みを漏らした。

——その時である。

角の家の暗い生垣あたりから、人の気配がして思わず振り返った。じっと暗がりに見入るが誰もいない。しかし、確かに人の気配がする。

（誰だろう……？）

そのうち、気配が消えた。生垣に近寄ってみるが、誰も居なかった。

（気のせいかな……？　でも、確かに気配が……）

幸市は気になったが、そのうちに忘れてしまった。


綾ちゃんをモノにしたのは、3日後だった。

彼女の両親は共働きで母親が家に帰るのは夕刻だった。彼女が学校から帰宅して1時間程の間に、彼女の部屋で忙《せわ》しく事を済ませた。

彼女は想像したように初めてだった。性に対する興味が旺盛だったから、1度火を点けると欲望は燎原《りょうげん》の火のように広がり、殆ど毎日のように求めるようになった。

アパートに居ればトモちゃんが忍んで来たから、1日に2人を相手にすることが何度もあった。しかし、彼はそれを却って楽しんだ。

2人の女性と爛《ただ》れた関係を続けるうち、次第に久美子のことも背中の十字架も忘れていった。否、忘れたいがためにのめり込んでいったと謂えるかも知れない。

——或る日、トモちゃんが幸市の部屋から去るとき、机の上のマリア観音に目を留めた。

「あれはマリア像……？　観音像……？　ひょっとして隠れキリシタンのマリア観音？　へえ

……初めて見るけど、幸市君は隠れキリシタンなの?」

「隠れキリシタンじゃなか。土産屋で買うた単なる置物たい」

「そう謂えば長崎出身よね。長崎の何処?」

「佐世保たい。基地の街で、何もなか」

「へえ…佐世保? 佐世保と謂えば、去年エンタープライズ寄港反対闘争があったところでしょ。有名な所じゃない」

彼女の何気ない一言が、思い起こしたくないものを思い出してしまった。今さらながら、隠れキリシタンの子孫だと堂々と名乗ってもよさそうなものだが、幸市は虚を突かれて咄嗟《とっさ》に誤魔化した。その抜け殻ながら、触れて欲しくない心の澱《おり》がまだとっぷりと沈澱していたからだ。

アダムとイブが禁断の果実を味わって以来、快楽は人間にとって一番厄介な問題かも知れない。幸市はその果実をかじり、その泥沼から何度か脱出しようと試みたが、徒労に終わった。いたたまれず、マリア観音を押し入れの段ボール箱の奥に仕舞い込んだ。

放埓《ほうらつ》な日々が半年ほど続き、年を越したあたりから幸市は絶えず誰かに見張られているようで、気になっていた。

新聞配達の際、路地の影や背後で。アパートでトモちゃんと交接中に押入れの中から。綾ちゃんのベッドで戯れている時にドアの裏で……。思わずドキリ……としてその方向を見て確かめるのだが、誰の姿もなかった。

（確かに人の気配がしたが、一体誰だろう……？　以前、綾ちゃんを家まで送った時、暗がりの生垣の前でもそうだった……）

その頃から幸市は、大学の講義を無精するようになった。学生運動で度々の休講が重なって意欲が削《そ》がれたこともあるが、2人の女性との享楽生活の方が格段に楽しかった。

それに伴い、新聞配達で拘束される時間が次第に疎《うと》ましくなった。最初は束縛される生活が却って自分に合っていると思い、喜びさえ感じていたというのに……。

決定的な出来事が起きたのは、5月の初旬頃だった。綾ちゃんの家につい長居し過ぎた幸市が、配達所に遅れて帰ったのが発端だった。

最近の勤務状況が芳しくなかったこともあり、所長にこっぴどく怒鳴られた。慌てて夕刊の配達に出たのだが、途中嫌気が差して頭痛がし、公園のベンチに座り込んでしまった。

心は配達の仕事を拒絶していた。仕事を辞める決心をしたのは、この刹那《せつな》だった。

――その時、夕闇の中で何者かが侮蔑の薄笑いをしていたが、彼は気付いていなかった。

辞めるとなると、立て替えて貰っている入学金や授業料を返還しなければならない。アパートも当然、出て行かなければならない。辛い試練が待っている。自分が蒔いた種だ。

――そして、さらなる試練が待っていた。

綾ちゃんが妊娠したのだ。突然、泣きつかれて困惑し、狼狽《うろた》えた。今の彼に責任を負える力量がある筈はない。何者かが耳元で囁いた。

(逃げろ。逃げるに限る)

暗がりで感じた何者かとは違っていた。男として最低の手段を選択した。泣き縋《すが》る声が追いかけてきたが、振り向かなかった。情けない男に成り下った自分に涙が溢れた。背中を丸め、俯きながら走った。

幸市は急に嘔吐を催し、電柱の影に激しく吐いた。何度も咳き込んでは吐き出した。

アパートに逃げ帰ると、押入れの段ボール箱からマリア観音を取り出した。撫で摩《さす》り、両手で包み込んで語りかけた。

「どうか憐れで情けなか、こん男を助けて下さい。たった今、妊娠させた娘ば見捨てて逃げてきたとです。恐ろしゅうなったとです。ほんなこつ、どうしようもなか男です……」

幸市はいつまでもむせび泣いた。そして、いつしか赤ん坊のように寝入ってしまったが、マリア観音は唯《ただ》、優し気な微笑みを浮かべているだけだった。

新しいアパートは、西武池袋線の江古田に決めた。駅から至近距離で、安価だったことと大学にも比較的近かった。

奨学金の返還はバイト代で少しずつ払うつもりだったが、アパート代や食事代で殆ど消えた。認識の甘さを痛感した。自己嫌悪に陥り、バイトもやる気が失せ、部屋に籠る日が続いた。

そんな折、専売所から事情を聞いたのか、父親から奨学金を返還するよう郵便為替が送られてきた。今後、授業料は送金するから、大学だけは卒業するようにと添えてあった。

親にだけは頼らない覚悟だったが、早くも挫折した自分が惨めだった。とりあえず奨学金だけは返還できた。

——真夏の夕刻であった。

西日がカーテン越しの窓から射し、たっぷりと汗をかいた幸市とトモちゃんは、満ち足りた表情で蒲団の上にいた。

彼女は俯せで余韻を楽しむように微睡《まどろ》み、彼は彼女の髪の中で指を遊ばせていた。ふと、彼女は思い出したように目を覚まし、

「この間、綾ちゃんて高校生の娘が、貴方を訪ねて来たわよ」

幸市は跳び上がらんばかりに驚いた。

「えっ……？　それで何て謂ってた？」

「別に……、引っ越したって謂ったら引っ越し先を訊かれたけど、知らないって謂っといた」

「それで、どんな感じだった？」

「どんなって……特別何も……。彼女と何かあったの？」

「いや……何も」

動揺し狼狽《うろた》えて声が震えた。

（どうして知ったのだろう？　そうか、彼女の友達から先輩達に訊いて知ったのか……。まずい。このアパートも見つかってしまう）

さらにトモちゃんは、何気なく謂った。

「男が居ることを親に感づかれたみたい。誰だか喋っていないけど、けじめをつけるよう迫られた」

（ええっ……？）彼女も、暗にけじめを求めていた。彼は逃げるしかないと思った。

彼女の腰の括《くび》れを撫でながら、切羽詰まった経済的窮状を訴えた。情けない男に母性本能を擽《くすぐ》られ、目許に笑みを浮かべた。

翌日、彼女はドアをノックし、ニコリと笑って封筒を差し出した。幸市は喜び勇んで彼女を抱き竦《すく》め、服を乱暴に剥がして畳の上で組み敷いた。彼女は何時もと違う彼の雄々しさに何度も絶叫し、悦びの涙を流した。

幸市にとって、これが彼女との最後の別れのつもりであった。

その日のうちにアパートを探し、翌日には引越した。同じ沿線の大泉学園だった。駅から随分離れた、人目につきにくいひっそりとしたアパートだった。

黙って居なくなった男を、トモちゃんはどう思っているだろう？　呆然と空室の前で立ち尽くして居るのだろうか……？

食事の世話から肉体の渇きまで癒してくれ、揚句の果て、お金の無心までして逃げてしまった。こんな卑劣な男が居るだろうか……。

幸市は突如激しく吐き気を催し、共同トイレの便器に顔を突っ込み、何度も嘔吐した。

綾ちゃんは身籠った子をどうしたろうか……。さぞかし幸市を恨んでいるだろう。久美子からも逃げて、彼女もきっと独りで我が身を嘖《さいな》んでいることだろう。

幸市は部屋の隅で丸くなって、咽《むせ》び泣いた。窓の外は夕闇が迫り、やがては暗闇が覆っても、彼の泣き声は止むことがなかった。


幸市の生活は、トモちゃんの支えがなくなったことでより荒《すさ》み、背中の十字架もより重さを増した。暗闇に潜む何者かに恐れを感じ、寝る時も明かりを点けないと眠れなかった。

大学にも足は遠のいていたから、否応なしに留年が決まった。新年度が始まっても期日まで授業料を払い込まなかったから、必然的に中途退学になってしまった。

親の期待を裏切ることになり、心苦しさを感じたがもはや未練はなかった。仕送りの授業料は、最近行きつけのスナックの飲み代に消えた。遣り切れない気持ちを酒で紛らすのが手っ取り早かった。

早めの客が引き払う10時頃にドアを開け、カウンターの端に座って静かにウイスキーの水割りを飲んだ。さほど強くなかったから、数杯で顔を赤くし、決まってうたた寝をした。

店のママは、40歳前後の秋田美人を彷彿とさせる色白でふくよかな顔立ちだった。アルバイトの娘は、ママの姪で20歳の専門学校生だった。ママに似ず、控え目でおっとりとしていたせいか要領が悪く、よく注文を間違えた。

彼女の名は沢井澄子と謂って、憎めない性格だったから、客からスミちゃんと呼ばれて人気者だった。

幸市はそんな彼女を見ていて、なぜかイラついた。うたた寝から覚めた彼は彼女を摑まえて、

「お前は愚図で、どうしようもない頓馬《とんま》だ」

そう罵《ののし》って店を出るのが日課になった。

それが何日も続いた後だった。何時ものようにうたた寝から目を覚ますと、隣の席にスミちゃんが座っていた。彼女の神妙な顔にドキリとした。ママは見ぬふりをして、厨房で洗い物をし

ていた。客は居なかった。

彼女は俯いたまま、両手を腿に突き立てて泣き出した。彼の心ない言動に、深く傷ついていた。彼は本来、己自身に向けるべき雑言を、ぶつけ易い彼女に攻撃の牙を向けていた。己の孤独や虚無、苦悩に耐え切れず、人間としてあるまじき行為に恥じた。言葉もなかった。

久美子が知ったら、嘆き悲しむだろう。

（コウちゃん、女性ば泣かしたらいかんよ。泣くとはアタシだけでよか）

久美子の声が聞こえるような気がした。

「ゴメン、泣かしてしもうて」

幸市はペコリと頭を下げた。

「ううん、辛いことがあったらいつでも謂って。聞いてあげる」

彼女は笑顔で応えた。ママさんもホッとした表情で洗い物をしていた。

幸市はスナックを出て、暗い路地裏を歩いていた。ふと、背後に人の気配がして振り返った。誰も居ない。しかし、暗闇の中には確かに人の気配がする。

「誰……？」

呼び掛けたが、返事はなく気配もいつの間にか消えていた。

翌日、スナックを訪れ、改めてこれまでの非礼を詫びた。ママとスミちゃんの菜の花のような笑顔が、幸市の無道ぶりを物語っていた。

彼は初めて旨い酒を味わった。酒がこんなに美味しいものとは思わなかった。改めてスミちゃんの名前を訊いた。

「憶えてくれてなかったのね。沢井澄子よ」

「沢井澄子か……だからスミちゃんなのか。ボクは谷村幸市」

「知ってるわよ。何本もボトルにサインしてるじゃない」

「そうか……ハハハ……」

幸市は久し振りに笑ったように思った。

「谷村さんも、今日は5月の青空ね」

社交辞令とはいえ嬉しかった。そう謂えば、こんな晴れやかな気分は久美子と居たとき以来だと、ふと気が付いた。グラスの氷をカラカラと鳴らして、ウイスキーを旨そうにゴクリと喉に流し込んだ。

それからの幸市は、スナックに通ううち彼女の笑顔に癒され、背中の十字架の重さを多少とも忘れることが出来た。

幸市が知り得る女性の中で、彼女は稀有なキャラクターだった。決して美人ではなく十人並みだが、おおらかで包容力があった。どこか田舎の匂いがした。

幸市に毒づかれ、中傷されても彼の苦悩を慮《おもんぱか》る優しさを持ち合わせていた。だから、２つ年下だったが彼女の前では子供のように甘えて安らげた。彼女は看護婦を目指していたから、天職と謂えた。

幸市は人が変わったように職探しに奔走し、小さな児童書の出版社に就職することが出来た。彼女ともその後、スナック以外でも２人きりで会うことが多くなり、順調な交際を続けた。

彼女が看護婦の国家試験に合格した日にプロポーズした。彼女は跳び上がって喜んで幸市に抱きついてきた。

昭和49年（１９７４）初秋——。

石油ショックが起き、巨人軍の長嶋茂雄が引退した年だった。

２人はめでたく結婚式を挙げた。秋田から上京した彼女の両親と姉弟だけの、ささやかな式だった。幸市が25歳、澄子が23歳の時だった。

幸市は式に両親を招かなかった。彼女は訝《いぶか》ったが、島を出る時に決めたことだった。

——こうして、２人の結婚生活は始まった。

第17章　冴子、其の後

昭和40年（1965）4月――。

米国のジョンソン政権が北ベトナムを爆撃し、騒然となっている頃だった。

冴子は大阪駅に重い足取りで立っていた。あの事件後、故郷の黒島と家族と全てを捨て去り、新たな出発《たびだち》の始まりだった。

列車の中では一睡もせず、マリアに対する絶望感を背負って、窓の外の暗闇をじっと見つめていた。

とにかく、職を探すのが先決だった。新聞の求人欄で目にした寮に住み込み可の、門真市の大手電器会社に電話を入れ、面接に行った。

50歳位の人事課長は、冴子を一目見るなり最近の若い女性にはないものを瞬時に感じ取った。自分の娘と同じ年齢だと知り、尚更驚いた。

彼女は正直に身上を述べた。故あって高校を中退してきたこと、身元保証人は居ないこと等を……。

彼は敢えて高校中退の理由を問わなかった。保証人が居ないことにも目を瞑《つぶ》ってくれた。冴子には彼の度量が嬉しかった。

採用が決定した。総務部の労務課に配属となり、寮住まいにしてくれた。寮では工場で働く工員達と一緒だったが、彼らとも何ら気兼ねなく生活出来た。

暫く経って、親許に無事で働いていることと、黙って家を出た不幸を詫びる葉書を出した。無論、その理由には触れず、敢えて住所も書かなかった。


仕事の時は、あの事件やマリアのことを忘れることが出来たが、夜が怖かった。

亡くなった賢太のことや、忌まいましい事件が怨霊の如く襲いかかってきて、その度毎にマリアと対峙せざるを得なかった。あの時、マリアに救いの手を求めたが、何もしてくれなかった。何故なのだろう……?

来る日も来る日も、同じことを問い掛けた。否定し、訣別した筈のマリアなのに、憎めば憎むほど意識し、忘れ去るどころかますます膨らんで彼女を苦しめた。

何故こんなに夜が長いのか、昼間はあっという間に時間が過ぎ去るというのに……。本を読んだり、ラジオを聴いたりしても無駄だった。寝床に就いても、何度も寝返りを打つうちに朝を迎えた。

冴子の勤務態度は至極真面目で機転が利き、与えられたもの以上の仕事をやったから、上司の評価は高かった。また、彼女の端麗な容姿は否が応でも目立ち、若い男達は彼女の存在を意識した。

1年後、彼女は女性としては異例の営業職に抜擢された。販売促進課に配属となったが、冴子にとっては喜ばしいことではなく、どちらかと謂えば社内で大人しく仕事をしていたかった。

新しい仕事は毎日が外回りで、電器店に新製品の販促活動で飛び回った。直属の上司の係長と、関西地区の西部地域が担当だった。

係長は30ちょっと過ぎで、既婚者だった。大学時代ラグビー部でバックスをやっていたらしく、小柄ながらガッチリとした体型だった。決してハンサムとは謂えなかったが、面倒見がよくて仕事の後よく飲みに連れて行ってくれた。

彼の話題はもっぱらラグビーで、奥さんと3歳になる男の子の惚気《のろけ》話もよく聞かされた。何度か彼の自宅にも招待され、自慢の家庭を見せつけられもした。彼女にとって厭な夜を紛らわしてくれるひと時でもあり、彼は心のオアシスでもあった。

彼は仕事のこととなると厳しかった。彼女もそれに応えて成果を上げた。そんな充実した仕事関係が3年続いた後、彼に配置換えの内示が出た。サラリーマンの宿命だった。

最後の日、居酒屋で送別会をやった。彼は珍しく酔って、冴子との別れを惜しんだ。彼女も辛く込み上げるものがあった。別れ際、これまで頑なに閉ざしていた心と体が勝手に反応して、彼の肩に顔を埋めていた。

ホテルで冴子は抱かれていた。心では彼を受け容れているつもりでも、体が反応しなかった。あの時のトラウマが心を硬直させていたからだ。それでも、彼は果てたあとでも彼女を愛おしそうに抱き締めてくれた。

約1か月後——。

冴子は生理がないことに気が付いた。ひょっとして……という予感が、3か月後の診察で確実なことを知った。

彼女は冷静だった。彼の幸せな家庭に嵐を起こすのは本意ではなかったし、彼に責任を擦り付けるつもりもなかった。身を退くのが賢明だ。

彼女の突然の退職願いに直属の上司どころか、彼女の有能ぶりを知る社員らは驚き訝《いぶか》った。人事課長も翻意しに来たが、彼女の決意は変わらず、惜しまれながら去って行った。

僅かばかりの退職金と貯えを頼りに、彼女は上京した。

昭和45年（1970）の夏のことだった。大阪で日本万国博覧会が開催されていた。

品川駅の海側の港南にアパートを見つけた。山手側と違って、密《ひそ》やかな下町の雰囲気が気に入ったからだ。

——そして、散々迷った末、堕胎手術を受けた。ベッドの上で何度も自分に謂い訳をして、お腹の児に謝った。マリアに対する絶望感とともに、堕胎した後ろめたさがさらに彼女の背中にズシリと伸《の》し掛かった。

体調が快復した冴子は、職探しを始めた。新橋の中堅の建設会社に面接に行くと、二つ返事で採用が決まった。建設会社は好景気で、人手はいくらでも欲しい時だった。

希望通り総務課に決まった。営業の仕事は面白味があったが、前回と同じ轍《てつ》を踏みたくなかったからだ。

50歳位の社長は叩き上げで、人情味があって社員から「おやじさん」と呼ばれて慕われていた。そのせいか社内は活気に溢れていた。

冴子は、相も変わらず夜毎マリアに対する恨み辛みで苦しみ、幼い生命の芽を奪った疾《やま》しさにうなされた。

そういう時、ふとカクレを思った。両親が頑なに捨てようとしなかったものだ。彼女は軽侮《けいぶ》して否定してきた。

「ご先祖様が命懸けで守ってきたものを、自分達が守らないで誰が守るんだ」

と、父親は酔った勢いでよく管《くだ》を巻いていた。カクレの神はもはや、イエス・キリストでもマリアでもない。先祖崇拝の土俗的民俗宗教に成り果てた。あれだけ日夜祈っておいて、ご利益も奇跡が起きたとも聞いたことがない。冴子はカクレに魅力も将来性も見出せず、満を持してカトリックに入信した。

——それが、今になって両親が守っているものが気になった。と同時に、両親や弟の幸市や、島のことが思い起こされた。勿論、賢太や友人だった武見妙子のことも……。

ホームシックに罹《かか》ったのだろうか……。そうは思いたくなかった。そうすることは、自分の取った行動が全否定されるからだ。

しかし、親不孝に違いはなかった。家族や故郷を思う心は、先祖崇拝に通じるのではないか。それは、カクレの真髄そのものではないか……。

勤務して1年後——、冴子が25歳の時だった。彼女の働き振りが評価されたのか、美貌に目を付けられたのか社長秘書に抜擢された。

前任者は50歳代のベテラン男性で、突然の異動だったから社員の間ではもっぱら後者だろうと噂した。

社長はオーナー経営者らしく、精力的で商談は全て自分が仕切らないと気が済まない性格だった。また女性に目がなく、愛人を何人か囲っているという伝聞が漏れ伝わっていた。

仕事は接客や社長のスケジュール調整だ。夜の接待は社長に重役が同伴したから、冴子は昼間だけの仕事で楽だった。

ところが突如、大阪出張の同伴を命じられた時は、仕事とはいえさすがに身を固くした。

社長は商談後、有馬温泉に宿の変更を命じた。

「仕事の後は、温泉でのんびりしていこうやないか」

関西出身でもないのに、関西弁で話す社長の意図を察して冴子は黙り込んだ。社長の髪は薄くなっていたが、額は脂ぎって照り輝いていた。

旅館では初めての芸者遊びに乗せられ、酒をしこたま飲まされた。気が付いた時には、蒲団の上で裸に剥かれていた。社長に思うがまま弄ばれ、夢現《ゆめうつつ》の中を彷徨って、女としての歓びを初めて味わわされたのだった。

その日の一夜が、セックスに対するトラウマを一気に払拭してくれた。

それからの冴子は、今までの反動からか社長の艶技にのめり込み、女として磨かれていった。もはや社内では知らぬ者は居ないくらいの関係となり、愛人とあからさまに揶揄されても開き直るようになった。

冴子はそうすることによって、背中の十字架を忘れることが出来た。清楚な彼女がベッドでは妖艶な娼婦に豹変した。社長は彼女の虜《とりこ》になった。

——そんな関係が3年間続いた頃、社長の奥さんにも知れ、冴子にのめり込む余り会社の経営も翳《かげ》りが見え始めた。

背に腹は変えられず、社長は冴子と手を切る決断をした。従順そうな若手社員に、彼女との結婚話を強引に勧めたのである。

その彼は、冴子の美貌に魅かれて、全てを承知の上で承諾した。冴子も性格が良さそうな彼に好意を抱き、結婚を決意した。彼は岡本健雄といい、冴子と同じ28歳だった。

社長は冴子と別れる際、何かの時に用立てるよう手切れ金として小切手を渡してくれた。


新婚生活の1年間は順調だったが、岡本にとっては社長の愛人のお下がりを貰ったという屈辱感が、頭をもたげ始めた。彼の性格の脆弱《ぜいじゃく》さからだった。仕事上のミスで凹んでいる時や、何気ない他の社員の言動に異常反応を示すようになった。ちょっとしたことで彼女に当たり散らし、「愛人のくせしやがって」という常套句を吐いて、暴力を振るった。

丁度その頃、妊娠したことに気付き、子供の誕生に夢を託してひたすら耐え忍んだ。

やがて女の子が誕生し、夫婦関係も修復するかに見えた。しかし、夫が会社に辞表を提出し、転職してから事態はますます悪化の一途を辿った。

新しい会社でのストレスを抱え込み、冴子に辛く当った。夫の人の良さは気の小ささと背中合わせで、男らしさに欠けるただの卑怯な男に成り下がった。

娘が1歳になった時、遂に別れ話を切り出した。すると彼は、人形町の実家に娘を預けて鬼の形相で面罵《めんば》した。

「離婚に応じる代わりに、子供は引き取る。体ひとつで出てけ。それが条件だ」

「娘はワタシが育てます。母親の許で育てるのが子供のためでしょう」

「両親もちゃんと面倒見てくれると謂ってるし、愛人なんかに任せられるか」

「愛人愛人って……、愛人と承知で結婚したのは貴方でしょう。娘にもその愛人の血が半分混じってるのよ」

「……」

彼の実家は反物を扱った古い商家だった。時流に合わず店を畳んでいた。両親とも僅かに還暦を過ぎたくらいで、矍鑠《かくしゃく》としていた。

「冴子さんもこれからだし、小さい子が居ては何かと大変でしょう。ワタシどもが健雄と育てますから、貴女も自活の道を歩んで下さい。娘の沙織に会いたかったら、いつでも見えればいいじゃないの」

表面は思い遣りに溢れた姑の言辞に、冴子は何とはなしに欺されてしまった。姑から発せられる言葉の裏には、見えない毒が隠れていた。

姑が冴子を陰でことある毎に、「元愛人風情に……」と謂って卑下した冷淡で傲慢《ごうまん》な人間性が、息子にも影響を与えていることに入り婿だった舅だけは気付いていた。


昭和52年（1977）、冴子30歳――。

コンビニの隆盛が始まった年であり、8月にはエルビス・プレスリーが死去し、9月に王が756号ホームランの世界新記録を樹立した年であった。

冴子は社長からの手切金を元に、神楽坂に小料理屋を開くことにした。元来、料理は好きで、社長から美味しい店に連れて行かれるうちに、店を出したいという夢を抱いていた。

神楽坂は名の通り坂の街で、入り組んだ狭い路地に様々な店が犇《ひしめ》き合っていた。社長は銀座や赤坂より神楽坂が好きで、プライベートな時に彼女をよく連れて来た。

10坪程の小じんまりとしたカウンター席だけの店だった。冴子独りで賄うつもりだったから、手頃な広さだった。住居は通いやすいように、高田馬場にマンションを借りた。

開店を聞きつけた社長が訪れ、景気付けのため数週間は度々顔を出し、成功を確かめると足を遠のけた。店は盛況で、常に満席の状態だった。

その間、娘の沙織に会うため、月に数回は足を運んでいたが、姑が何やかやと理由をつけて会わせようとせず、次第に足が遠のいた。それでも、幼稚園の入園式や小学校入学の時には顔を出したが、娘は姑の陰に隠れた。

冴子はその時の姑の勝ち誇ったような表情に、いたく傷つけられた。娘に会えぬ寂寥感と、あの時の〝事件〟の忘れ難い過去を紛らすため、社長によって解放された欲情に再び火が点いた。男は独身だろうが既婚者だろうが、関係なかった。

最初の男は常連客の30代のサラリーマンだった。店が終わった後、近くのラブホテルで逢瀬を重ねた。後々のことを考えて、自分のマンションには誘わなかった。

事後、何時も彼を先に帰した。そして、その度に彼女はベッドで泣いた。決まったように賢太との思い出に浸り、マリアとの訣別と堕胎した子のこと、そして沙織のことを思って嗚咽《おえつ》した。

数か月後、冴子は彼に見切りをつけた。店内で彼の厚顔振りが目に付くようになったからだ。自宅のマンション近くを散策している時、コンクリートの道路の割れ目から可憐なスミレの花が健気に咲いてる姿を見て、そう決断した。

――その時、骨董屋の店先にマリア観音があるのを目にした。20センチほどで銅製だった。本物かどうか分からなかったが、年代を感じさせる風格があった。

そのマリア観音を購入し、店の酒を並べる棚にさり気なく置いていた。客の殆どが、

「あれは観音様なの？」

と謂うぐらいで、誰も関心を寄せなかった。とりわけ関心を寄せたのが、カメラマンの彼だった。50代前半で雑誌社で仕事をしていた。いつもカメラをぶら下げてやって来た。

「ママは隠れキリシタンなの？」

いきなり切り出されて戸惑った。

「そういう訳ではないのよ。家の近くの骨董屋で見かけたから買ってみただけ」

咄嗟《とっさ》に話を逸らした。

「長崎の五島に教会を撮りに行った時、隠れキリシタンの習俗をたくさん見てきた。今でも信仰を守っている人達が居るのに、大いに驚いた」

「そうよね……。そういう人達がいまだに居るなんて、信じられないわ」

顔を伏せ気味に、曰くありげな彼女の表情を見て、彼はそれ以上詮索はしなかった。それから、仕事中の冴子を被写体にして、一味違う写真を撮ってくれた。お気に入りの1枚が店内に飾ってある。

それからというもの、彼が扉を開けて髭面を現すのが待ち遠しくなった。

「いらっしゃいませ」

彼が現れた時の冴子の声は、どの客のより弾んでいた。彼女はそれが恋だと知っていた。胸が締めつけられるような感情は、賢太に抱いた時以来だということも……。冴子の熱い胸の内を彼はすぐに感じ取り、応えた。

彼はホテルで、裸の冴子を撮りたがった。彼女もまだプロポーションに自信があったから、喜んでモデルになった。彼は写真の技術も、ベッドでのテクニックも素晴らしかった。

彼とは、月に2～3度の逢瀬が3年ほど続いた。

——突然の訃報だった。

仕事で行ったハワイで、脳溢血で倒れてあっさりと亡くなった。血圧は高いと謂っていたが、仕事のストレスがあったのだろうか。家族の手前、葬儀には出席しなかった。

それからというもの、寂莫と孤独を埋めるようにとっかえひっかえ、男を絶やすことはなかった。甘美なセックスと引き換えに、虚無が容赦なく襲いかかった。後先のことは考えず、刹那の中に生きた。背中の十字架がさらに重く伸《の》し掛かった。

——冴子は40歳になろうとしていた。相も変わらず男と爛《ただ》れた毎日を送っていたせいか、容色も衰え目尻に皺が目立つようになり、老いが忍び寄っていた。

夕刻、開店準備をしていると、突如静かに扉が開いた。入って来たのは少女だった。冴子は思わずドキリとした。

島を出る時に持って来たアルバムの中に、小学校の運動会の時の三つ編みの写真があったが、その自分にそっくりだと思った。

「沙織、沙織だよね？」

「お母さんよね？」

冴子が駈け寄ろうとすると、鋭い声が胸を刺し貫いた。

「どうして会いに来てくれなかったの。ワタシを見捨てたの」

「そんなことないわよ。1日として忘れたことなんてなかった。会わせて貰えなくて……」

姑のせいにした。娘を抱きしめると、冴子の肩に顔を埋めて泣き出した。身長は冴子にはまだ及ばないが、成長振りに嬉しさが込み上げた。

「よく来たわね、こんなに大きくなって……。いくつになったの？」

「12、小学6年……」

「そう……何か辛いことがあったの？」

沙織は泣きながら顔を横に振った。

「お父さんはどうしてる？」

「再婚して、別居してる」

「そう……何かあったらいつでも連絡ちょうだい」

舅は既に亡くなり、娘が微妙な立場に居ることを知った。自宅と店の電話番号をメモして渡した。

「遅くなるといけないから、もう帰りなさい。また顔を見せに来て」

店の外まで見送り、幾許《いくばく》かの小遣いを渡した。会いに来てくれた健気さが嬉しかった。今まで娘からも逃避していた罪悪感で胸が圧し潰されそうだった。

娘との久方振りの邂逅《かいこう》が冴子に一時《いっとき》の癒しを与えてくれた。しかし、相も変わらず、まるで薬物中毒に罹《かか》ったみたいに、昼間でも行き摩《ず》りの男をも次々に求めた。その度毎に後悔で枕を濡らした。

心の何処かで未だにマリアを捨て切れず、救いを求めているのかも知れない。あれだけ憎み罵倒し、揚句の果てにマリア像を崖から投げ捨て、粉砕してしまったというのに……。


――そんな折、とんでもない事件が勃発した。

冴子は店閉いをするため、男を店内に待たせて後片付けをしていた。ラブホテルに行くまでの、この淫靡《いんび》な緊張感に恍惚となっていた。

40代の医者の彼が、先に外に出た時だった。「ぐわあっ」という悲鳴とも絶叫とも謂えぬ声がして、慌てて外に出てみると、彼が腹部を押さえて路上にのたうちまわっていた。

彼の前に、血の付いた包丁を持って呆然と佇《たたず》むのは、つい1週間前に捨てた神楽坂の町内で商売を営む30代の男だった。

血まみれで踠《もが》き苦しむ彼を介抱する冴子の時間は停まった。人だかりがしたかと思うと、救急車とパトカーの赤色灯がクルクルと回っていた。

搬送先の病院で彼は息を引き取った。奥さんが取り乱しながら駈けつけ、突如この世を去った夫に悲痛な声を浴びせかけていた。

本来ならば、包丁の刃先は冴子自身に向けられるべきものであった。凶行に及んだ自営業の男は、2度ほど関係して捨てた。見立て違いの男だった。嫉妬に狂い、医者と己の人生にも刃を向けてしまったのだ。

冴子はいたたまれなかった。己の罪の深さに涙した。今まで、自分の取ってきた行為は、神に対する冒瀆《ぼうとく》だということも十分過ぎるほど分かっていた。

背中の十字架の重みで圧し潰されそうで、何かに縋《すが》りたかった。縋りついて泣きたかった。店の棚のマリア観音をカウンターに置いた。両手で包み込み、額を付けて泣いた。自暴自棄な己の人生に絶望し、改悛《かいしゅん》できない意志の弱さを詫びた。

「マリア様……」

訣別宣言した筈のマリア様、久し振りにその名を口にした。快いその響き……。もう1度、

2度、3度と口にする。再び咽《むせ》び泣いた。

数日後、娘の沙織から電話があり、姑が亡くなったことを知った。沙織は独りになってしまう。彼女は中学生になっていた。

葬儀に出席がてら、元夫の健雄と協議し、沙織を冴子が引き取ることにした。沙織もそれを望み、健雄も再婚した妻の手前、その方が都合が良かった。

沙織と同居するにあたり、彼女の生活環境を考慮し中野に引越した。これから、自分に課せられた十字架を受け入れ、背負って行くつもりであった。自らも人生の再スタートを切るためにも……。

第18章　久美子、其の後

昭和43年（1968）4月初旬——。

川端康成がノーベル文学賞を受賞し、メキシコオリンピックが開催された年であった。

桜が満開で、家の近くの中学校の校庭から花びらが風に乗って玄関先まで飛んで来た。久美子は長崎のK短大に入学のため、両親に送られてフェリー乗り場に向かうところだった。顔に花びらが掛り、「あっ」と小さい叫び声を上げた。中学校の満開の桜を見て、桜の花が咲いているのを初めて知ったからだった。

爛慢の桜は彼女にとって辛かった。

久美子はこの2週間家に籠り、息をするのも切ない程の苦悩を味わった。幸市とは異母兄妹であることを知り、近親相姦という十字架を背負わされた。それにより、幸市というかけがえのないパートナーを失った。

父親が運転する軽自動車に、母親と共に乗り込んだ。父親は最近の娘の沈んだ表情にさほど気に止めなかったが、母親は知っていた。部屋に籠ったままの娘を、母親はドア越しに針の筵《むしろ》に座らされている心地で気遣った。

久美子は思い出が詰まった島の風景を、ぼんやりと見遣った。再びこの島には戻って来ないと宣言し、出て行った幸市を思うと、切なさが込みあげて涙が零《こぼ》れそうになった。

もう、過ぎ去ったことは消しようがなかった。自分が全てを背負って行くしかないのだ。久美子は前を向こうと思った。

「体には気を付けんね」

港に着くと、母親は在り来たりの言葉で励ましたが、まともに目を合わせなかった。父親は

言葉を探しながら、

「しっかり頑張らんばよ」

不器用で、やはり在り来たりだった。久美子は作り笑いで「うん」と頷き、照れくさそうに父親を見た。父親とは直接血が繋《つな》がってないかも知れないが、父親に変わりはなかった。

フェリーが港を離れると、久美子は無性にセンチになった。訳もなく涙が溢《あふ》れてきた。人目を避けてデッキに上ると、両親が乗った車がのんびりと坂道を上って帰って行くのが見えた。


学生寮は、オランダ坂を上り詰めた小高い丘の上の、東山手のキャンパス内にあった。ついこの間、幸市と訪れたキャンパスだったが、遥か遠いことのように思われた。あの楠の大木に登って飛び降りたが、タイミングが合わず、彼の顔に倒れ込んでしまった。

彼が顔を胸にグリグリと押しつけてきたのを思い出し、彼女は顔を赤くした。高校時代は幸市と共に過ごした充実の3年間だった。学校は長崎と佐世保で距離はあったが、いつも彼が心の中に居た。毎日が喜びで発見があった。

赤い屋根のゴシック様式の学舎《まなびや》の何処からか、パイプオルガンの音が聴こえてきた。本来なら、久美子の薔薇色の学園生活を祝福する前奏曲《プレリュード》の筈だが、今の彼女には寂しい鎮魂歌《レクイエム》に聴こえた。

周りを歩いている学生達は皆、学舎の赤い屋根と同じ明るい笑顔だった。

久美子は場違いな学校に来たという後悔の念が掠《かす》めた。これからの2年間、どうやって過ごしたらいいのか見えなかった。自分の心の中に彼が居ないせいだと、今さらながら虚しさを感じた。

学生寮の玄関ホールに入ると、部屋の割当て表が貼ってあった。高校時代は相部屋だったが、これからは個室だ。部屋に行こうとすると、高校から友人だった朝長順子にバッタリ会った。

「わあっ、久し振りたい。今着いたとね、何号室？」

「305号室」

「ウチは308号室やけん、すぐ近くたい。部屋ば見に行こう」

6畳くらいで、ベッドと机と箪笥が備え付けてあり、綺麗な部屋だった。

「よか部屋やかね。ウチの部屋も見てみる？」

「見たって同じやろもん」

「ハハハ……そげんたいね。そんなら、校舎ば探険に行かん？」

「探険にね、そりゃあ面白か」

順子の無邪気な明るさに乗せられて、久美子は救われる思いだった。

本館には大小のチャペルがあり、学生課や保健室があった。特に小チャペルには、ステンドグラスの琥珀色の光が降り注ぎ、教会を思わせた。久美子は順子が居ることを忘れ、正面の花文字の聖句が彫られた木製の講壇に見入った。

心は穏やかなつもりだったが、涙が頬を伝った。1か月足らずの内に、何年分もの体験が久美子の胸を圧し潰し、耐え切れなかった。

順子は動こうとしない久美子に痺れを切らし、今までとは違う何かを感じ取った。

「どげんしたと？」

「ううん、何んでもなか」

久美子は涙を隠して、何気ないフリをした。いずれは幸市と別れたことを話さざるを得ないと思ったが、その理由は口に出来ることではなかった。

久美子は文学部の英語学科専攻だった。とりわけ英語が好きという訳ではなかったが、嫌いでもなかった。卒業して地元の幼稚園の先生になりたかったが、英語学科ではなれなかった。中学校の英語教師にならなれた。

出来るだけ多くの講義を受講した。暇になることが怖かったからだ。講義中は集中してさえいれば、背負ったものを忘れることが出来た。

どうしようもない時、小チャペルで時間を過ごすことを思い付いた。そこで何をするでもなく、椅子に座りジッとしているだけで良かった。出来るだけ何も考えず、琥珀色のステンドグラスの光に目を注いだり、瞑想に耽った。

休日はもて余した。順子と浜ノ町に出掛けて映画を観たり、ショッピングを楽しんだが、以前と違って心が弾まなかった。順子には既に見透かされ、喫茶店で憩っている時に切り出された。

「彼と別れたと?」

「う……うん。どげんして分かったとね?」

「一目瞭然たい。入寮の日、すぐ分かったとよ。あんだけ彼の自慢ばしよったとに、最近は一言も喋らんやかね」

「話そうと思いよったばってん、話せんやった。順子、そん理由は訊かんでくれんね」

「うん……訊かんけん。ばってん……久美子はよか恋愛ば経験して羨ましか。ウチも恋愛ばしたか……」

順子は遠くを夢見るような眼差しで、コーヒーを一口啜った。

夏休みに入ると、久美子はすぐに故郷の黒島に帰った。取り立てて早く帰る理由はなかったのだが、ひょっとして幸市が帰省するんじゃないかという淡い期待があったからだ。

夕暮れ時、ふらりと外に出た。蒸し暑くて、寝苦しい夜になりそうだった。夏休みと謂えば、幸市と楽しく過ごした思い出で一杯だった。今年は彼が居なかった……。

幸市の家近くに差し掛かった時、仕事帰りの彼の父親と出喰わした。先に気付いた久美子が声を掛けた。

「今晩は。あのう……コウちゃんはどげんしとるとですか？」

「おう……クミちゃん。帰っとったとね。すっかり大学生らしゅうなって。幸市は東京で新聞配達ばやりながら、予備校に通うとるごたる」

「新聞配達ばしながらですか。そりゃあ大変か……」

久美子はしみじみと幸市の父親に見入った。何度も見ている顔だが、実の父親として見ると趣が違った。何処となく眼の辺りが自分と似てなくもないが、自分にとっての父親は育ての親だ。

今更真実を告げて、両家に波風を立てるほど青くはなかった。やはり母親が謂うように、3人の胸の内に仕舞っておくのが肝要だと思った。その結果、3人が重い十字架を背負うことになってしまったのだが……。

幸市と最後に会った場所に来て、海に落ちゆく夕陽を見ていると、頬に涙が伝った。彼が最後に謂い残した、「冷たかばってん、会わん方がよか」という言葉を思い出し、僅かな希望も無いことを今更ながら知ったからだった。

或る日、順子から1通の葉書が舞い込み、「島原に遊びに来んね。退屈しとるけん、お喋りばしよう」の誘いに乗って、島原駅前のバス停前に降り立ったのは、8月初旬の夕刻だった。迎えに来ていた順子は、久美子の姿を見つけると小躍りして喜んだ。

「よう来たねえ、間違えんでよう来れたばい」

「子供じゃなかとよ、間違えるもんね」

順子の陽気さが、久美子の陰々たる空模様を一気に吹き飛ばしてくれた。道路を隔てた正面に、島原城が見えた。

島原城は元和元年(1618年)から松倉豊後守重政が、7年の歳月を費やして築いた。この城を築くため、農民に対する過酷な課税が、島原の乱の遠因になったと謂われる。

「今村刑場跡って何処にあると? 行ってみたか」

前知識で知っていたのか、久美子は軽い気持ちで謂ってみた。

「えーっ、キリシタンが処刑されたとこよ。そげんとこに行きたかと?」

「処刑されたところやけんたい」

順子は渋々と案内した。夕食までには十分時間がある。往復で1時間程だ。夕刻とはいえ、昼間の暑さがまだ残っていた。今村刑場跡は白土湖《しらちこ》を抜け、第二中学校のすぐ近くだ。

「第二中学校はウチが卒業した学校ばってん、刑場跡はまだ1回も見たことなか」

順子は呆れ顔だった。こんもりとした松林の中に、供養塔が立っているだけだ。供養塔がなければ、何の変哲もないただの林だった。当時の今村刑場は、海に囲まれた岬だった。長崎の西坂刑場も岬だった。遺骸を海に捨て易かったのだろう。

「何んも無かやろが。つまらんばい」

順子はあきれ顔だった。何もない方が処刑場らしい殺風景な雰囲気を醸していた。此処で何10人ものキリシタンが処刑されたのだ。

アブラゼミがひっきりなしに鳴いていた。

久美子はジッと立ったまま、松の枝を通り過ぎる風の音を聴いていた。幸市といろんな史蹟を訪れるうち、こうして昔日を偲び、感慨に浸る術を学んだ。

順子は焦れて出て行った。

漫《そぞ》ろ歩きながら、順子があきれたように口を開いた。

「どうしてつまらんとこに来るとね。島原にはよかとこがいっぱいあるとに」

久美子はただ笑っていた。

市街地の水路に鯉が泳いで、清冽な街のイメージを醸し出していた。行き交う大人も子供も疑うことを知らぬ、人の良さそうな素朴な顔をしている。順子はまさに島原そのもののような気がした。無垢で大らかだった。少々の難題に突き当たっても、「しょんなかやかね」と受け流す心のゆとりがあった。

島原の住民は、かつて藩主・松倉重政の虐政に苦しみ、島原の乱で多くの民を失ったというのに、「しょんなか」の大らかな精神で自分達の運命を受け入れてきた。改めて順子を覗いてみる。やはり、島原そのものの顔をしていた。

「なんね？」

怪訝そうな表情で順子は尋ねた。

「何んでんなか」

久美子は俯いてクスクス笑った。

順子の家は繁華街のアーケード内で旅館業を営んでいた。建物は古い造りで歴史を感じさせた。両親は満面の笑みで迎えてくれた。

「これはこれは遠方から来て下さって、順子がいつもお世話になっとります。田舎で何んもなかですばってん、ゆっくりしていってください」

2人とも50歳ぐらいで、順子は父親似の独りっ娘だった。

2人は温泉に入ると、順子が自慢気に肌を見せた。

「この温泉は肌に良かとよ。ワタシの肌ば見てみんね、白かやろが」

島原温泉は無色透明で中性ということもあり、肌に優しい。事実、順子の肌は雪のように白かった。

「ホント、そげん白さになるとに何年かかるとね？」

「19年入っとるけんね。1か月ずっと漬かっとけば白うなるかも」

「1か月も漬かっとれば、ふやけてブクブクになってしまうばい」

「ハハハハ……」

久美子は順子の青空の中に引き込まれ、童心に返った。

——しかし、夜に順子の部屋で枕を並べて取り留めのない話に興じている時、何の話が切っ掛けだったか久美子が突然泣き出した。何気ない言葉が心の琴線に触れたのだろう。驚いた順子は黙って久美子を抱きしめ、泣くにまかせた。久美子は顔を順子の胸に埋めて、心の澱《おり》を吐き出すように泣きじゃくった。彼女の胸は柔らかく温かで、泣き疲れてそのまま眠りについた。


翌日は、久美子の希望で雲仙に行くことにした。雲仙行きのバスは、島鉄バスターミナルが順子の家のすぐ近くだった。

「泊まらんで日帰りするつもりね。なんば見ると？　夏はつまらんよ」

車中で順子は不満そうに謂った。

「雲仙地獄で、キリシタンが殉教したとこに行ってみたかと」

「其処《そこ》は中学の遠足で行ったことあるばってん、十字架と碑が立っとるだけたい」

「史蹟は所詮そげんもんたい。実際にその現場に立ってみたかと」

終点のバスセンターで降りると、雲仙地獄は目の前だった。平地より幾分涼しいとはいえ、強い日射しと相まって硫黄の臭いが鼻につき、眩暈がする程だった。順子は弱音を吐いた。

「うえーっ、気分の悪うなるごたる」

「何んば謂うとね、この若《わ》っか者《もん》が」

順子の尻をひっぱたいて、あちこちに濛々《もうもう》と硫黄ガスの噴煙を上げる地獄谷に足を踏み入れた。白濁した熱湯が噴き出て、まさに地獄の様相だ。

「今は近くのホテルや旅館が熱湯ば引いて、乾いとるとこが多かばってん、昔はどっからでん噴き出しよったとよ」

興味なさそうだった順子が蘊蓄《うんちく》を述べた。

寛永4年（1627）から8年にかけての5年間、当時の領主・松倉重政は、捕えたキリシタンを雲仙の熱湯地獄で拷問をかけることを思いつき、熱湯を注いだり、湯壺に投げ込んで棄教を迫ったのである。しかし、いくら責められても彼らの信仰は一向に消えず、却って勇ましく殉教を遂げたのだった。

久美子は地獄谷に立ち、キリシタンたちが熱湯をかけられ、湯壺に投げ込まれるシーンを思い浮かべた。彼らの阿鼻叫喚《あびきょうかん》が聞こえるようだった。それでも、彼等の教えを捨てない強さとは一体何だろう……？

かつて、幸市と殉教について語り合ったことがあったが、彼は来世より現世の幸せを選ぶだろうと謂っていた。自分も同感だった。熱湯地獄の拷問にはとてもじゃないが耐え切れない。死をも恐れない信仰の強さには驚嘆させられる。

自分の弱さは、先祖から受け継いだ隠れキリシタンの資質がそうさせているのではないかと、久美子はふと思った。

弱さ故、隠れキリシタンは表裏を使い分け、惨めな2重生活を強いられた。この自己嫌悪の意識が、殉教者に対する劣等感と屈辱感を感じ、自己弁護に明け暮れたに違いない。

――まさに、今の自分がそうだった。

妙な表現だが、久美子は己の弱さには自信があった。少なくとも強い人間ではなかった。だからと謂って、この殉教の地から目を逸らす訳にはいかない。

熱湯地獄の上部に十字架と碑が立っていた。順子に殉教の意義を訊こうと思ったが、興味なさそうな素振りに促され踵を返した。

名残り惜し気にもう一度振り返ると、噴煙の中に見え隠れする十字架が小さく見えた。その十字架が、久美子に何やら話したそうだったが、順子に急がされて後ろ髪をひかれる思いで後にした。

その日の夜、久美子は夢を見た。

幸市が雲仙地獄の中に漬けられ、踠《もが》き苦しんでいた。自分は見ているだけだった。助けに出れば、自分がキリシタンだと分かってしまう。

幸市が地獄の中に沈んでゆく姿を、卑怯で臆病で弱い久美子は、手を拱《こまね》いて見ているだけだった。そこに、雲仙地獄や今村刑場で殉教した人達が語りかけてきた。

「苦しんでこそ霊的成長があり、苦しみを神の喜びに変えるのでござる」

「このくらいの苦しみは大したことござらぬ」

「いと聖《きよ》き聖体は賛美させられ給え」

弱い自分にとって聞きたくない言葉で、久美子は耳を塞いでしゃがみ込んでいた。

――寝言を謂ったのだろう。順子が目を覚ますと、久美子は泣きじゃくっていた。順子は久美子の蒲団の中に入って、久美子を抱き締めた。

「怖か夢ば見たとね。泣かんね、よかとよ。存分に気の晴れるまで泣かんね」

何時までも泣き止まない久美子に、

「なんね、久美子は泣き虫やね。こげん泣き虫とは思わんやった」

「ウチは泣き虫ばい。弱かとよ、弱か人間たい」

順子はこんな泣き虫の久美子を見るのは意外だった。久美子はしっかり者で、恋愛や人生の諸々の相談ごとを持ちかけるのは、自分の方だった。

それなのに、胸の中で泣いている。愛おしさでさらに強く抱きしめると、久美子の顔が順子の胸の膨らみを押し潰した。思いがけない順子の切ない吐息に誘われ火が点いた。

順子のパジャマの下から手を差し入れ、程よい膨らみの乳房に触れると、順子はさらに切ない声を上げた。久美子はパジャマを脱がせ、自らも一糸纏わぬ姿になった。

ぎこちなくもお互いを求め合って、禁断のめくるめく世界へ落ち込んだ。白い2匹の蛇同士が絡み合い、縺《もつ》れ合って際限のないエロスの世界が展開された。幸市の時とは明らかに違う、甘美で蕩《とろ》けるような曲線を何度も描いて果てた。

昼過ぎても起きて来ない2人に、業を煮やした順子の母親が、いきなりドアを開けて腰を抜かさんばかりに驚いた。

2人が全裸で抱き合って寝ていたからだ。寝呆け眼で起きた2人は、驚く母親と目を合わせ、慌てて蒲団を被《かぶ》ったが遅かった。

母親との間に気まずい空気が流れていることを察知した久美子は、順子に小さな声で、「帰るけん」とだけ謂った。

諫早まで島原鉄道で帰ることにした。島原城と順子に見送られ、2両編成のディーゼル車が、ゴーッと地響きのような大きな音を立てて駅舎を出発した。久美子は、名残りを惜しむように何時までも追い掛けてくる普賢岳を、愛おしげに眺めていた。

長い夏休みが終わり後期の授業が始まったが、久美子は生きる指針を見出せないでいた。希望がなく、背中の十字架に圧し潰されそうで虚無感が漂っていた。青春時代を通過する若者なら、誰しも多かれ少なかれ経験することだが、殊に夜は孤独と絶望が容赦なく襲いかかってきた。

久美子は怖い夜から逃れる術を知り、毎晩のように順子の部屋をノックした。1度媚薬を嗅いだ順子もその快楽に溺れて、久美子の訪問を待ち焦がれた。

2人は片時も離れられない関係となり、白昼も堂々と手をつないで歩いたから、当然のように学園中に知れ渡った。やっかみの声が聞こえたが、2人は笑って無視した。

それでも久美子は、背中の十字架から逃れることは出来なかった。いくら順子の乳房に顔を埋《うず》めていても、日中も隣に彼女が居て笑顔に包まれていても、ふとした拍子に心を過《よぎ》り、否応なく十字架が出現した。

必死に振り払おうとするが、消えてはくれない。いくら逃げようとしても、無駄なことだと揶揄《やゆ》しているようだった。だからと謂って、まともに向き合うことは辛いことだった。

時折、久美子は十字架からも順子からも逃れて、独りチャペルに座って静かに祈りを捧げるようになった。

翌年、昭和44年（1969）の春――、久美子は最終学年である2年に進級した。高度成長を続ける日本経済は、「昭和元禄」の太平ムードに溢れていた。

2人の仲は以前にも増して深まり、もはや抜き差しならぬ関係に陥った。久美子にとって十字架からの逃避だと分かっていたが、それだけではないと信じたかった。つまり、真実の愛が2人の間を貫いているのだと……。

寮内での噂を聞きつけた年配の寮長のシスターは、眉をひそめたが直接注意するのを憚られ、ただ手を拱《こまね》いているだけだった。

――そして、梅雨前の6月初旬、初夏の爽やかな風が校庭の楠の大木の枝葉を揺らしている頃だった。

順子に母親からの緊急の呼び出しがあり、週末に島原に帰らざるを得なくなった。母親は理由を何も謂わず、彼女は父親か親戚が癌にでも罹《かか》ったのかと心配したが、あにはからずも彼女の見合いの話だった。

両親は久美子との仲を危惧していた。深みにはまる前に、早いとこ片付けてしまおうという目論見だった。

相手は地元で開業したばかりの27歳の内科医だと謂う。親の有無を謂わせぬ強引さに妥協して、順子は見合いに応じた。

その彼は、太った醜い眼鏡の男だった。順子は虫酸《むしず》が走った。一番嫌いなタイプだった。両親は医者というブランドに娘を売ろうとしていた。

仲人は彼の家柄を誉めそやした。同席している彼の親も開業医で、優秀な勤務医である長男がやがては親の跡を継ぐことなどを……。

順子は俯いたまま、久美子のことを思い浮かべながら虚ろでいたたまれぬ面持ちだった。帰宅後、両親から彼の印象を訊かれ、間髪を入れずはっきりと断りの返事をした。

順子は寮に帰っても、久美子に見合いをしたことを話さなかった。久美子は順子の表情から、何か尋常ならざる事態が発生したことは想像出来たが、敢えて詮索はしなかった。

翌週の日曜日の朝、順子は久美子との昨夜の快い疲れでぐっすりと寝込んでいた。電話の呼び出し放送に飛び起きた。慌てて玄関横の電話に出ると、母親からだった。

「この間の見合いのことばってん、相手の前田さんがあんたのことば気に入ったげなたい。こげんよか話はなかばい。あんたはどげんね？」

「もう断ったやろが。いくら医者やからって、あげん人は好かん。ワタシはまだ19よ。まだ結婚はしとうなか」

「何んば謂うとね。もうすぐ20歳やかね。変な虫がつかんうちに、早ように越したことなか。お父さんも乗り気ばい」

「変な虫て……妙なこと謂わんで」

順子は大きな声を張り上げて、思わずハッとした。

「とにかく断って。話にならんばい」

「慌てんでよかよ。卒業まで時間があるけん、前田さんもそれまでゆっくり待つて謂いよんなるとよ。有難か話たい。ちゃんと考えんばいかんよ」

受話器を置いて、母親がまだ希望を抱いている様子に釈然としなかった。母親は娘の縁談に、自分の果たせぬ夢を重ねて燥《はしや》ぐのだろうか。

ベッドで待っている寝呆気眼《ねぼけまなこ》の久美子にキスをすると、昨夜の残り火に再び火が点いて、久美子が艶かしい喘ぎ声を漏らした。順子は先程の苛立ちもあって、珍しくも自分の方から積極的に口を強く吸い上げ、舌を絡ませた。

昭和45年（1970）の年が明け、久美子は卒業後の進路を真剣に考えざるを得なかった。

この年は、大阪万国博覧会が「経済大国」を謳歌し、赤軍派の日航機よど号乗っ取り事件や、三島由紀夫の自衛隊駐屯地での割腹自殺があった年である。

久美子は中学校の英語教師を志望し、故郷の黒島中学校の赴任を願い出た。順子はお嬢さん育ちらしく、おっとりと構えていた。

「勤めは何か好かんし、卒業してから考えるばい」

「家の手伝いばすればよかやかね。そんうちよか相手が見つかるたい」

「なんね、早よ結婚すればよかて思うちょっとね」

「卒業したら離ればなれたい。寂しかばってん、しょんなか。順子はよか奥さんになれるばい。見合いでん恋愛でんよかけん、早よ結婚した方がよか」

2人の間に真実の愛が存在していると思いたかったが、卒業してしまえば蜜月関係は否応なしに引き裂かれてしまう。離ればなれになって、現在の関係を続けるのは不可能だ。

不可能を可能にしようとすれば、幾重の修羅場を潜らなければならない。そこまでやる命懸けの勇気は2人になかった。

――しかし、互いの未練が怖かった。それを断ち切るには、結婚が手っ取り早い。全てを承知していた順子が、寂しそうに漏らした。

「そうやね……もうすぐ卒業やもんね」

順子は見合いの話を、もう一度考えてみようかと思い始めた。決して好みの男ではないのだが、お互いのためなら……と。

桜の蕾がようやく膨らみ始めた3月の半ば頃、2人は卒業式を迎えた。

椿の紅い花と、陽当たりのいい崖にはスミレとタンポポが早くも花を咲かせて、フレッシュな門出を祝福していた。

久美子は中学校の英語教師として故郷の黒島へ、順子は数週間前に見合い相手と婚約し、結婚するため島原へ帰らなければならない。

学生達の誰もが、いつも見守ってくれた校庭の楠の大木を仰ぎ、名残りを惜しんだ。楠は枝葉を大きく揺らしながら、卒業生達を見送ってくれた。

久美子にはこの楠は特別の思い入れがあった。大きな幹に手を触れ、顔を近づけて「有難う」

と謂った。

オランダ坂を下りながら、

「順子のこと好きやった……。やっぱり辛かばい」

「ウチもクミが大好きやった。これからも時々会えんやろか？」

「なんば謂うとね、何回も謂うたやろが。もう直《じき》にあんたは奥さんになるとよ」

「結婚してもクミのことは一生忘れん。ウチの大事な人やけん」

「うん……ウチも忘れん。楽しかったばい。有難うね、順子……」

2人は長崎駅バスターミナルで互いに見送らないで別れた。約束だった。

バスはそれぞれの人生に向かって走り出した。2人はぼんやりと外を見遣り、2年間の楽しい思い出に浸っていた。

――そして、儚《はか》なくも切ない青春時代の終焉に涙するのだった。


久美子は4月から中学校に赴任すると、いきなり1年生の担任を任された。1学年1クラスで20人足らずの生徒数だった。先輩の先生に教授を受けながら、毎日が戦争だった。お陰で背中の十字架を忘れることが出来た。寝床に就く時、幸市と順子のことを思い浮かべ、なんとはなしにマリア様に祈ることが日課になった。

――こうしてあっという間に1年が経ち、仕事にも慣れたころ、昼休みの職員室前の廊下に若い男が現れ、久美子に話し掛けてきた。

「よおっ、内田。久し振り」

誰だか分からず怪訝そうな顔をすると、

「杉本周作たい」

名前を聞いて思い出した。中学の時に稚拙なラブレターを貰った、1年先輩の同じバレー部のキャプテンだった。

「ああ……誤字だらけで、小学生のラブレターの主ね」

「そりゃあ酷《ひど》か。一生懸命書いたとばい。返事もくれんで」

「返事ば出せんほど酷か内容やった。女心ば知らん朴念仁《ぼくねんじん》たい。そん朴念仁がなして学校に来たとね」

「支所に勤めとったたい。お前の親父さんの部下たい。学校の管轄になったけん、これからちょくちょく顔ば出すけん」

そう謂って校長室に消えて行った。嫌な男とこれから顔を合わせることになると思うと、気が重かった。

彼の宣言通り、週のうち2～3回は顔を出すようになり、その度に久美子に話し掛けてきた。

或る日、父親に彼のことを尋ねた。

「杉本周作って人が支所におるやろ？　最近学校によう来るけど、どげん用があるとね？」

「おお、あいつか。よう学校に行きよるばってん、大した用じゃなかやろ。お前んことばよう訊いてくるばい。気があるとじゃなかか？」

「ええーっ、迷惑ばい」

そうは謂ったが、熱心さに絆《ほだ》されて、彼が現れても悪感情が次第に消えてゆくのを感じていた。

――さらに1年が過ぎ、2年が過ぎた頃、

（杉本周作はコウちゃんとは全然違う。繊細さに欠けるばってん、却《かえ》ってそげん男の方がよかとやなかろうか……）と思い始めていた。

或る日曜日、そんな彼女の心の変化を見計らったように、日直のため学校に詰めていた彼女を、彼は差し入れのケーキ持参で訪れた。

警戒心もなく彼を宿直室に招き入れ、美味しそうにケーキを食べ終えた時、久美子は強引に唇を奪われ、畳の上に押し倒された。大きな声を出せば用務員の小父さんを呼べたが、彼女はそうせず、彼の求めるまま身を任せた。

――事後、彼は身支度を整えながら懇願した。

「おいはお前が好きばい。幸せにするけん、結婚してくれ」

突然のことで、彼女は返事が出来なかった。

数日経って、学校に来た彼が近寄って耳元で話し掛けた。

「この間の返事はどげんね？　早よ聞かせてくれんね」

結婚の相手選びは、ロマンチックで厳粛な手順を踏むものと思っていただけに、体の関係が出来たからといって妥協していいものか迷っていた。

しかし、彼に対してさほど悪い感情はなかった。結婚は、案外こんな単純なものかも知れないという覚めた気もあった。

「もう少し待ってくれんね」

久美子の正直な気持ちだった。

紫陽花が、色とりどりの花を咲かせるようになったと思う間もなく、梅雨の季節に入り、久美子は無頓着にもここ数か月、生理がないことに気が付いた。

――と同時に、悪阻《つわり》が襲った。妊娠したことを本能的に悟った。否応なしに結婚を決意せざるを得なくなった。

彼に告げると、手放しで喜んだ。

結婚式は秋口の9月、地元で挙げた。久美子23歳の時だった。

披露宴に出席してくれた順子の、ふくよかで幸せそうな奥様然とした姿に驚かされた。女は環境によって変わるものなのだ。自分もこれからどのように変わるのだろう。楽しみでもあり、怖くもあった。

彼の実家は雑貨店を営んでいた。50代半ばの両親と、男ばかり3人兄弟で彼は3番目の末っ子だった。上の2人は島を離れ、東京と大阪でサラリーマン生活をしていた。従って、彼が両親と生活をしていた。

彼の家に入った久美子は、勤めながら出産した。3か月の産休後職場復帰し、子供は彼の両親に面倒を見て貰っていた。ところが翌年、2人目を妊娠し、出産した時に両親は、「2人も面倒見切れん」と育児を放棄した。止むなく退職した久美子は育児に専念した。僅か5年の教員生活だった。

雑貨店を手伝いながら、穏やかな生活だった。上が男の子で下が女の子だった。子供の成長を見るのは楽しかった。義理の父母が口うるさく、実家には頻繁には帰れなかったが、時たま子供を連れて息抜きをした。

父は既に定年退職し、晴耕雨読の毎日だったから孫の顔を見るのを喜んだ。その時である。母から幸市が結婚したらしいという話を聞いたのは……。そして、大学は中退していたらしいということも……。

幸市がどんな人生を歩んだのか、もっと知りたいと思った。お互いに結婚して、家庭を持って何を思っているのだろう。背中の十字架とどう向き合って生きているのだろう。自分のことを思い出してくれているだろうか……？　コウちゃんと……、兄さんと無性に会って話したかった。

母が下の子をあやしながら、思い出したように語った。

「冴子さんは東京に居るらしかよ。最初は大阪に居て、移ったらしか」

冴子は幸市の姉だ。久美子にとっても、腹違いの姉になる。

（冴子さんは高校卒業直前に島ば飛び出して、あん時はびっくりした憶えがある。美人で、頭のよか人だったとに、何があったとやろか。どげん人生ば歩んどるとやろか。話してみたか。何時の日か、３人で顔ば合わせてゆっくり話してみたか……）

昭和55年（1980）春――。

山口百恵と三浦友和が結婚し、ビートルズのジョン・レノンが射殺された年だった。世界が新冷戦時代を迎える中、国内では保守安定政権が誕生した。

久美子は31歳になり、結婚8年目を迎えた。子供は小学2年生と1年生になり、小憎らしさと可愛さが同居する年頃だった。

それまで穏やかに過ごしていた一家に波風が立つようになったのは、夫・周作の酒癖の悪さからだった。

酒は飲めなかった彼が急に外で飲み始めたのは、3か月程前からだった。最初は付き合いで飲まされているのかと思ったが、そうでなく、独りで無理矢理飲んでいた。

元来、強くなかったからすぐに酔い、前後不覚になるまで飲んだ。千鳥足で帰宅すると決まって久美子を詰《なじ》り、暴力を振るうようになった。

彼は人付き合いがいい方ではなく、職場の人間関係で苦しんでいるのでは、と彼女は我慢していたが、或る時、彼の口から出た言葉に愕然とした。

「お前は幸市とデキてたとやろが。順子ってゆう女とも、女同士で乳繰りおうてたってゆうやなかか。この淫売。カクレは何んでも隠したがる。何人の男と寝たとか、全部白状せんか」

久美子は襖に穴が開くほど蹴り飛ばされた。下の娘は怯《おび》えて母親に縋《すが》り、長男は父親の前に立ちはだかって睨みつけ、気丈にも母親を庇《かば》った。両親はそっと自分らの部屋に逃げ込んだ。

誰が讒言《ざんげん》したのか、それより久美子は彼の小心さと人間的な弱さに絶望した。

「何んね、ワタシは自分に正直に生きてきたと。そん結果、多少は染《し》みの付いたかも知れん。そげんワタシと一緒になったとやろが。誰にどげん謂われたか知らんばってん、女ば守るとが男の務めやろが。酒に逃げて卑怯か。しかも暴力ば振るうて、最低たい。恥ば知らんね」

夫は長男の母親を庇う健気な行為に怯み、久美子の正論に一言も返せず、玄関のドアを蹴って出て行った。

嵐が去り、久美子は我が子を愛おしそうに抱きしめた。

その夜、彼女は一睡も出来なかった。夫の帰りを待っていたが、その気配はなかった。春とは謂え、外はまだ寒いであろう。マリア様に祈っているうちに微睡《まどろ》み、夜が明けた。

――やはり、夫は帰ってなかった。朝食の準備をし、子供を学校に送り出した後、玄関のドアを激しく叩く音にドキリとした。ドアを開けると警官が立っていた。

「奥さん……お気の毒ばってん、ご主人が港で水死体で発見されたとです」

全身の血がサーッと引いて、卒倒しそうになった。

警察は外傷がないことから事件性は薄く、事故か自殺の両面から調べたが、港に身を投げて自殺するなど考えられなかったから、酒に酔った上の転落死ということで落着した。

いずれにせよ、夫が死んだことに変わりなかった。

あの時、夫を詰《なじ》って死へと追い込んだのではないかと、彼女は自分を責めた。多分、夫は港に出て誤って海に落ちたのだろう。しかし、酔っていたとはいえ、そのまま溺れて死ぬような人ではない。曲がりなりにも島の男だ。踠《もが》いて水を飲むうち、このまま死んでもいいと……、ふと絶望感が脳裏を過《よぎ》り、消極的な自殺を遂げたのではないかと思った。

彼は見かけによらず、小心で弱かった。しかし、彼の弱さは自分の弱さと何ら変わりはない。長男が雄々しくも両手を広げて自分を庇った時、その陰に隠れて夫を悪者にしたのは、自分の弱さの裏返しだったのかも知れない。

夫は久美子の言動に男の矜持《きょうじ》を傷つけられ、思いもかけぬ幼い長男の行為に自ら絶望したのだろう。

嘆き悲しむ義理の両親は、自分らのことは棚に上げ、息子の死は嫁の至らなさにあると責めた。久美子は何も謂わずに黙って頭を下げた。


幸いにもそれなりの保険金が下りたから、当座の生活の不安はなかった。

31歳の未亡人が雑貨店の店番では、余りにも似合い過ぎてこのまま収まりたくなかった。夫抜きで義理の両親と同居するには、この先の両者の軋轢《あつれき》が目に見えていた。それでは寂し過ぎる。

保険金を元手に、旅館経営を思い付いた。島には1軒も旅館はない。島原の順子の実家の家業がふと頭を過《よぎ》ったからだ。

旅館と謂っても民宿に毛が生えたようなものだ。宿泊だけでなく、地元の支所や漁協、学校等の宴会にも利用出来るものにしたかった。

義理の両親に相談すると、驚きながらも渋々と承諾した。老け込まれるには早過ぎる。彼らにも大いに働いて貰うつもりだった。別棟の雑貨店はこの島には必要だ。そのまま残すことにした。

古い家屋を改築し、3か月足らずで「杉本旅館」は完成した。客室3部屋で小じんまりしていたが、玄関だけは旅館らしくそれらしい構えにした。順子からお祝いの花輪が届けられた。「杉本旅館」はそこそこ繁盛した。勿論、忙しい時も暇な時もあったが、一家が食べていくには充分だった。嬉しいことに義理の両親もそれなりによく働いてくれ、「杉本旅館」は成功と謂えただろう。

――こうして、久美子のそれからの20年間はあっという間に過ぎ去った。平成12年（2000）になり、21世紀に突入し51歳になっていた。義理の両親は8年前と3年前に亡くなり、実の両親もここ数年のうちに相次いで亡くなった。

子供達は2人共東京の大学を卒業し、そのまま居着いてしまった。娘は去年結婚し、息子は独り身だった。

久美子の弟の雅之は大阪の大学を出て、神戸に腰を据えていた。誰も住まない実家は取り壊すしかなかった。島の若者の殆どが島を離れ、戻って来ることはなかったから過疎化が進み、あちこちに廃屋が見られるようになった。

人が住まなくなった家は荒れる一方で、数年もすると見るも無惨な姿になった。島に住む者にとって、廃屋を目にすると無常感を誘発され、自分の老い先を見るようで嫌な気分にさせられた。ましてや、自分の家の無惨な姿など見たくなかった。だから久美子は、手間はかかるが実家は壊すことにした。

取り壊す時、屋根裏に住んでいた番《つがい》の大きな青大将がいきなり出て来たのには驚かされた。住処《すみか》を追われ、草叢《くさむら》に逃げ込む姿は哀れを誘われた。再び住む家は見つかるのだろうか……。

久美子は独りで旅館と雑貨店を切り盛りし、客の居ない暇な夜は独りでグラスを傾けるのを楽しみにしていた。最近は少々だが飲めるようになり、実家を取り壊す時に持って来た木像の小さなマリア観音が酒の相手だった。

久美子の両親が亡くなって、隠れキリシタンの水方役は消滅し、残りは帳方役の谷村家だけだった。彼らが亡くなれば隠れキリシタンは完全に消滅してしまう。

時代の流れで仕方のないことだろう。しかし、自分の十字架は消滅することはない。これまで懸命に生きてきたからこそ、十字架の重さにも耐えてこれたのじゃないか、生きる原動力になっていたんじゃないかと思う。

これから年を重ねる度に体力も減退するだろう。孤独の中で、その重さに耐えられるだろうか……。

ここ8年のうちに4人の親を看取り、肩の荷が下りたのは事実だった。苦労したせいか、実年齢より10歳は老けて見えた。頭には白髪が目立ってきた。

気掛かりなことがもうひとつあった。幸市の両親だった。80前後になっているだろうが、まだ壮健だった。この先、誰が面倒を見るのだろう……。

時たま惣菜を持って訪ねると、その度に同じことを繰り返し嘆いた。

「冴子と幸市がなして島ば捨てたとか、いっちょん分からん。今頃どげんしとっとやろか」

久美子も相槌を打ちながら、同じことを訊いた。

「コウちゃんからその後、連絡はなかとですか？」

「結婚したて知らせてきたばってん、そんあと、連絡が取れんと」

理由も分からず、2人の子供に捨てられた親の心中は如何許《いかがばか》りだろう。30年余り、ずっと頭から離れることなく、過ごしてきたのだろう。年を重ねるにつれ、苦しみは増していったに違いない。

もっとも、久美子は幸市が島を捨てた理由は知っていた。自分も同じ十字架を背負って共有してきたのだから……。しかし、口が裂けても謂う訳にいかなかった。

2人とも、縁側に座って寂し気に遠くを見遣っていた。その眼差しの先は茫として空中を漂っていた。そして、小さな溜息をひとつ吐《つ》いたのだった。

最終章　導き

幸市が妻の澄子に離婚宣言をされたのは、38年近く勤めた小さな出版社を定年退職した、平成21年（2009）7月の或る日だった。

妻はこの日を選んで別居中の幸市の小日向《こひなた》のマンションを訪れ、部屋を見渡しながら離婚届の紙切れを差し出した。既に自分の欄は記入済みで、印鑑も押してある。有無を謂わせぬものだった。

「理由なんて謂わなくても、分かっているでしょう?」

10年近く別居していたから、来るべきものが来たという感じで、幸市は驚かなかった。

「裕太には話したのか?」

「まだ話してないけど、分かるでしょう」

裕太は独り息子で、女房と同居している。33歳になるが、まだ独身の筈だ。

「そうか……。後で連絡するよ」

「慰謝料だけど、今住んでいる家と退職金の半分頂戴。年金は全部あげるわ」

用意周到だった。無言で妻を見送った。

原因は全て幸市にあった。テーブルの上の離婚届の用紙を見ながら呟いた。

(定年離婚か……。流行らしいが、自分もこうなるとは思わなかった。自業自得だな)

——ところが、それだけでは終わらなかった。その日の夜、訪れた田宮志麻の一言に飛び上がらんばかりに驚いた。彼女とは10年来の不倫関係にある。

「妊娠したみたいなの」

「え？……まさか俺の子か？」

「貴方しかいないもん、正真正銘貴方の子よ」

「どうするんだ？　今さら……」

「この年で授かったんだもん。絶対産む」

「産むって……俺、定年退職したばかりだぞ」

幸市は狼狽《うろた》え、逃げ出したい気にかられた。

——そう謂えば、もう40年程前になる。

新聞配達をしながら奨学金を受けて大学に通っていた頃、女子高生を妊娠させて卑怯にも逃げ出したことがあった。

新聞専売所の娘のトモちゃんも、欲望の吐け口となって何かと世話をしてくれた。揚句の果て、お金の無心までして彼女からも逃げてしまった。

人間として最低の行為だった。嫌な思い出が蘇り、背中の十字架がギリギリと骨と肉に喰い込んでくる。この年になって、こんな重荷は苦痛窮まりない。

結婚してささやかな幸せが続いても、決して忘れることはなかった。これまで女房にも誰にも漏らしたことがなかったが、暗がりに潜む何者かの気配や、背中の十字架の重みを絶えず感じながら生きてきた。

何時からだろう、こんな情けない男に成り下がったのは。10代の若々しい頃は正義感に溢れ、希望に満ちみちて瞳を輝かせていた。

久美子と近親相姦という罪を犯し、十字架を背負わされ、彼女を見捨てたことから一気に坂道を転げ落ちるように人生は一転した。

卑怯、脆弱、怯懦《きょうだ》といった負の性格が幸市を覆い尽くし、誠実、責任、侠気《おとこぎ》といった正の性格が陰を潜めてしまった。

妻の澄子と出会って人並みに生活してきたものの、いつも社会の表舞台には出ぬよう、身を潜めてひっそりと生きてきた。

自分でも都会に潜む隠れキリシタンのようだと、苦笑いせざるを得なかった。事実、島を出る時に母親から預かったマリア観音を取り出して、夜中にひっそりと語り合う様は、まさに現代の隠れキリシタンそのものだった。

離婚届に署名捺印し、明日にでも区役所に提出しようかと思った矢先のことだった。チャイムの音で玄関に出ると、息子の裕太が居た。勤め帰りらしく、スーツ姿だった。

「おう、裕太か。久し振りだな」

「親父も元気そうで……。帰りに寄ってみた」

「晩飯まだだろ。寿司でも食いに行くか」

茗荷谷駅前の小さな寿司屋だった。幸市は時々寄ってはカウンターの片隅で飲んでいた。年配の親父が寡黙なのが気に入っていた。

「離婚するって聞いたもんで、息子として何かしなくちゃと思ってね」

「うん……まあ……お父さんが全面的に悪いんで、無条件降伏ってとこだな。裕太、いくつになった?」

「33……、そろそろ結婚しなきゃって思ってる」

「そうか、そりゃあいい。すると母さんは独りになるな」

「心配要らないみたいだよ。社交ダンスサークルで、仲良くなった人がいるみたい」

「不倫か？」

「いや、バツイチで母さんより5つ若いって謂ってた」

「やるな、母さんも……」

先日会った時も、妙に明るいのに合点がいった。

「父さんはどうなの？」

「どうなのって……分からん。お前に謂っとくけど、これから先の人生、好きにさせてくれ」

「分かった。そういう生き方もいいね」

別れ際、息子に謂った。

「母さんに明日、届を出すって謂っといてくれ」

何時もより飲み過ぎたせいか、足取りが覚束なかった。通い慣れたガード下に差し掛かった時、今まで長年避けてきた右折した先にある、キリシタン屋敷跡を思い出した。

キリシタン探索のために作られた、井上筑後守の牢屋敷跡だった。今までここを通ることを憚られたのだが、酔った勢いもあって突如その気になった。

薄暗い路地に案内板は相変わらず立っていた。案内板の向かい側の空き地の暗がりの中に、何者か人の気配がした。

幸市はギクッとして、立ち尽くした。酔いが醒めた。誰かが立っている。何年振りだろう、久し振りの解逅《かいこう》だった。結婚する前だから、35年以上前になる。

この機を逃すまいと、意を決した。

「どうすればいいんでしょう？」

暫くの沈黙の後、「聖霊への道を辿《たど》れ」とだけ、はっきりと聞こえた。

幸市はその言葉をしかと胸の中に仕舞い込んだ。何時の間に、何者かの気配は消えた。

浴槽の中でも、ベッドに潜り込んでもその意味を探り続けた。

——そして明け方、結論めいた答えが閃いた。

「島に……黒島に帰ってみよう」

冴子は娘の沙織と同居するようになり、生活態度が一変した。あれだけ男出入りが激しかったのに、キッパリと足を洗った。

高校・大学と沙織は冴子の期待に応えて順調に育っていった。やがては、沙織が申し分のない男性と結婚して、孫を抱く幸せな老後を夢見ていた。

ところが、沙織が卒業式を前にして、友人とカンボジアに卒業旅行に出掛けてから思惑は打ち砕かれた。帰って来るなり、沙織の顔付きが激変しているのを見て、冴子はギクリとした。

母親の前に正座し、噛みしめるよう話し出した。

「国際協力の活動をしている友達に誘われて、児童買春の被害者が暮らすカンボジアの保護施設を訪ねてきたの。10歳の子と一緒に遊んだんだけど、彼女は親の借金のかたに売春宿に売られたのよ。帰ろうとすると、縋《すが》りついて離れようとしないの。もう涙が止まらなくて、帰るのが辛かった」

冴子はおおよその察しはついた。一時的な感情に流されて、感傷的になっているだけだ。そのうち落ち着くだろう……と。

しかし、それで終わりではなかった。仲間数人とプロジェクトを立ち上げ、カンボジアを拠点に活動すると謂い出したのだ。

「カンボジアで活動するって……、何もそんな大それたことを。就職も内定してるじゃないの。何を考えてるの」

思いもかけぬ嵐の襲来に、冴子は感情を露わにした。そんなことは折り込み済みとばかりに、沙織は冷静だった。

「一生の仕事にしていきたいの。子供達が笑って暮らせる世界を作りたいのよ」

「何を甘いことを。貴女がやらなくたって……」

「お母さんは小さい子供が客を取らされている姿を見たら、放っておける？　ワタシはそんな鈍感で無神経な人間にはなりたくない。少なくとも手を差し伸べ、抱き締めてあげたい」

冴子は反論出来なかった。自分も高校卒業前、何もかも捨てて荒海の中に飛び出した経緯《いきさつ》がある。

「ごめんね、お母さん。生意気なこと謂って。甘いことは分かっている。これから一歩一歩、地道にやっていくつもり。後悔したくないの。行動しないで尻込みするより、失敗してもいいから前に進みたいのよ」

これだけ謂われると充分だった。後押しするしかなかった。

「分かった。自分の人生なんだから、全ては自分が責任をもって生きなさい」

「うん、有難う。就職して、結婚して子供を産んで、お母さんを楽させてあげたいと思っていたけど、それが幸せな人生じゃないって気が付いたの」


——平成11年（1999）、冴子51歳の時だった。

沙織は卒業式を終えると、慌ただしくカンボジアに旅立った。冴子は見送りながら、娘はマリア様に召されたのではないかと、ふと思った。

冴子はまたもや独りぽっちになった。娘の居ない寂しさを実感し、店の仕事にも身が入らなくなった。

帰っても、酒浸った。テーブルのマリア観音を相手に愚痴を零し、撫で擦り、そして無心に祈るのだった。

それから思い出に浸った。決まって最初に思い出すのは、亡くなった恋人の大野賢太のことだった。彼との思い出は宝の山で、反芻《はんすう》して何度も何度も楽しんだ。

最後に思い出してしまうのは、あの忌々しい事件だった。冴子がマリア様に絶望し、神父様から貰った大切なマリア像を崖から投げ捨て、島を捨てて出て行く切っ掛けになった事件だ。

マリア様はあの時、何故自分を助けてくれなかったのだろうか……。未だに解けない問題だった。

その後も、幾度も人生の辛酸を舐めながら十字架を背負って生きてきた。茨の道だらけだったような自分の人生……。

その人生は、マリア様抜きには考えられなかった。いくら否定しても、決して脳裏から消え去ることはなかったマリア様……。

そんなことを酩酊《めいてい》しながらあれこれ逍遥《しょうよう》するうち、何時の間にかテーブルで寝入ってしまうのだった。

――平成21年（2009）夏、冴子は62歳になっていた。

体力の衰えが顕著になり、酷暑が堪《こた》えて調理が出来る店員を雇った。彼女は専《もっぱ》ら接客に徹していた。

娘の沙織は余程忙しいのか、一度も帰国しなかった。時折、仕事も順調で頑張っている旨の便りがあるだけだった。

夜の寂しさにもう慣れっこになっていた。今日も、いつものようにマリア観音と思い出を相手にグラスを傾け、マリア様に語りかけているうちテーブルで寝入ってしまった。

——明け方だった。夢の中にマリア様が現れたのである。青衣を纏《まと》い、聖母たる王冠を戴《いただ》いていた。

「贖《あがな》え」

と一言だけ、はっきりとした口調で謂った。

冴子は飛び起きて、床の上に跪《ひざまず》いて手を合わせた。「贖え」の意味を理解すると、己の罪の深さを悔いて詫び、感謝の言葉を捧げた。

（マリア様を見捨てたのに、マリア様は見捨てていなかった。嘆き、祈るわたしの声を聞いて下さった。アーメン）

感動の涙で打ち震えながら、窓の外から射し込んできた朝日に目を遣った。窓を開けると、心地いい風が頬を撫で、散歩に誘われた。

真夏でも早朝は凌《しの》ぎやすかった。今日は特別な朝だった。人通りはまだなく、垣に巻きついた朝顔が挨拶をしてくれた。

大きく背伸びをして深呼吸をした。こんな清々しい朝を迎えたのは何年振りだろう……。笑みが自然と零《こぼ》れた。

――ふと、捨ててきた故郷の黒島のことが思い出された。

（両親はどうしているだろう……。生きていれば90ぐらいになるだろうか……。そうだ、黒島に帰ってみよう）

冴子は遠い日を偲ぶように空を見上げ、そう決心した。

――平成21年（2009）9月上旬。

その日はまだ夏の暑さを十分に残していた。

冴子と幸市は、偶然にも何者かに導かれるように、黒島行きのフェリーに乗り合わせていた。

しかし、互いの存在にまだ気付いて居なかった。

デッキに凭《もた》れて頻《しき》りに海を見遣っている男に、気が付いたのは冴子の方だった。自分への視線に気が付いた幸市は、訝《いぶか》し気にその女性を睨みつけた。互いに見つめ合ううち、若い頃の面影が蘇ってきた。

「ひょっとしたら……冴子姉さん……？」

「幸市……やっぱり幸市ばい。どげんしてここに？」

40数年振りだった。2人は長崎弁を忘れてなかった。互いの境遇を語り合い、まさかの偶然に抱き合いながら驚嘆の声を上げた。

フェリーが港に入る時、島を捨てて出て行った時のことを懐かしく思い出した。港は変わってなかった。変わったのは自分達だった。

島のあちこちを懐かしむよう、自宅までゆっくりと歩いた。上り坂だったが、苦痛ではなく、むしろ楽しかった。島の土を踏みしめ、こうして歩いていることが信じられなかった。

――久美子は、雑貨店で品揃えをしていたが、ふと何かを感じ取って手を休めた。そして何んとなく、港へと続く坂道を見渡せる坂の上まで出てみた。

坂道を歓談しながら歩いて来る2人連れが見えた。島の者ではない。次第に近づいて来る2人を見て、久美子は何故か胸が高鳴ってくるのを感じた。

冴子と幸市も、坂の上でこちらを伺っている女性に気が付いた。10メートル位に近づいた時、幸市と久美子は互いに気が付き、同時に声を上げて名を呼び合った。

「クミ」

「コウちゃん」

駈け寄って抱き合った。42年振りの再会だった。久美子は感激のあまり、号泣し言葉が出なかった。

「元気にしとって何よりやった。積もる話は後でゆっくりしよう。うちの両親はどげんしとる？　元気やろか？」

「うん、元気にしとらすよ。毎日毎日、コウちゃんと冴子さんの話ばかりして、行ったらどげん喜ばすやろか」

「そんしても、クミはここで誰ば待っとったとね？」

「何んか気になって、何んとなくここに来てみたと」

「姉ちゃんとも、さっきフェリーで偶然会うたとよ。この日、3人は何者かに導かれたとたい。姉ちゃん、実はクミとは兄妹ばい。うちの父ちゃんと、クミのお母さんとの間に生まれたと」

「えーっ、誰がそげんこと謂うたと？」

「クミのお母さんから聞いたと。うちの父ちゃんも知らんことやけん、ここだけの話ばい」

「クミちゃんと姉妹て、びっくりばい」

3人は改めて顔を見合わせた。40数年の年月が、それぞれの顔に年輪を刻んでいた。夕日が水平線に沈みかけ、真っ赤な夕焼けが3人の顔を染めていた。

40数年振りの実家は多少の改築で手が入っていたが、面影は残っていた。2人の顔を暫く見つめていた両親は、40数年の歳月を掻き分けてやっと2人の面影を探し当てた。

「2人一緒に会えるとは、夢のごたる。長生きしとった甲斐があったばい」

滂沱《ぼうだ》の涙を流し声にならぬ声を発して、喜びを露にした。

冴子と幸市は、年老いた両親の手を取って長年の親不孝を詫びた。久美子も長年待ち望んでいた夢が叶い、自分のことのように喜んで共に涙を流した。

その夜、両親を挟んで川の字で寝た冴子と幸市は、親子水入らずで思い出話に華を咲かせたのだった。

翌日、冴子は教会を訪れ、幸市は久美子を誘って島を巡ることにした。

教会は昔と変わらぬ姿で冴子を迎えてくれた。マリア像もそのままだった。マリア像の前のあの忌まわしい事件現場も、今だからこそ直視出来た。

教会の扉を開けて中に入った。ステンドグラスも、祭壇に敷かれた有田焼のタイルも、木製のシャンデリアも、コウモリ天井もそのままだった。昔のままで冴子を迎えてくれた。祭壇の前に座り、マリア様にこの教会に戻れたことを感謝した。

その時、横の出入口から誰かが入ってきた。老神父だった。ゆっくりとした足取りで祭壇の前まで歩いて来る。冴子はその神父に見憶えがあった。洗礼を授けて下さった宮崎神父だった。まだこの教会に居らっしゃったのだ。

「宮崎神父様……」

名前を呼ばれて、振り向いた。誰だか分らぬ風で、暫く見つめていた。

「谷村冴子です。神父様から洗礼ば授かった……」

「おおっ、冴子さん。戻って来たとね。それは良かった。マリア様に毎日祈って、お取りなしばお願いしとったと。マリア様が聞き届けて下さったとばい」

「マリア様に毎日祈って下さったとですか。わたしのために……。有難うございます。ご心配ばおかけしました」

2人は改めて、マリア様に感謝の祈りを捧げるのだった。

冴子がもうひとつ、どうしても尋ねたい所があった。高校時代の友人の武見妙子の実家だった。あの時何も伝えず突然島を捨てて出て行き、彼女は悩み深く傷ついたことだろう。お詫びがてら、彼女の消息を訊きたかった。

港に近い高台に実家はある筈だった。記憶を頼りに訪ねると、同居している兄の息子の奥さんが出て来た。来意を告げると、妙子の兄が飛んで出て来た。

「おおーっ、冴子さんね。よう来てくれた。上がらんね」

真っ黒に日焼けした彼は、息子と今も漁に出てると謂う。

「妙子は博多におったばってん、5年前に癌で亡くなったとよ。黒島に帰って来る度に、あんたから連絡がなかかいつも訊きよった」

それを聞いた冴子は号泣した。

「45年前の遭難事故の時も、おい達だけ助かって、大野親子は気の毒やった。いまだに思い出すと心が痛むばい」

それだけ聞くと十分だった。彼女が亡くなったことは心外だったが、長年の心の重荷が少しは軽くなった思いだった。


幸市と久美子はまず、小・中学校を回った。通学路も校舎もそのままだった。新学期が始まっていたので、校庭の片隅で体育の授業を眺めていた。

久美子が中学校の英語教師をしていたことを話すと、幸市は大仰に驚いた。

「へえ……クミが中学校の先生ばね。ばってん、似合うとるかも知れん」

「35年も前の話ばい」

「結婚相手が杉本周作らしかけど、幸せやったね?」

「うーん、何んとも謂えんやった。コウちゃんはどげんね？」

「それなりに幸せやったけど、女房からするとあんまりよか夫じゃなかったやろね」

幸市は敢えて離婚したことも、不倫相手が妊娠したことも黙っていた。

島の東部にあるアコウの木と山茶花の古木は、相変わらずの貫禄ある姿を見せてくれた。そこから天主堂を巡り、展望地へと向かった。

途中、廃屋があちこち目に付き、その中を大きな陸ガニが集団で這いずり回って、哀愁を誘われた。

展望地からの海面はダイアモンドのように煌《きら》めき、遥か遠くを見遣りながら、かつて2人で訪れた出津《しつ》や善長谷から眺めた青春の海を思い出した。

そして、あの信じ難い出来事も……。

「クミはあの後、どげんしたとね？」

「コウちゃんがおらんごとなって、独りでどげん苦しんだか……。十字架の重さに、何度も押潰されそうになったとばい」

「クミも苦しんだとやね。地雷ば踏んでしもうたけんね」

40数年の年月を経て、こうして2人で故郷の地に立っていることが奇跡のように思われた。

2人が港の方に下りて行くと、冴子がぽつねんと海を見ながら岸壁に立っていた。そこに凄まじい音を立てて、テーラーと呼ばれるキャタピラー付の耕運機がのんびりと後ろを通り過ぎようとしていた。

乗っているのは、麦藁帽子を被り、首に手拭いを架けた真っ黒に日焼けした初老の男だった。冴子はその男を見てハッとした。レイプしたあの3人組の1人だ。坊主頭のあの男だ。憎むべき3人組は今でもはっきりと憶えている。

冴子はその男をジッと見ていた。しかし、彼はチラリと冴子の方を見たが、何の反応も示さなかった。彼にとっては、もはや忘却の彼方の出来事だったに違いない。

音を次第に遠ざけながら、テーラーは姿を消した。冴子は今さらながら、引き摺《ず》っていても詮無いことを、その後の40数年の経験から知っていた。

――もはや、彼等を許そうと思った。

3人は防波堤に上り、並んで座った。昼前の雲ひとつ無い穏やかな彼方の海を見つめていた。3人はそれぞれに、これまでの人生を振り返っていた。辛くて悲しい、卑怯で遣り切れないことばかりであった。3人共、背中に十字架を背負い、その重さに耐え切れず逃げ出したいこともあったが、曲がりなりにも歩いてきた道程――。

――その時だった。

海の方から爽やかな風が吹いてきて、3人の顔を撫でたのである。春や秋に吹く心地いい風だった。柔らかで優しい風がさらに吹きつけ、３人共思わず顔を上げた。風は３人の涙を乾かし、心を軽くした。

３人は立ち上がり、両手を広げてさらに全身で受け止めた。目を瞠《つぶ》ると、全身を風が通り抜けてゆく。心の重荷を全て吹き飛ばす、何という安らぎ……。

風が止むと、冴子は眼を輝かせて謂った。

「セカンド・ウィンドばい」

幸市が訊いた。

「セカンド・ウィンド？　何んね、それは？」

「聖霊の風たい。マリア様は忘れとらんやった」

「聖霊の道って……このことやったとばい」

幸市は合点がいったように、呟きながら遠くを見遣った。久美子が素朴な疑問を呈した。

「セカンド……って、ファーストはなかとやろか？」

「ファーストは、誰もが生まれながらに受け取っとる風たい」

「ああ……成程」

「ウチ、黒島に戻って来ようて思うちょる。今までの親不孝ば償うつもりで、両親と過ごすつもりたい」

思いがけぬ冴子の提案に、喜んだのが久美子だった。

「冴子姉さんに戻って貰うたら心強か。ウチも雑貨店と旅館ば守って、この島で頑張るばい」

「おいは人生ばやり直そうて思うちょる。実は女房と別れて、付き合うとる女性が妊娠したと。一緒に子供ば育てるつもりたい」

3人の顔は皆、輝いていた。新たなる出発《たびだち》を祝福するかのように、何時の間にか海の上に大きな虹が架かっていた。


（了）

参考文献
片岡弥吉『踏絵』（NHKブックス）
片岡弥吉『かくれキリシタン』（NHKブックス）
宮崎賢太郎『カクレキリシタン』（長崎新聞新書）

あとがき

長崎――我が愛する故郷。

長崎の本原町《もとはら》に、十字架山というほんの小さな山がある。実家のすぐ近くで、青春時代事あるごとに登っていたものだ。

もの想いに耽ったり、俳句や詩作に興じていた。その思い出の山に、35年位振りに登ったことがある。頂上近くまで家が建ち、景観が損なわれていたのには無性に哀しかった。

それまで無頓着だった頂上の十字架に、謂《いわ》れがあると知ったのはその時だった。それから「浦上《うらかみ》四番崩れ」を知り、一気に作品の概要が出来た経緯《いきさつ》がある。

「紙縒《こより》のコンタツ」は、我が故郷浦上に対するオマージュである。

一方の「セカンド・ウィンド」は、隠れキリシタンをベースにした3人の青春群像である。

40余年にわたり、学び温めてきた隠れキリシタンや殉教、キリスト教の集大成と謂えるかもしれない。

隠れキリシタンに興味を抱くようになったのは、片岡弥吉氏や宮崎賢太郎氏の著作に接してからで、帰省の度毎、隠れキリシタンの里である平戸、島原、出津《しつ》、五島、善長谷《ぜんちょうだに》、黒島などに何度も足を運んだ。

出津では、ド・ロ神父やバスチャン様を知ることが出来た。長崎人として、彼らを知らなかったことが恥ずかしかった思い出がある。

殊に、殉教に関しては高校時代からずっと抱え込んできた。作品の中にしつこいぐらい出てくるが、未だ解決出来ないテーマでもある。

余談だが、3人の主人公のうち、冴子は当初脇役のつもりでいたのだが、キャラクターが立ち過ぎて一人で走り出してしまった。でも、そのお陰で作品に重みが出たように思う。冴子に感謝である。

この拙い作品を、故郷の出版社から出して頂けるのは望外の喜びであり、長崎文献社の堀憲昭氏の励ましと助言に感謝する次第です。

2015年11月

加納　秀志

■著者略歴
加納　秀志（かのう　ひでし）
本名・芦塚　利夫（あしづか　としお）。
1947 年生まれ。長崎市出身。長崎北高、明治大学文学部卒。
出版社に勤務し、雑誌編集に従事。退職後、執筆に専念。
処女作「セカンド・ウィンド」、２作目「紙縫のコンタツ」。
趣味、テニス、山登り、スキー。千葉市稲毛区在住。

紙縫のコンタツ

発行日	初版第1刷　2015 年 12 月 10 日
著者	加納　秀志（かのう　ひでし）
編集人	堀　憲昭
発行者	柴田　義孝
発行所	株式会社　長崎文献社 〒850-0057 長崎市大黒町3－1 長崎交通産業ビル５階 電話 095(823)5247　ファックス 095(823)5252 ホームページ　http://www.e-bunken.com
印刷	九州印刷株式会社

ISBN 978-4-88851-249-7 C0093